百年文学主流

★

小说大系

总主编 张清华 翟文铖

本册主编 周蕾

# 天下太平

## 号角与旗帜
### 普罗文学与"左联"小说

山东城市出版传媒集团·济南出版社

**图书在版编目（CIP）数据**

天下太平 / 吴组缃等著 . — 济南：济南出版社，
2022.1
（百年文学主流小说大系 / 张清华，翟文铖主编）
ISBN 978-7-5488-4944-5

Ⅰ . ①天… Ⅱ . ①吴… Ⅲ . ①中篇小说—小说集—
中国—当代②短篇小说—小说集—中国—当代 Ⅳ .
① I247.7

中国版本图书馆 CIP 数据核字（2022）第 001736 号

**百年文学主流小说大系·天下太平**
本册主编：周蕾

责任编辑：宋涛 姜天一
装帧设计：牛钧

出版发行：济南出版社
编辑热线：0531-82772895
地址：山东省济南市二环南路 1 号
印刷：济南新科印务有限公司
版次：2022 年 1 月第 1 版
印次：2022 年 1 月第 1 次印刷
成品尺寸：148mm x 210mm 1/32
印张：7.75
字数：168 千字
印数：1—5000 册

**定价：56.00 元**

# 总序

　　自从 1918 年 5 月 15 日 4 卷 5 号的《新青年》上刊载了现代中国第一篇白话小说《狂人日记》至今，新文学已走过了百余年历史。百年以来，新文学始终与现代中国社会历史的风云变迁相互交织激荡，从启蒙到救亡，从民族解放到社会变革，所有重大的事件、历史的转折，还有这一切背后的精神流变，都在文学中留下了生动的印记。

　　因此，本套丛书的出版目的，即是要通过对经典作品的系统梳理，完整而形象地再现这一过程，展示其历史与精神景观。每篇作品都承载着一段民族记忆：或是一个历史的瞬间，或是一个生活的小景，或是一朵思想的火花，或是一道情感的涟漪，但这一切都与大历史的变迁息息相关，都与社会进步的洪流汇通呼应。

　　为了尽量完整地呈现这种历史感，我们按照时间线索，依循文学史演变的轨迹，选择了若干重大的现象，它们或属文学流派，或是文学运动，总之都是百年新文学中最接近于社会主流运动的部分，故称之为"百年文学主流"。这一名称，得自丹麦文学史家勃兰兑斯的《十九世纪文学主流》的启示，同时也贴合着百年新文学的实际。

这套丛书的定位是普及本，阅读对象首先是普通读者、文学爱好者，包括广大学生读者，其次才面向专业研究人员。因此，主题内容上的积极健康是我们选编持守的一个基本标准。选文尽力容纳每个时代最具代表性的作品，因为它们更多承载着时代的主导价值和进步的精神追求，且能让我们以最直观的方式感受到历史跳动的脉搏。

除了上述要求外，最能体现本丛书编选特色的，是我们还特别关注作品的艺术性和可读性。尽管是"主流"，但绝不意味着对于艺术标准的忽略。同样是某一时期的作品，我们会尽量选取那些艺术上更为成熟和讲究的，如孙犁的《铁木前传》、宗璞的《红豆》、王蒙的《组织部来了个年轻人》这些脍炙人口的名篇；甚至还有一些特别富有艺术探索倾向的作品，像魏金枝的《制服》、萧红的《手》、端木蕻良的《爷爷为什么不吃高粱米粥》、萧平的《三月雪》等，都采用了儿童的叙事视角，通过对视野的限制和陌生化处理，使叙述显得更富有诗意。

正是因为对艺术标准的注重，这套丛书还选入了一些相对"另类"的篇目，在其他普及本中难得一见。如洪灵菲的《在木筏上》、曾克的《女神枪手冯凤英》、秦兆阳的《秋娥》、徐怀中的《十五棵向日葵》、海默的《深山里的菊花》等等，不一而足。这些作品要么在人物与故事上更加新奇，要么在风格上更为独特和陌生，总之都会给读者带来更新鲜的体验。

长篇小说是"百年文学主流"中的砥柱之作，但篇幅所限，无法像中短篇那样尽行选入，只能在今后该丛书的其他分类卷次中一一展现。

丛书以历史的流变和风格的趋近为划编依据，分为以下10卷：

《天下太平》　　普罗文学与"左联"小说

《没有祖国的孩子》　"东北作家群"小说

《暴风雨的一天》　抗战时期的"左翼"小说

《喜事》　　解放区的翻身小说

《一颗未出膛的枪弹》　解放区的战争小说

《喜鹊登枝》　　"十七年"的合作化小说

《十五棵向日葵》　"十七年"的革命历史小说

《明镜台》　　"十七年"的探索小说

《第十个弹孔》　新时期的反思小说

《阵痛》　　新时期的改革小说

　　将"东北作家群"独立编为一卷，是有特别的考虑。早在九一八事变以后，东北作家群已开始了四处漂泊的生活，创作出大量以悲情怀乡与抗日救亡为主题的作品，这应该是中国最早的"抗战文学"了。这个作家群后来与"左翼"作家非常贴近，萧军、萧红等深受鲁迅影响，亦是人所共知的事，因此，他们又被视为"左翼"创作的重要力量。将他们单列出来，除了因为其作品数量庞大，当然也是为了凸显该作家群的渊源与风格的独特性。

　　另外还需交代的，是每卷前面有一个编选序言，简要说明了该卷所涉作品的总体倾向、艺术特点、文学史地位等。每篇作品均配有一个简要的导读，分"关于作家"和"关于作品"两个部分。"关于作家"是一个作家小传，介绍作家的生平和创作简历；"关于作品"则主要介绍所选作品的思想艺术价值。所有导读文字，力图做到学术性和通俗性的结合，以让中学生和普通读者能够读懂。

至于文本版本的选定，原则上原始版本（初刊本或初版本）优先，亦选用"新文学大系"等权威选本中的文本，还有作者本人声明的定本或其他善本。每卷的字数大体均衡，约为 16 ~ 18 万字。此外，为保持作品原貌，使读者更易对写作时代的特点和笔触的风格产生深刻理解，对其中与现代用法不尽一致的字词暂做保留。

本丛书的编选者，或在高校任教，或在研究机构任职，或在国内外修读博士，但都是专门从事中国现当代文学专业研究的学者。依照本套丛书的选编顺序，编者们的具体分工如下：第一卷和第二卷由周蕾负责编撰，第三卷由黄瀚负责编撰，第四卷和第七卷由翟文铖负责编撰，第五卷由施冰冰负责编撰，第六卷由张高峰负责编撰，第八卷由刘诗宇负责编撰，第九卷由薛红云负责编撰，第十卷由陈泽宇负责编撰。

成书之际，适逢建党百年。百年风云舒卷，百年洪流激荡，百年文学亦堪称硕果累累。作为这一"主流"的一个汇集，一个展示，足以令人心潮澎湃。愿此书能够给亲爱的读者们带来一份慰藉，一份喜悦。

张清华　翟文铖

2021 年 6 月 8 日，于北京师范大学京师学堂

# 序

　　20 世纪 20 年代末，第一次国共合作失败，中国革命处于低潮期的时候，一大批文化界人士和青年知识分子陆续从各地会聚到上海，以其中的太阳社和后期的创造社为首，发起了一场轰轰烈烈的"无产阶级革命文学"运动。这场运动，最初被称为"普罗（即 proletariat）文学"运动，在 1930 年中国左翼作家联盟成立之后，又被通称为"左翼文学"思潮。尽管围绕什么是"革命文学"、怎么写"革命文学"，以及如何处理"文学"与"革命"的关系等问题，一直争议不断，但一种新的创作导向由此兴起，并深远地影响了中国 20 世纪文学的发展。

　　本书所选的就是出现在这一时段的部分"左翼"小说。基本的编选原则是：尽可能选取发表于这一时期，产生较大反响且具有一定代表性的作品；尽可能选取主题意蕴丰富、艺术性高、可读性强的作品；尽可能广泛地选取不同题材、不同类型、不同风格的作品。选出来的这九篇小说，大致可分为以下几类。

　　首先是"新青年"们的故事。经历"五四"思想启蒙之后，新一代青年已经在某种程度上将个人从传统家庭或社会伦理的束缚中解放出来，获得了一定的独立自主权，比如离开家乡去大城市、在新兴的现代大学接受新式教育，以及自由恋爱和结婚等等。但彼时我们的国家列强环伺、内忧外患，走出家庭的"新青年"

们，如何安顿个性解放的"自我"，如何面对危机重重的现实，如何看待个人与社会的出路；他们的迷茫和困惑，他们的幻灭与追求；他们毅然决然地反抗，他们奋不顾身地牺牲；他们满怀热情投身革命，他们遭受打击挣扎消沉，他们在和社会的对峙中反思、成长，他们也在与大众的相处中调整、蜕变……这些都是"左翼"小说关注的重点。本书所选的几篇，如洪灵菲的《在木筏上》、丁玲的《一九三〇年春上海（之一）》就是这一类的作品。特别值得一提的是，20世纪二三十年代"左翼文学"的创作者，大多都是20多岁的青年作家，他们讲述的"新青年"们的故事，带有很强的自传色彩。换句话说，这些小说中的故事，既是文学作品的情节，也是作家们所目睹或亲历的现实。这是在场者的书写，是一段沉甸甸的历史的见证。

其次是底层"小人物"的故事。20世纪30年代的中国，经济萧条、百业凋敝，"丰收成灾""商铺破产"，无论是城市还是乡村，都陷入了迅速的贫困化危机。关注国计民生的"左翼"作家，写下了大量批判现实、反映底层生活的作品。本书选择的几篇，如柔石的《为奴隶的母亲》、吴组缃的《天下太平》、艾芜的《山峡中》就是这一类小说。《为奴隶的母亲》写的是一位母亲因为家里穷被迫舍下幼子春宝，由丈夫做主典租到别人家三年，为别人生下儿子秋宝后又遭回原家的悲惨故事。《天下太平》写了一个天下并不太平的年代，勤劳善良的主人公王小福从体面的商铺朝奉一步步坠入困顿，最终成为小偷、走上绝路的故事。《山峡中》则写了一群被残酷黑暗的社会所逼而沦为盗贼的边缘人的故事。这些作品将目光聚焦在那些普普通通的乡民、店伙、甚至小偷身上，写的都是在国困民艰的历史背景下，底层民众勉力挣扎却日益困顿的生存故事。他们的故事，也是那个时代很多人的故事，是大历史洪流中小人物被裹挟、被碾压的悲剧。

再次是旧中国的"老灵魂"的故事。在"普罗文学"兴起之初，部分倡导者曾提出"革命文学"时代，是"死去了的阿Q时代"（钱杏邨语），批判"国民劣根性"的五四主题已经过时了，"左翼文学"创作者应该重点书写工农大众作为革命有生力量的正面特质。但就像鲁迅先生在"左联"成立大会上所慎重强调的，"旧社会的根柢原是非常坚固的"，不仅坚固，而且会在新时代找到"使新势力妥协的好办法"，从而继续长久地存在下去。（参阅鲁迅《对于左翼作家联盟的意见》）

"左翼文学"创作群落中，有一批深受鲁迅影响的青年作家，他们接续了五四时期的"启蒙"主题，着力呈现和剖析旧中国的"老灵魂"。本书所选的几篇，如叶紫的《山村一夜》、张天翼的《包氏父子》、沙汀的《在祠堂里》就是这一类的代表作。

还有"被侮辱与被损害"的孩子们的故事。魏金枝的《制服》是典型的"以小见大"的作品，作家将宏大的阶级命题，巧妙地转化成了一个孩子的创伤故事。作品以一套"制服"作为切入口，通过对几个乡村小学生交际往来的白描式叙述，生动地写出了等级社会根深蒂固的阶层意识对幼小心灵的戕害。由此也可以说，阶层等级、贫富差距以及因阶级、贫富等所引发的社会问题和个体危机，并不是"左翼文学"刻意宣传的斗争口号，而是真切地牵动着大多数人也包括孩子们的生存现实。

长时间以来，或许是因为在初创时期，倡导者一再宣称"革命文艺"要做记录时代的"留声机器"（郭沫若语），这使得我们对"左翼文学"一直存在一些刻板化的误解。本书尽力所选，至少在一定程度上展现了"左翼"小说形式的多样态和主题的丰富性。时隔近百年，静心细看这些快被我们遗忘的作品，最大的感触是质朴、耐读且诚恳动人。

编　者

# 目录

# 在木筏上

洪灵菲

## 【关于作家】

洪灵菲（1902—1933），原名洪树森，出生于广东省海阳县。1922 年考入国立广东高等师范学校，开始尝试文学创作。1923 年在《香港日报》发表小说《一个小人物死前的哀鸣》。1924 年广东高师与其他几所高校合并为国立广东大学，洪灵菲升入广东大学外文系就读，继续发表作品，与此同时，还积极参加学生工作，1926 年加入中国共产党。大革命失败后流亡上海，先后参与"太阳社"，创立《我们》月刊和"我们社"，陆续出版长篇小说《流亡》《前线》，短篇小说集《进攻》，诗歌集《战鼓》等。1930 年，与鲁迅、冯雪峰等共同发起成立"中国左翼作家联盟"，并当选为"左联"第一届执行委员。1933 年在北平被国民党政府秘密杀害。代表作品有长篇小说《流亡》、中篇小说《大海》、短篇小说集《归家》等。

## 【关于作品】

《在木筏上》，1929 年发表于《新流月报》第 1 期，后收入小说集《归家》，同年由现代书局出版。

这篇小说讲述了一个知识分子走向大众的故事。青年知识分子"我"（得源），因从事革命活动流亡南洋，偶然遇到了一群在沿河漂流的木筏上讨生活的同乡。同乡们原本是乡间勤劳本分的农民，一代一代像牛马一样辛苦地劳作，靠土里刨食儿勉强过活。可这些年又是水灾又是大旱，又是兵荒又是匪乱，摊派的课税越来越重，上缴的租子越来越多，辛劳一年种出的粮食"一担一担地挑到人家的家里"，剩下的还不够一家人填饱肚子。实在过不下去了，他们舍下老幼背井离乡跑到南洋，在木筏上卖死力赚一点微薄的工钱养家糊口。他们说起"我"在家乡的父母，说母亲每每听到"城市上拿了学堂生或是自由女去'找铳'（指枪毙——编者注）"，就在家里"捶胸顿足地啼哭"，为"我"担心得快疯了。"我"听了同乡们的话，心情很沉重，却没办法跟他们解释自己为什么不能回家、为什么要参与那些危险的事。这时，大雨还没有停，同乡旭高招呼大家一起去河里"洗身"，"我"也在船老板异样的目光中，跟着一起"先后地跳下河里面"，峻急的河水冲击着"我们"，"我们"奋力战胜了河流的风浪，也获得了战胜生活苦难的勇气。最后，不再忍受老板的刻薄对待，"我们"决定离开木筏，一起"到广大的外面的世界去"。

20世纪20年代后期，"普罗文学"运动兴起，洪灵菲是这一文学思潮的积极倡导者和参与者，他的作品"表现了那一时代，并且代表了当时革命文学的情调风格"（孟超《我所知道的灵菲》）。《在木筏上》是作家结合自己流亡南洋的经历创作完成的短篇小说，在这篇不太为研究界所关注的小说中，包含了早期"普罗文学"的许多典型特点：满怀热情和牺牲精神的青年主人公，深受压迫而即将觉醒的底层民众，对世界、对革命、对自我的浪漫想象，洋溢着"战斗的力的美"的艺术风格，以及为了突出"大众化"的写实风格，有意使用方言土语，如不断出现的"番批"（潮汕方言，指的是到海外讨生活的侨民写给家人的书信）等等。

细读这部写于1929年的作品，我们还可以发现，小说在某种程度上也是一个具有象征意义的革命寓言。从事革命活动的青年知识分子，和一群出身社会底层"被侮辱与被损害"的劳苦大众，同在一条风雨飘摇的木筏上，共同领受这残酷世界种种的苦，有彼此相通的地方，也有一些因为境遇不同而产生的隔膜。比如这群同乡每一个都是受到黑暗社会压迫的可怜人，可他们不明白自己为什么会受苦，他们更不明白"我"一个"读了这么多的书"的大学毕业生，为什么不去做官，为什么没有多赚一些钱回家孝顺父母，为什么要去做那些随时可能掉脑袋的事。"我"知道他们为什么受苦，而且"我"所信仰的革命就是要推翻这不公平的社会制度，让他们和所有天下受苦的人都过上不再被剥削和压迫的生活。但"我"不知道如何向他们解释，或者说，"我"还没有明确地意识到，"我"所做着的"那样的事体"，离不开眼前这些脸上"挂着苦笑"的可怜人。在小说结尾，作家设置了一个有意味的细节，"我"被这群人"粗暴而又雄健"的力量所感染，不由自主加入了他们，一起搏击着扑面涌来的风浪。"我"也由此确信，有了这"雄健的身体"和团结的力量，我们是能够"把一切困难逐渐征服的啊！"青年知识分子，克服个人危机，从"我"走向

"我们",这将是整个"左翼文学"创作在不同时期不断出现的一个重要主题。


约莫是夏天的季候,在日光像熔炉里的火舌一样灼热,船头上有一些白烟在升腾着的一天,我被一只小艇载到 M 河岸边,在 B 京对面的这木筏上面来。这时我被几个同乡的农民惊异地接待着了。

"呀,得源,你来?"他们都睁大着眼睛在凝视着我,先由黑米叔伸出他的粗大的臂膀,把我从小艇上挽起来,一若我是一个小孩子似的。

"得源!"我的堂兄旭高从艇上替我拿起那破旧的包裹——那被挟在他的胁下显出异常的细小——脸上挂着疑信兼半的笑容。他的心里头似乎在说:"你怎样也会到这儿来呢?"

跟着是"得源兄!得源叔!得源!"这名字在这木筏上响了一回,竖弓,妹子,亚木,粗狗次第都各叫着我一声。

"得源叔,这破市篮!啊!"亚木现出感慨的态度,闪动着他的眼皮上有了疤痕的眼睛,从我的肘上把我的市篮抢下,丢进一个角落里面去。

他们的这种亲热的表情,使我周身感觉到暖和,使我登时忘记了数万里长途漂泊的疲乏。同时,我一样地是为他们所惊异,我怎样也想不出他们为什么不好好地在乡中耕田,偏要到这儿来干什么呀。

"啊!你们都来?干什么勾当呢?"我劈头便是这一句。

他们都哑默着,有的脸上挂着苦笑,只有鲁莽的旭高睁大着他的带血的眼睛，用着愤怒似的口气说："来？不来这里，到哪里去呢？"

亚木解释着说："得源兄，乡中真是支离破碎呀！又水旱，又怕匪乱！……"

粗狗插着嘴说："不到这儿来便要饿死了！"

这时候，筏上的老板，爽聘，他是个年纪三十余岁，面部有如放大的泥人一般的我的同乡，在柜头旁边带着忙碌不过的态度站起身来向着我说："来呀？得源。"跟着，脸上带着苦容——怕麻烦又怕碰到事情来的苦容——便又坐下去记着他的账了。

木筏面水这边有许多筐咸鱼，里边有了许多很大袋的一袋一袋的东西。楼板擦得很是光滑，河里面的水影跟着日影一道跑进来在这地板上面跳跃着。

……

住在这木筏上以后，我和他们算是度了同样的生活，他们的脾气和性格我愈加懂得多一点，我的心便愈加和他们结合起来了。这木筏像一个大鸟笼似的，它把我们从偌大的世界中攫取来关在它的里面，好像我们是不适宜于在这鸟笼外面生存似的。同时像关在笼里面的鸟喜欢叫着一般，我们彼此间都喜欢说话。真的，在这样的时候，我们彼此间觉得说说话，发发脾气，是差不多和吃饭一样的重要啊。

这天我们照例又是谈起话来，门外下着大雨，屋背的木板（全屋都是用木板筑成的）用着全力在抵抗着那粗暴而且激怒的雨点，这发出一种又复杂，又合一，又悲壮，又苍凉的声音来。从窗外望出去，M河迷蒙着，浪花掺杂着雨点，白茫茫混成一片，这是多么有趣的景色啊。但受到这种声音的激动的怕只有我一个人，他们的脸上的表情都丝毫也没有改变的，我知道他们从小就被残酷的现实生活所压损，再没有闲情来领略这大自然的美丽啊。在他们以为下了大雨天气便会凉些，那便是一切了。但，这倒没有什么关系，因为我们彼此间实有了共通之点，那便是同是离乡别井的流浪者，同是在人篱下的寄食者，因此我们彼此间总觉得异常亲热，谈话的时候，也特别谈得痛快些了。

我们彼此拥挤地坐在这木筏上的后房（我们晚上便都在这里睡觉的，这儿没有蚊子，晚上只躺在地板上便够，用不着睡具），旭高望着我们说："数一数寄回家去的'番批'！"他的态度似滑稽又似庄严，似快乐又似悲伤。他的枣色的脸孔上近唇边的一粒黑痣上的毛，跟着他的唇在移动着，这好像是在戏谑着这说话的主人公似的。

"'臭虎'！天天在数着'番批'，不怕激怒你的老子吗？你这'臭虎'！"黑米叔用着手掌批着他的屁股，在他的身边蹲下去，看着他的"番批"。他的面孔几乎像"吉宁人"一样黑，身材比较细小而坚实。

"没有钱寄回去，数一数'番批'开开心！"旭高用着解释的神气说，把他的两只手捧着"番批"在念着，"……兹寄去大洋×
×元，以为家中之用……"

"'臭虎'！不要念吧！"竖弓尖着他的嘴唇，半恳求半阻止地走上前去抢着他的"番批"，"我们连'平安批'都还没有寄一张回家去啊！"

"唉！我已经不知多久没有寄钱回家去了！……"黑米叔怅然地从旭高身边退下，坐到地板上去。他的黑漆有光的眼睛似乎微微地湿了，但他这回的态度却变成更加愤怒了。他磨着他的牙齿，圆睁着他的眼睛，欹扬着他的头说："'你妈给我×的'，赚几个'臭钱'，这么辛苦！……"

大家见他这样动气和伤心都沉默了，他却做着冷笑说：

"我不信，我这个人连老婆和儿子都养活不起！他们那些发了财的'×母'，哪一个强似我啊？他们有什么鸟本事呢！……"

"你，你没有他们那么好的命运呢！"旭高照旧蹲踞着，安静地说，他的表情看不出是在安慰他，还是在嘲笑他。

"命运！鸟命运！为什么他们有好命运！我们便没有好命运呢！"黑米叔用着鸣不平的口气说，他的周身的坚强的筋肉都似乎在替这位主人抱着不平。

原来旭高和黑米叔到这 B 埠来，差不多都已经快一年了，他们自从上次从"山巴"内面"行船"回来以后，便没有事做，在这木筏上做"寄食者"也已经快一个月了。旭高的年纪比我大五岁——三十岁——身材却比我高大了差不多一倍。他自小就没有父亲，他的母亲有了四五亩田园。旭高十二岁至十五岁是我的私塾同学，那时他很顽皮，最喜欢乘"塾师先生"睡去，在他的辫子上结着一只用纸画成的大龟。往后，他没有读书了，他很喜欢在晚上到邻乡去看看社戏，同时喜欢在戏台前和人家打架。约莫二十三四岁的时候，他讨了一个老婆，从此以后他便很肯努力着田园上的工作。但天知道那是为什么缘故，他的田园一年一年地变成完全为课税和捐款之用，而且渐渐地被富人们收买完了。最后，他只得抛弃了他的瞎了眼睛的母亲，和离别了两个突突然的乳头的老婆跑到这 B 埠来。

据他自己说，他是想拿着锄头到 B 埠来发掘金矿的。然而他自到南洋以来，所度的只是一种矿坑下的生活，金子却不知道到那里发掘去呢。他一到 B 埠时，开始便在这木筏上"寄食"，往后他便替这筏"行船"到"山巴"里面去——载着这筏上的槟榔、辣椒、蔗糖、咸鱼、烟、茶等等到内地和土人交换米谷去。做这种生意是不容易的，有许多人白白地被土人杀死了呢。做着这种生意本来是全然为着这筏卖死力的，赚来的钱，是归这筏主人的，他只可以得到很少的工钱。但当没有"行船"的时候，他只得又在这木筏上"寄食"，因此这木筏的主人，居然又是他的恩主了！

黑米叔年纪约莫四十岁了，我在儿童的时候觉得他似乎很高，现在站起身来，他却比我矮了一个拳头了。他的妻年轻的时候是被称为美人的，我在差不多十岁的时候，时常看见她的两只眼睛在暗室里发光。现在呢，我已经许久不回家去了，不知道他的夫人变得怎样；但我想无论如何，黑米叔之离开家庭一定不是出于自己愿意的，因为他差不多天天都在记念着她啊！他自小便在替别人家耕田，等到禾谷成熟的时候，一担一担地挑到人家的家里去。他自己却时常没有饭吃。到 B 埠以后，他和旭高一道在"行船"——这便是他为什么把面孔晒得么黑的缘故———同依着这筏主以为活！（这筏主是他的堂侄，但"臭钱"使他的堂侄变成了他的恩主！这恩主给他很多苦工做，但给他很少很少的工钱！）

这时坐在黑米叔对面的亚木深深地被黑米叔所感动着了，他睁大着他的忧愁的眼睛，张着粗厚的嘴唇忠厚地说："黑米叔，黑米婶在家很凄惨呢！她现在是每餐都要到邻家借柴借米呀，她天天在咒骂你，说你负心呢！她说你一定在外面讨小老婆！忘记了她了！但是你的儿子都很乖，我向他们说，'你们的爸爸到哪里去了？'他们都向着我答，'到番邦赚钱去哩！'……"

黑米叔摇着头说："这也很难怪她在咒骂着我呀！……"以下

8

他便说不下去，他的声音哽咽着了。

旭高这回却气愤起来，他用力在竖弓的肩上打了一下，借以加强他的说话的语气说："狗种呀，做劫贼去吧！"

跟着他从他的衣袋里抽出一条指头般大小的木条，顶端扎着一束红丝线，很神秘地说："这是很灵验的'Kown'头，不怕刀枪的！"说过后，他又是很神秘地把它拿到唇边呵了一口气，迅速地拿到头上打了几个旋转，于是神气十足地把它收藏起来了。

"'臭虎'！值得这样贵重，这又比不上'番批'呀！"竖弓俏皮地在把这巫术者讽刺着，他的两颊很肥，颜色又很赤，所以看起来倒像是庙里的红面菩萨一般！

"比不上'番批'，比不上'番批'！你这'狗种'不知道这儿赚钱艰难，要来这儿'×母'吗？依我说，你这'臭屎人'还是在家里咬虱好！"旭高叱着他，用着拳头向他恫吓着。

"你在讲屁话！家中有饭吃，谁个喜欢到这里来寻死！"竖弓反抗地说，他的眼睛完全变成白色了，"旧年做了两回'大水'，今年旱了半年，一切'收成'都没有，官厅只知道'落乡'逼'完粮'，完到民国二十四年，又来逼收惩匪捐，缓缴几天便会……臭虎！看你说嘴！便是你在乡中，你可抵得住吗？臭虎你啊！"

"真是哩！……竖弓，亚木，妹子和我都因为……才不顾死活便逃到这里哩！"粗狗用着和平的口吻赞同着说，他把他的巨大的头点了又点，像要借此去感化着旭高似的。

"你们为什么不替他们对打起仗来呢！你们这些臭虎！"旭高暴躁地说，他弓起他的有力的臂膀，睁着他的血色的眼睛，似乎觉得对于打仗是万分有把握的样子。过一会，他却自己嘲笑着自己似的，大声地笑将起来了。

这时候，大家都沉默着，雨却依旧在下着，而且似乎下得更大了。但这回我再也不会把我的头伸出窗外去看一看江景了。他们的说话震动我的灵魂，那气势是比这狂暴的雨点更加有力些！他们一个个的家境我通是很明白的。他们都是在过着牛马似的生活。他们的骨子里的膏髓都被社会上的吸血鬼吸去。他们的全部的劳力都归于徒然，他们的祖先，他们的父亲，他们自己，甚至于将来的他们的儿子！……

亚木，妹子，竖弓，粗狗，都是和我住得很近，在乡村间。亚木的母亲是个裂耳朵的老寡妇，她的职业是，不计早晚，手上拿着"猪屎篮"和"屎耙"到各处耙起"猪屎"——这可以做肥田料之用，可以把它卖给耕田的人的。亚木自小便很孝顺他的母亲，提着小"猪屎篮"和小"屎耙"跟着他的母亲到各处去耙起猪粪。在乡中的时候，我们替他起了一个浑号叫"猪屎"的。妹子是我的堂侄，他的父亲喜欢喝酒和抽鸦片，把全家弄得支离破散——他卖了两个儿子，剩下的两个，较大的在邻乡（行船），小的这个便是妹子自己了——但照他自己的解释，他便是不喝酒和不抽鸦片烟对于家计也是没有办法的。他能够举出许多例来证明许多许多的没有喝酒和抽鸦片的人也和他一样穷。竖弓的父亲已经死去了许久了，他也是一个出名的红面菩萨。粗狗的父亲和母亲都很忠厚，粗狗也很忠厚，因为他自小头发便有几条是白的，所以人家都叫他做"粗狗"——照我的乡下人的解释，粗狗这名字，是指杂而不纯之意。

静默在我们中间展开着，我们似乎都变成了化石。骤然间，黑米叔用着刚从梦中醒来的神气说："得源，你为什么愿意去干着那样的事体呢？不是阿叔想沾你的光，你读了这么多的书，大学也毕业了，本事也大，要多赚一些钱寄回家去才好呀！你的父母都是穷光蛋，你要知道穷人是不易过活的啊！"他这时从他的耳朵上拿下来一粒药丸似的乌烟在他的牙齿上摩擦着，态度很是仁慈。

"对呀！得源！你连大学也毕业了，为什么不去做官呢？"旭高张着疑问眼睛望着我，但他的态度却显出异样的孩子气，好像害怕他这句话或许会说错了似的。

这回妹子也说话了，他似乎在守候了很久，直至这时才得到这说话的机会似的。他的年纪约莫二十岁，身体很不健康，两只眼睛无论怎样出力睁着也睁不大开。"得源叔，老婶天天在家中捶胸顿足地啼哭，她要老叔到外面来把你找回去哩！她每回听见城市上拿了学堂生或是自由女去'找铳'的时候，她便哭着向老叔要儿子！她差不多完全发疯了！得源叔，我这回从唐山到这儿来，她千叮咛，万嘱咐，要我替她把你找个下落呢！……得源叔，依我的说话，你还是偷偷地跑回去一下好呢。"妹子说得怪伤心了，他出力地张一张他的疲乏的眼皮，定定地望着我。

亚木，粗狗，竖弓，都在替我伤心，他们都亲眼看见我的母亲的疯疯癫癫的形状，听见她的疯疯癫癫的说话。他们都不约而同地向着我说："对呀，你应该回去一下呀！"

也许我是太伤心了，我只是咬紧我的嘴唇，把我的沉重的头安放在我的手肘上，一句话也说不出来。实在呢，我不知道要怎样置答才好。我的心里头的话是太多了，以至于挤塞着了，这反使我不容易把它们发表出来。我将向他们说出这个社会是怎样黑暗，现阶段的资本制度是怎样罪恶，他们为什么会那样受苦，而我为什么会去干着那样的事体吗？我将告诉他们说当这全体被压迫的兄弟们还没有家可归的时候，虽然我的母亲是疯了，我独自一个人回去是回不成功吗？这些问题是太复杂，不是一下子便可以讲明白的。所以，我对着他们只好摇着头。

加倍使我伤心的，是我看见我的侄子的那种疲乏的神情，要是有钱人，老早便应该被送到医院大大医治一下的，而他呢，连好好地在家里耕田还不能够，抱着病跑到这 B 埠来。同时呢，他似乎还不知道他自己的悲惨的命运，他还在替我伤心，这有什么话讲呢？于是，我不自觉地这样喊出来："妹子，我是不能够回去的！但是你打算怎样过活呢？你的身体是这样糟的！"

妹子显然是很受到感动了，他说："一连病了十几天，又没有钱医！家也回不成了！事体又找不到！……"

"便是回家去，难道你便有钱医病吗？死在'番邦'，死在'唐山'，不同样是死吗？不要害怕！臭虎！"旭高用着他的有力的手掌抓住了妹子的头发，摇了几下，便又放松了，于是狂笑着，这在他便算是对于同伴的细腻的安慰了。

妹子也惨笑着，躺下地板去，合着眼睛在睡着。

我沉默而又温柔地抚着他的背，这便是我所能够帮助他的一切了！

雨还是没有停止，河水增高了几尺了，但这不全然是为着雨，大半是为着潮涨的缘故。我们不高兴再去说起这种伤心的说话了。因为这样说得太多了时，对于我们似乎是一种莫大的耻辱。

"到外面洗身去吧！吁哕！"旭高忽而站起身来高喊着，从角落里拿起一条大浴巾来——这种大浴巾可以卷在头上做头巾，可以围在下身做"纱龙"，可以横在腰上做腰带各种用途的。

"'臭虎'！去便去！"黑米叔也站起身来，脸上挂着天真的笑容，把他刚才的忧愁全部都忘记了。

在 B 埠这儿，每天洗几次身，这是一种必要，而且是一种风俗。于是不顾雨是怎样下着，我们次第地都把衣衫脱光，围着大围巾，成行地走向筏外的步道上去。老板爽聘和平时一样地坐在柜头上，正和一个顾客在谈着话。他下意识用着怀疑的眼光在望着我，心里头是在说："看！你这个不成器的大学毕业生！"可是，我却旁若无人地跟着这队"寄食者"走出去。

筏外面的这步道也是由木板做成的，它的低级的十几级都浸在水里面，只有最高的两级还是现出水外来。这时候，这木筏的地板距离水面还不够一尺高，像即刻全部便都要沉入水中去似的。景象是美丽极了，雄壮极了，极目只有像欲坠下来的天空，像在水面上漂浮着的许多远远近近的树林，房屋和木筏，在河心与岸际跳跃着的许多小艇，艇上面有着周身发着油漆气味，口嚼着槟榔、荖叶的土人，男的和女的，而这一切都笼罩着在粗暴而又雄健的雨点之中。

我们都欢跃着先后地跳下河里面来，急激的波浪把我们的躯体冲击着，剥夺着，压制着，但我们却时时刻刻地保持着把我们的头颅伸出水面之外。河流不能淹没我们，也正如悲哀不能淹没我们一样。

我们呼号着，叫喊着，把手掌痛击着浪花，我们藐视着这滔滔的河流，我们都暗暗地在赞颂着我们自己的雄健的身体。有着这，我们是能够把一切困难逐渐征服的啊！

黑米叔游水的姿势好像一只鸭，纡徐地，坚定地，自负地，浮向前面地。旭高显出像野马一样矫健，他时时腾跃起在各个浪头之上。他一面游泳着，一面高声唱着：

"水里面的海龙王啊，

请把你的皇位让给你的老子！"

亚木弓起他的屁股来，好像看不起一切似的在用着滑稽的眼色看着我们。竖弓把他的两掌上的两个拇指放置到头顶上去，全身在蠕动着，像在爬着的虫一般。忽然间，粗狗游泳到他的身边去，不提防地碰撞了他一下。他便竖起头来，伸长着他的臂膀把粗狗连头盖面地压到水中去。但只一瞬间不知粗狗从他的下面怎样一拉，竖弓自己把头沉没到水中去，回时粗狗却高高地骑在他的身上，于是我们都大笑起来了。

同时，妹子因为身体不太好，只在步道旁边浸了一会，便先自起身去了。……

过了两个星期，这筏上的老板爽聘对待我们更加刻薄起来，甚至于时时把我们冷嘲热讽，说要是这样继续下去，不久他的生意便只好收歇了。我们都感觉这比一切的屈辱都要难受些，于是我们都愿意从这鸟笼飞到广大的世界外面去，虽然我们知道那也只是一种沉重的压逼。

# 一九三〇年春上海

## （之一）

丁玲

## 【关于作家】

丁玲（1904—1986），原名蒋伟，字冰之，出生于湖南常德。自小在母亲的影响下接受新式教育，1922 年从湖南去上海，先在上海平民女子学校学习，后转入上海大学中国文学系就读。其间结识瞿秋白、冯雪峰、胡也频等人，在他们的影响下，开始尝试文学创作。1927 年 12 月，处女作《梦珂》在《小说月报》头版刊行，署名"丁玲"，随即又发表了《莎菲女士的日记》。这两部作品引起强烈反响，丁玲作为新生代女作家开始受到文坛关注。丁玲初期的作品，多是与本人经历相近的女性故事。1930 年出版的长篇《韦护》，标志着她的创作悄然向"左"转。1931 年，丁玲接管"左联"机关刊物《北斗》做主编，文风也随之一变。1933 年丁玲被国民党政府秘捕，拘禁于南京三年。1936 年逃出去陕北，在解放区时期，写作了《我在霞村的时候》《在医院中》

《太阳照在桑干河上》等作品。新中国成立后历任中国作协副主席、文联党组副书记等职，晚年主编刊物《中国》。

## 【关于作品】

在"普罗文学"运动兴起之初，"革命的浪漫蒂克"情绪高涨，一类被称作"革命＋恋爱"的小说席卷文坛，盛行一时。蒋光慈算是这类创作的开先河者，他的《野祭》《菊芬》《冲出云围的月亮》等作品，在当时颇受年轻人欢迎。丁玲的《一九三〇年春上海（之一）》也是其中的代表作。《一九三〇年春上海（之一）》发表于《小说月报》1930年第21卷第9期，后收入小说集《一个人的诞生》，次年由上海新月书店出版。

小说写的是一对曾经相爱的青年知识分子——子彬和美琳，在20世纪30年代群众运动暗潮汹涌的背景下，一个坚持留在书斋做两耳不闻窗外事、为赋新词强说愁的纯文学作家，一个决定走向人群，与普罗大众一起改变社会。因为彼此的志趣和人生选择不同，他们最终渐行渐远。

主人公美琳，是作家着力塑造的女性形象。她是一个热情活泼的文学青年，因为爱子彬的作品进而爱上了子彬。一开始，爱人体贴、衣食无忧，她觉得那就是她想要的幸福生活。但是不知道从什么时候开始，她模模糊糊感到不满足起来：以前她觉得"只要有爱情，便什么都可以捐弃"；但现在不然了，"她还要别的！她要在社会上占一个地位"。在小说最后，受另外一个革命男青年若泉的影响，美琳留下一封书信，参加运动去了。从莎菲（丁玲《莎菲女士的日记》主人公）到美琳，从负着个性解放的苦闷的"叛逆的绝叫者"到带着浪漫想象投身阶级解放的革命者，这一转变，对于我们深入理解丁玲和像她一样的现代知识分子，具有启示意义。

总体来看，这篇小说里的"革命者"和"革命场景"还有些稚嫩，但"革命"是神圣的，它所召唤的朦胧又迷人的理想主义激情，是让人心动的。当然，"美琳"们的故事才刚刚开始，走出了父亲的家、走出了爱人的家，走进了游行的队伍、走向了硝烟弥漫的战场……然后呢？丁玲将在《我在霞村的时候》《在医院中》等作品中继续讲述。

一

电梯降到了最下层，在长甬道上，蓦然响着庞杂的皮鞋声。七八个青年跨着兴奋的大步，向那高大的玻璃门走出去，目光飞扬，互相给予会意的流盼，唇吻时时张起，像还有许多不尽的新的意见，欲得一倾泻的机会。但是都少言地一直走到街上，是应该分路的地方了。

他们是刚刚出席一个青年的、属于文学团体的大会。

其中的一个又瘦又黑的，名字叫若泉，正信步向北走去。他脑里没有次序地浮泛起适才的一切情形，那些演说，那些激辩，那些红了的脸，那些和蔼的诚恳的笑，还有一些可笑的提议和固执的成见，……他不觉微笑了，他实在觉得那还是令人满意的。于是他脚步就更加轻松，一会儿便走到拥挤的大马路了。

"喂，哪儿去?"

从后面跑来一个人，抓着了他臂膀。

"哦，是你，肖云。"

他仿佛有点吃惊的样子。

"你有事吗?"

"没有。"

两人便掉转身，在人堆里溜着，不时悄声地说一些关于适才大会上的事。后来肖云邀他到一个饮茶的地方去，他拒绝了，说想回去，不过突然又说想去看一个朋友，问肖云去不去。肖云一知道那朋友是子彬，便摇头说：

"不去，不去，我近来都有点怕见他了，他太爱嘲笑人了。我劝你也莫去吧，他家里没有多大趣味。"

若泉还是同肖云分了手，跳上到静安寺去的电车，车身摆动得厉害，他一只手握住藤圈，任身体荡个不住，眼望着窗外整齐的建筑物，一切大会中的情形及子彬的飘飘然的仪容都纷乱地揉起又纷乱地消逝了。

## 二

子彬刚从大马路回来，在先施公司买了一件葱绿色的女旗袍料，预备他爱人做夹袍；又为自己买了几本稿纸和笔头，预备要在这年春季做一点惊人的成绩；他永远不断地有着颇大的野心，要给点证明给那些可怜的，常常为广告所蒙混的读者，再给那些时下的二三流滥竽作家以羞辱，那是些什么东西，即使在文字上，也还应该再进大学好好念几年书；只是因了时尚，只知图利的商贾，竟使这些人也俨然地做了作家，这常常使子彬气愤，而且他气愤的事从不见减少，实实在在他是一个很容易发气的人。

他是一个为一部分少年读者所爱戴的颇有一点名望的作家。在文字上，很显现了一些聪明，也大致为人称许的。不过在一部分，站在另一种立场上的批评家们，却不免有所苛求，常常非议他作品内容的空虚，和缺乏社会观念。他因此不时有说不出理由的苦闷，也从不愿向人说，即使是他爱人，也并不知道他精神的秘密。

爱人是一个年轻活泼的女人，因为对于他的作品有着极端的爱好，同时对于他的历史，又极端的同情，所以一年前便同居在一块了。虽然两人的性格实在并不相同，但也从不龃龉地过下来了。子彬年龄稍长，而又异常爱她的娇憨。女人虽说好动，天真，以她的年龄和趣味，缺少为一个忧郁作家伴侣的条件，但是他爱她，体贴她，而她爱他，崇拜他，所以虽说常常为人议论不相称，而他们自己却很相得地生活这么久了。

在社会和时代的优容之下，既然得了一个比较不坏的地位，又能在少数知识分子女人之中，拣选了一个容貌上、仪态上、艺术修养上都很过得去的年轻女人，那当然在经济条件上，也会有相当的机运。他们住在静安寺路一个很干净、安静的弄堂里的一个两层楼的单间，有一个卧房和一个客厅，还有一个小小的书房，他们用了一个女仆，自己烧饭，可以吃得比较好。有那么些读者，为他的文章所欺，以为他很穷，同情他。实在他不特生活得很好，还常常去看电影，吃冰果子，买很贵的糖，而且有时更浪费地花钱。

这时两人在客厅里看衣料，若泉便由后门进来了。因为长久没有访问，两个主人都微微有点诧异，可能有两个星期没有来这里玩了，这在过去，真是少有的事。

美琳睁起两个大眼睛望着他：

"为什么这么久都不来看我们？"

"因为有事……"

他还想说下去，望着瘦了些的子彬，便停住了。他向子彬说：

"怎么你瘦了？"

子彬回答的是他对于朋友的感觉也一样。

美琳举起衣料叫着，要他说好不好。

他在这里吃的晚饭。他觉得有许多话要向他要好的朋友说，但是总觉得不知怎么说起，他知道朋友的脾气。他抽了许多烟，觉得自己坐在这里太久了，时间耗费得无意义。他想走，但是子彬却问他：

"有多的稿子没有？"

"没有，好久不提笔了，像忘记了这回事一样。"

"那怎么成！现在北京有人要出副刊，问我们要稿，稿费大约是千字四元，我们或者还可多拿点。你可以去写点来，我寄去。我总觉得北方的读者显得亲切些。"

若泉望了望他，又望了望美琳，感慨似的说道：

"对于文字写作，我有时觉得完全放弃了也在所不惜。我们写，有一些人看，时间过去了，一点影响也没有。我们除了换得一笔稿费外，还找得到什么意义吗？纵说有些读者曾被某一段情节或文字感动过，但那读者是些什么样的人呢，是刚刚踏到青春期，最容易烦愁的一些小资产阶级的中等以上的学生们。他们觉得这文章正合他们的脾胃，说出了一些他们可以感到而不能体味的苦闷。或者这情节正是他们的理想，这里面描写的人物，他们觉得太可爱了，有一部分像他们自己，他们又相信这大概便是作者的化身。于是他们爱作者，写一些天真的崇拜的信；于是我们这些收信的人，不觉很感动，仿佛我们的艺术有了成效。我们用心为这些青年们回信。……可是结果呢，我现在明白了，我们只做了一桩害人的事，我们将这些青年拖到我们的旧路上来了。一些感伤主义，个人主义，没有出路的牢骚和悲哀！……他们的出路在那里，只能一天一天更深地掉在自己的愤懑里，认不清社会与各种苦痛的关系，他们纵能将文字训练好，写一点文章和诗词，得几句老作家的赞赏，你说，这于他们有什么益？这于社会有什么益？所以，现在对于文章这东西，我个人是愿意放弃了，而对于我们的一些同行，我希望都能注意一点，变一点方向，虽说眼前难有希望产生成功的作品，不过或许有一点意义，在将来的文学历史上。"

他希望子彬回答他，即使是反对也好，他希望谈话能继续下去，他们辩驳，终于得一个结论，不怕又使子彬生气、红脸。他们过去常常为一点小事，子彬要急得生气的。

可是子彬只平静地笑了一笑，说：

"呵，你这又是一套时髦话了！他们现在在那里摇旗呐喊，高呼什么普罗文学，……普罗文学家是一批又一批地产生了。然而成绩呢？除了作为朋友们的批评家，一次两次不惮其烦地大吹特捧，影响又在哪里？问一问那些读者，是中国的普罗群众，还是他们自己？好，我们现在不讲这些吧，不管这时代属于哪一个，努力干下去，总不会有错的。"

"那不然……"

若泉的话被打断了。子彬向美琳做了一个手势说道：

"换衣去，我们看电影去。你好久不来了，不管你的思想怎么进步也好，我们还是去玩玩吧。现在身上还有几块钱，地方随你拣，卡尔登，大光明……都可以。"

他拣出报纸放在若泉的面前。

若泉只说他不去。

子彬有点要变脸的样子，生气地望着他，但随即便笑了起来，嘲讽似的：

"对了，电影你也不看了！"

美琳站在房门边愣着看他们，不知怎么好，她局促地问：

"到底去不去？"

"为什么不去？"子彬显得发怒似的。

"若泉！你也去吧！"美琳用柔媚和恳求的眼光望着他。

他觉得使朋友这样生气，有点抱歉似的想点头。可是子彬冷冷地说道：

"不要他去，他是不去的！"

若泉真忍不住要生气，但他耐住了，装着若无其事地看报纸。

美琳打扮得花似的下楼来，三人同走到弄口。美琳傍着若泉很近，悄声地请他还是去。若泉斜眼望他朋友烦恼的脸色，觉得很无聊，他大声地向他们说了"再会"，便向东飞快地跑去了。

# 三

电影看得不算愉快，两人很少说话，各想各的心事。美琳不懂为什么子彬会那么生气，她觉得若泉的话很有理由。她爱子彬，她喜欢子彬的每一篇作品，每篇里面她都找得到一些顶美丽的句子和雅隽的风格。她佩服他的才分。但无论如何她不承认若泉的话有错，有使人生气的理由。她望望他，虽说他眼睛注视在银幕上，她还是觉得正有很大的烦闷在袭扰着他。她想："唉，这真是不必的！何苦定要来看戏？"她用肘子去碰他，他握着她的手，悄声说：

"不是吗，今夜的影戏很好。美，我真爱你！"他仿佛又专心去看电影了。

是的，他很生气，说不出是谁得罪了他。只有若泉的话，不断地缠绕在他耳际，仿佛每句话都是向他来的，这真使他难过。果真他创作的结果是如若泉所说的一般吗？他不那么相信！那些批评者对于他的微言，只不过是一种嫉妒。若泉不知受了什么暗示，便认真起来。他想到若泉那黑瘦的脸，慢慢地竟有点觉得不像，又想起过去刚同若泉认识时的情形，感慨地叹息起来：

"唉，远了，朋友！"

远了！若泉是跑到他不能理解的地步了。无论他将他朋友怎样设想、观察，即使觉得是极坏，甚至沦于罪恶，而朋友还是站在很稳固的地位，充实地，有把握地大踏步地向着时代踏去，他不会彷徨，他不能等什么了。

他去望美琳，看见美琳白嫩的脸上，显着恬静的光，表示那从没有被烦愁所扰过的平和。他觉得她真可爱，但仿佛在这可爱中忽然起着些微的不满足。他望了她半天，对于她的无忧的态度不免有点嫉妒起来。他掉转头来微嘘着气。

是的，"远了"！这女人就从来不了解他。他们一向就是隔离得很远的，虽说他们很亲密地生活了一年多，而他却从不度量一

23

下这距离，实在只证明他这聪明人的错误。

现在呢，这女人虽说外形还保留着她的淳朴的娇美，像无事般地看着电影，而她心中却也萦怀着若泉的话去了。

这些话与她素来所崇拜的人显着很大的矛盾。

他们回去得很迟，互相只说了极少的话，都唯恐对方提到电影，自己答不上来；关于那情节，实在是很模糊，很模糊。


# 四


时间过去了，一天，一天，两个星期又过去了。若泉很忙，参加了好几个新的团体，被分派了一些工作；同时他又觉得自己知识的贫弱，刻苦地读着许多书。人瘦了，脸上很深地刻划着坚强的纹路，但是精神却异常愉快，充满着生气，像到了春天一样。这天他正在一个类似住家的办公处里。那是一所异常破旧的旧式弄堂房子，内部很大，又空虚，下面住了一位同志和这同志的妻子（一个没有进过学校而思想透彻的女人），还有两个小孩，楼上便暂时做了某个机关。若泉正在看几份小报，在找那惯常用几个化名，其实是一个人的每天骂文坛上的劣种的文章。所谓文坛上的劣种，便是若泉近来认识，而且都在相近的目标上努力的人，在若泉当然都是相当尊敬和亲善的。然而骂人的把一部分成名作家归为世故者的投机，把另一部分没有成名的骂作投降在某种旗帜底下，做一名小兵，竭力奉承上司，竭力攻讦上司们所恶的。于是机会来了，杂志上可以常常见到这帮人的名字，终于他们也成了一个某翼的作家。还有另外一部分人，始终是流氓，是投机者，始终在培养他们的喽啰，和吹捧他们的靠山。他们在文艺界混了许久，骗得了一些钱，然而常常会和他们的靠山火并，又和敌人携手……若泉很讨厌这作者，虽说这人于文坛的掌故还熟习，但他的观点根本是错误的，行为也是极卑劣的。若泉常常想要从头至尾清清楚楚地做一篇文章，彻底推翻那一些欺人的论断，尤其是那错误、荒谬的文艺的理论。不过他没有时间，没有时间提笔，又没有忘记这桩事，所以每天总是匆忙地去翻一翻，看有没有新的文章发表。

这时楼梯上响着杂乱的声音，鱼贯进来三个人。第一个是每天必来的肖云。第二个是一个在工联会里有职务的超生，是楼下住的那女人的表兄。第三便是那女人了，她的名字叫秀英。

超生热烈地和他握手，他们又有好久不见了。他们的工作的不同，忙迫隔离了他们，他们从相见后便建立了很亲切而又诚恳的友谊。他们自然地问了几句起居上的话，便很快地谈到最近某棉织厂罢工的事。若泉对于这方面极感兴趣，常常希望能从这知识阶级运动跳到工人运动的区域里去，超生早就答应为他找机会。所以他们一见面总是大半谈的工人方面的事。后来，超生问道：

"你还在写文章吗？"

"没有。"他答着，仿佛有点惭愧似的，但又很骄傲，因为他的理由是："没有时间。"

超生告诉他，他们报纸上有一栏俱乐部，很需要一点文艺的东西，希望若泉能答应，或者由若泉去邀几个同志，不过他又表示担忧，说若泉他们的艺术不行，工人们看不懂。他要若泉顶好写得浅一点，短一点。他还发表了一点文艺大众化的理论，当然他是站在工人立场上的。

不久，他走了，他太忙，他说过几天还要来一次，讨论一下适才所提议的事。他要肖云也想一想，他要一个好的具体的办法。

房里只剩了若泉和肖云两人时，肖云从怀里抽出一份报纸递给他，并且说：

"真不知子彬为什么要这样。"

若泉吃了一惊。近来他仿佛忘记了这朋友，但是那过去的，七八年的友谊，却不能不令他常常要关心到他。近来常常不难有机会听到一些关于子彬的微言，他虽说不能用感情做袒护，但他总是希望他朋友不会太固执，应该有点转变，一种思想上的诚实的转变。他看见肖云那神气，觉得很不安，他问道："怎么回事，关于子彬的？"他接过报纸来。

"你看看，自然会知道的。"

报纸是张副刊，用了大号字标题：《我们文坛的另一种运动者!》，署名是一个字："辛"。

"这文章是子彬做的吗？"若泉问。

"不是他，还是谁！他在《流星》月刊上发表小说不都是署名'辛人'吗？那文章，什么人一看便知道，除了他没有人做得出。你看看这副刊，这是××的走狗李桢编的。他竟将稿子拿到这种地方去，这般无理地嘲讽人，真使我们做朋友的人为难了。也许他现在只觉得《流星》派的绅士是好人，是朋友，而我们却只是些可笑的，不过我总为他难过。"

若泉望了他一眼，才将文章看下去。

文章做得极调皮，是篇好文章，与作者的其他文章一样，像流水一样自自然然便跟着看下去了。文句练得好，又曲折，又短劲，只是还是老毛病，不像论文，不像批评，通篇只是一些轻松漂亮的空话而已，说是嘲讽，不错，可以说满篇都是嘲讽，然而这嘲讽是没有找到一个对象的。人名呢，所谓"文坛上另一种运动者"们是陆续举出了一些，还有一些其余的人。不过仿佛只是列举而已，并没有处在一个敌对的地位，做正面的攻击，或是站在客观的批评者的立场，下一句评判。虽说从文章上看得出作者已达到一部分痛快，发泄了一些个人的不平和牢骚，也可以使极少数的读者（一二人）起着不快之感，然而文章终究是无力的，不值得注意的，因为作者没有立场，没有目标，就是没有作用，仿佛朝天放枪，徒然出出气罢了。

若泉默了一会，他想到他朋友了，慢慢地向着肖云说：

"我觉得没有什么。"

肖云做了一个不愉快的样子叹着气：

"总之，这态度不对，好多人都在讲呢，我不能为他辩护一句话。"

"就让别人讲他好了，他自己不怕，你何必担心呢。"

"不是的。你不知道。他真何苦这样，我断定他自己这时也正说不出的后悔，他不是一个勇敢的战士，我知道他，所以我恨他，又为他难过，否则我便站在那攻击他的队伍里去了。"

若泉也点头：

"我何尝不知道他呢，他太聪明了，然而他是另一时代的人物，我们拉他不转来，我常常想着他难过。我想他近来一定很烦闷。今晚我们去看看他好吗？"

"去也枉然。只能谈一点饮食起居的话，或者便是娱乐的话。若说到正题，他不是冷着脸不答辩，便是避开正面的话锋，做侧面的嘲讽了。我总不想见他的面。"

"那有什么要紧呢？我们就说一点无聊的话，我只希望他能快

乐一点就好，快乐使人有生活的勇气呢。我们还是今晚去看看他
吧。你有空吗?"

肖云不乐意地答应了。

<h1 style="text-align:center">五</h1>

他们到子彬家的时候，已晚上八点了，可是子彬的客堂里还
很热闹。除开他们夫妇外，还有三个穿西装的青年。子彬看见他
们，稍稍有一点惊诧，但随即很高兴地将他们介绍给那三位青年。
有两个是上海某艺术大学的学生，一个比较不漂亮点的是刚从北
平来的学生，他们都是愿意献身文艺的未成名的少年诗人，所以
听到若泉和肖云的名字时，便极欢欣地又谨慎地送过手来，说一
些仰慕的话。

在子彬脸上找不到一丝不愉快的痕迹。他虽然瘦，但却不像
从前的苍白，映着一层兴奋的红光。他精神异常好，极力使谈话
不要停顿。他讲了许多关于北平的生活，又讲一些美国的建筑。
他取出一二十张他的朋友从美国寄回来的画片。后来他又讲到日
本的国画，说他一个朋友在日本卖画得了好多钱。

娘姨拿了许多糖和水果进来，子彬特别吃得多。他拿起一种
有名的可可糖，极力称赞着，劝客人们多吃，而且说:"美琳太喜
欢这个了。不是吗，美琳?"他又望美琳。

肖云心中想:

"是的，她喜欢吃，那是你养成她的这种嗜好的。因为那是一
种高贵的嗜好呵! 若是她喜欢吃大饼油条，那恐怕你只有不高兴，
而不会向人夸说了吧。"

美琳却反对他：

"不喜欢，现在不喜欢了，我吃腻了，只有你的嗜好才不肯改。"

子彬微微蹙了一下眉，同客人说别的去了。

若泉觉得美琳比平日少说了许多话，只默默坐在那里观察人。他走过去搭讪着问道：

"近来看电影没有？"

"看的，看得真多，只是我很反感，因为得不到快乐。"她仿佛很气愤似的。

子彬望了她一眼，仍然装着若无其事的。

"为什么？为什么会不快乐？"若泉盯着她。

"不知道为什么，生活总没有兴趣……"她望了她丈夫一眼。

"找点事做吧，有事做就好了。"

肖云也奇怪地望美琳，从来就没有听见她说过不快乐的话。

"做什么事好呢？有时还想进学校去。"

"哈，美，你又说想进什么学校了，你以前不是很厌倦学生生活吗？在家里，天天要你念英文，又不肯，要你写文章，你也懒，还说什么做事？"子彬岔着说，而且故意说到别方面了。

美琳抱怨地斜了他一眼，像自语似的：

"你喜欢，我不喜欢……"

到九点钟的时候，有个学生要告辞回住处了，他住在闸北近天通庵，晚了不方便。其余两个学生也只好告辞。有一个问了几次若泉的住处，说以后好去拜访他，顺便领教。子彬殷勤地送他们出去。

但这两个客人却还不肯走。

子彬转身时，疲倦地望了他们两眼，颓然地倒下椅子去，自己摸了一下两颊，觉得发烧，他无力地拿起一个橘子来吃着。

"你的客真多！"肖云早就想说的一句话，这时才自然地迸出。

"对了！无法的事！我不能拒绝他们，他们常常妨害我的工作和精神。有好些人坐在这里好像是不预备走似的。我简直陪不过来。"

"那是因为'主贤客来勤'。"肖云几乎说出这句俗语来。不过他咽住了，他怕子彬多心，以为他有意识讥讽他。近来，他觉得在这位朋友前应比在其他地方需要留心些。

"为什么不可以拒绝呢，你可以的。我相信有许多也只是些无聊的晤会。"若泉很诚恳地说。

子彬不愿意承认，便不作声。

美琳觉得都是不必需的，不过她不说出，她只这么说：

"假使没有人来，我以为也会很难过。"

大家对她望了一眼，只有若泉答应她：

"当然，那是很寂寞的。不过我们可以另外想法，我们可以常常大家在一块，讨论点具体问题，或是读几本书，因为一个人读书没有趣味，又得不到多少印象和益处，还不是走马看花似的过去了。我们现在不是不要晤会，是要减少那些无聊的，而且还要多多和人接近。"

"……"美琳把一双大眼闪着，像沉思着什么似的，过一会正想说话——

"她不适宜于你所说的那些的！"子彬抢着下了这断语，他不愿意这成为一个讨论的目标，接着他又说到别的去了。

谈话到十点钟，越谈越不精彩，因为题目不能集中，大家都感觉得精神上隔了一座墙，都不愿意发挥自己的意见，也不给别人发挥的机会。这是太明显了，一发挥，破裂便开始了。跟着，呵欠来了，都觉得倦，然而互相都不愿意这谈话停下来。纵然还是继续了下去，每人都更深地感到这脆弱的友谊是太没有保障，彼此更距离得远了，而且无法迁就。

最后还是若泉站了起来，取了一个决然的姿势，望了肖云一眼，肖云也同意了。他们没有表示有一点遗憾便告辞出来。子彬虽说很殷勤地送着，但不愿有一点挽留的意思。

一直送到后门外，若泉回头，像同小孩子说似的大声说：

"好，你们进去吧！"

美琳忽然锐声叫道："过几天请再来呀！"这声音有点发抖，大家都感觉到。

"是的，会再来的！"若泉说了，肖云也跟着说。

# 六

但是子彬很生气，他骂着她：

"你疯了！这样大声叫！"

他从来没有这么厉声厉色地呵斥过她。这是第一次他露出了他的凶暴，不知道为什么他竟这样忍耐不住他对美琳所起的嫌厌之心。他也不知他恨她的到底是什么，只觉得一切都不如意，都说不出的不痛快。而美琳偏要作梗，像有意要使他爆发。她不特没有尽一点做爱人的责任，给他一点精神的安慰，和生活的勇气——她是不会了解这生活的苦斗的——而且反更加添他的恼怒。照理他纵骂了她，也没有什么过分，不过他素来都太娇纵她，所以马上他便后悔了，虽说心里越加难过。他柔和地向她说道：

"不早了，上楼睡去吧。"

美琳不作声，顺从地上了楼。

子彬好言哄着她，又拿了两个顶大的苹果给她。她心里想："你老把我当小孩！"

不久，她睡了，乖乖的。他吻了她，他太爱她了。但他没有睡，他兴奋得很，他说还要做点事，一人逃到亭子间，他的小书房去了。

她并不能睡着，她在想她的一切。她是幸福的，她不否认，因为有他爱她。但是不知为什么她忽然感到不满足起来，她很诧异，过去那么久她都是糊糊涂涂地过着。以前她读他的小说，崇拜他，后来他爱她，她便也爱他了。他要求她同居，她自然答应了他。然而她该知道她一住在他这里，便失去了她在社会上的地位。现在她一样一样想着，才觉得她除了他，自己一无所有了。过去呢，她读过许多古典主义浪漫主义的小说，她理想只要有爱情，便什么都可以捐弃。她自从爱了他，便真的离了一切而投在他怀里了，而且糊糊涂涂自以为是幸福地快乐地过了这么久。但现在不然了。她还要别的！她要在社会上占一个地位，她要同其他的人，许许多多的人发生关系。她不能只关在一间房子里，为一个人工作后之娱乐，虽然他们是相爱的！是的，她还是爱他，她肯定自己不至于有背弃他的一天，但是她仿佛觉得他无形地处处在压制她。他不准她有一点自由，比一个旧式的家庭还厉害。他哄她，逗她，给她以物质上的满足。但是在思想上他只要她爱他，还要她爱他所爱的。她尽着想：为什么呢？他那么温柔，又那么专制。

她睡不着，她不能不想那关在亭子间里的人，他不是快乐的，她现在才知道。以前他到底真的快乐不快乐，她不很明了，疏忽过去了，只以为在笑，在唱赞美歌，在不断地告诉她满足，感谢她无上的赐予，那一定是快乐的；或是为了一点小事，他生气了，写了许多发牢骚的文章，她很不安，不知所措，但一会儿他便好了。他说他忘记那些了，他脾气不好，以致使她难过，于是这小的不愉快，便像东风吹散了白云，毫不留痕迹地过去了。而现在呢，她已经觉到了，他常常很烦扰，虽说他装得仍是与从前一样，他常常把自己关在亭子间里，逃避她的晤面。一个人在里面做什么呢？总是很迟很迟才来睡，说写文章去了，她替他算，他近来的成绩，是很惭愧的。而且他饭也吃得太少，但他还不肯承认，他在她面前总说是吃得太多了。这一切到底是为了什么呢？他不信任她吗？他从没有同她讲一句关于这上面的话。而且他从没有对一个朋友说到他的苦闷，虽说文章还是特别多牢骚，而给远地的认识或不认识的朋友的信，也特别勤而且长，总是抑郁满纸，不过那是多么陈旧的一些牢骚呵！他几年来了，都是欢喜那么说法的。他绝不是单为那些不快乐。那么，为什么呢？

她又想，她想到若泉了。若泉和她认识，是在她与子彬认识之前。以前他们很生疏，后来很熟识了，那是完全因为子彬和若泉友谊的关系，将她视为一家人一样地亲切了起来。她从来就很随便，对他没有好感，也没有坏感。然而她在几次子彬和他冲突之后，她用她有限的一点理智，她判断全是子彬的有意固执。若泉很诚恳，很虚心，他说的并不是无理的。而子彬则完全是乖僻的，他嘲笑他，冷淡他，躲避他，这又是为什么呢？他们从前是多么忘形地亲热过。她看得出子彬很想弃掉这友人了。没有一次他同她说到过他，这不是从前的情形。没有一次他提议过，说是去看看若泉，这也绝不是从前的情形。而不只对若泉，他对许多从前的朋友都有意疏远起来。为什么呢，他要这样？

她越想越不解，她几次预备到亭子间去，希望得一个明白的解释。但是她又想到，他不会向她说一句什么，除了安慰她，用好话哄她，轻轻拍着她要她睡，他不会吐露一句他的真真的烦闷的。他永远只把她当一个小孩看，像她所感觉到的。

钟敲过两点了，他还没有来，她更坠在深思里了，她等得有点心焦。

他在做什么呢？

他在头痛，发烧，还有点点咳嗽。他照例坐到写字桌时，要在一面小小的圆的镜子里照一照，看到自己又瘦了，心里就难过。从前常常要将镜子摔到墙角去，摔得粉碎，但自从家里多了一个女人后，便只发恨地摔到抽屉里了，怕女人看见了会盘问，自己不好答复。这天仍然是这样，把镜子摔后还在心里发誓：

"以后再不照镜子了。"

坐下来，依习惯先抽一支"美丽"牌，青烟袅袅往上飘，忽然又散了。他的心情也像青烟的无主，空空的轻飘飘的，但又重重地压在心上。心沉闷得很。然而子彬却还挣扎着，他不愿睡。他赌气似的要这么挨着，要在这夜写出一篇惊人的作品来。他屈指算，若是《创作》月报还延期半月，简直有两个月他没有与读者见面，而《流星》月刊他仿佛记得也没有什么稿子存在那里了。读者们太善忘了，批评者们也是万分苛刻的。他很伤心这点，为什么这些人不能给有天才的人以一种并不过分的优容呢？不过他只好刻苦下去，怕别人误会他的创作力的贫弱。他是能干的，他写了不少，而且总比别人好，至少他自己相信，终有一天，他的伟大的作品，将震惊这一时的文坛。不过现在生活太使他烦闷，他缺少思索的时间，便是连极短的东西，也难得写完。

他翻起几篇未完的旧稿，大致看了一遍，觉得都是些不忍弃置的好东西，但是现在，无论如何，他还不能续下去，他缺少那一贯的情绪。他又将这些稿子堆积在一边，留待以后心情比较闲暇时慢慢去补。他再拿过一本白纸来，不知为什么，总写不下去，后来他简直焦躁了。他希望是那样，而实际却只是这样，他又绝不相信阻碍着的便是他的才力。看看时间慢慢过去了，他的身体越支持不来，而心情越激奋了，他把稿子丢开，一人躺在椅子上生气，他恨起他的朋友来了！

他的心本是平静的，创作正需要这平静的心，他禀性异常聪明，他可以去想，想得很深又广，但他却受不了刺激；若泉来，总带些不快活来给他，使他有说不出的不安。他带了一些消息来，带了一些他不能理解的另一个社会给他看，他惶惑了，他却憎恨着，这损伤他的骄傲。而若泉的那种稳定，那种对生活的把握，使他见了很不舒服，发生一种不能分析的嫉妒。他鄙视若泉（从来他就不珍视他的创作），他骂他浅薄，骂他盲从。他故意使自己生起对于朋友的不敬，但是他不能忘记若泉，他无理地恨他，若泉越诚恳，越定心工作，他就越对于那刻苦更生厌恶，更不能忘。至于其他的一些类似若泉的人，或者比若泉更勤恳，更不动摇的人，他虽说也感着同样的不快，但是仿佛隔了好远，只是淡淡的，他数得出这些可嘲笑的人的名字，却不像若泉常常刻在他心上，使他难过。对于许多他不知名的一些真真在干着的人，他永远保持他的尊敬，不过像他所认识的这一群，他却永不能给他们以相信，他们都只是些糊涂浅薄的投机者呀！

时间到了两点，他听到美琳在咳嗽，他也咳得更凶，他实在应该去睡了，但是想起近日美琳的一些无言的倔强，和今晚对于若泉的亲近，他觉得美琳也离他很远，他只是孤独地一人站在苦恼而又需要斗争的地位。他赌气不睡，写了两封长信，是复给两个不认识的远地的读者的。在这时，他对他们觉得是比较亲切的。两封信内容都差不多，他写着这信时，觉得心里慢慢地轻松，所以到四点钟的时候，倦极地伏倒在书桌上，昏昏睡着了。

## 七

美琳说："不知为什么，生活总没有起色。"真的，他们是毫不愉快，又无希望地生活到春浓了。这个时候是上海最显得有起色，忙碌得厉害的时候，许多大腹的商贾，为盘算的辛苦而瘪干了的吃血鬼们，都更振起精神在不稳定的金融风潮下去投机，去操纵，去增加对于劳苦群众无止境的剥削，涨满他们那不能计算的钱库。几十种报纸满市喧腾地叫卖，大号字登载着各方战事的消息，都是些不可靠的矛盾的消息。一些漂亮的王孙小姐，都换了春季的美服，脸上放着红光，眼睛分外亮堂，满马路地游逛，到游戏场拥挤，还分散到四郊，到近的一些名胜区，为他们那享福的身体和不必忧愁的心情更找些愉快。这些娱乐更会使他们年轻美貌，更会使他们得到生活的满足。而工人们呢，虽说逃过了严冷的寒冬，可是生活的压迫却同长日的春天一起来了，米粮涨价，房租加租，工作的时间也延长了，他们更辛苦，更努力，然而更消瘦了；衰老的不是减工资，便是被开除；那些小孩们，从来就难于吃饱的小孩们，去补了那些缺，他们的年龄和体质都是不够法定的。他们太苦了，他们需要反抗，于是斗争开始了，罢工的消息，打杀工人的消息，每天新的消息不断地传着，于是许多革命的青年，学生，××党，都异常忙碌起来，他们同情他们，援助他们，在某种指挥之下，奔走，流汗，兴奋……春是深了，软的风，醉人的天气！然而一切的罪恶、苦痛、挣扎和斗争都在这和煦的晴天之下活动。

美琳每天穿了新衫，绿的，红的，常常同子彬在外面玩，但是心里总不愉快，总不满足，她看满街的人，觉得谁都比她富有生存的意义。她并不想死，只想好好地活，活得高兴。现在她找不到一条好的路，她需要引导的人，她非常希望子彬能了解她这点，而且子彬也与她一样，那他们便可以商商量量同走上一条生活的大道。不过她每一观察子彬，她就难过，这个她所崇拜的人，现在在她看来成了一个不可解的人了。他仿佛与她相反，他糟蹋生活，然而又并不像出于衷心，他想得很多，却不说一句，他讨厌人，却又爱敷衍（从前并没有像现在这么在人面前感到苦痛的），发了牢骚，又恨自己。他有时更爱她，有时又极冷淡。种种的行为矛盾着，苦痛着自己，美琳有时也同他说一两句关于生活方面的话，不过这只证明了她的失望，因为他不答她，只无声地笑，笑得使美琳心痛，她感觉到那笑的苦味，她了解他又在烦恼了。有一天夜晚，八点多钟的时候，家里没有客，他因为白天在外面跑了好久，人很倦，躺在床上看一本诗词。美琳坐在床头的椅上，看一本新出的杂志。床头的小几上，放着红绸罩子的灯，泡了一壶茶，这在往日，是一个甜蜜的夜。这时子彬很无聊，一页页地翻着书，不时斜着眼睛望美琳。美琳也时时望着，两人又都故意地不愿使眼光碰着，其实两人心里都希望对方会给一点安慰，都很可怜似的，不过他更感伤一点，她还有点焦躁。末后美琳实在忍不住了，她把杂志用力摔开说道：

"你不觉得吗，我们太沉默了，彬，我们说点话吧。"

"好……"子彬无力地答着，也把书向床里掼去。

然而沉默还是继续着，都不知说什么好。

五分钟过后，美琳才抖战地说道："我以为你近来太苦痛了。为什么呢？我很难过！"她用眼紧望着他。

"没有的事……"子彬照例露出虚伪笑容，不过只笑了一半，便侧过脸去，长长地叹了一声气。

美琳很感动地走拢来握着他的手，恳求地，焦急而又柔顺地叫道：

"告诉我，你所想的一切！你烦恼的一切！告诉我！"

子彬好久不作声，他被许多纷乱的不愉快的杂念缠绕住了，他很希望能倒在美琳怀里大哭一场，像小时在母亲怀里一样，于是一切的重大的苦恼都云似的消去，他将再重新活活泼泼地为她活着，将生活再慢慢地弄好。但是他明白，他咬紧牙齿想，的确的，那无用，这女人比他更脆弱，她受不起这激动的，他一定会骇着她。而且他即使大哭，把眼泪流尽了又有什么用呢？一切实际纠纷的冲突与苦闷，仍然存在着，仍然临迫着他。他除了死，除了离去这相熟的人间，他不能解脱这一切。于是他不作声，忍受着更大的苦痛，紧紧握着她的手，显出一副极丑的拘挛着的脸。

那样子真怕人，像一个熬受着惨刑的凶野的兽物。美琳不解地注视着他，终于锐声叫起来：

"为什么呢？你做出这么一副样子，是我鞭打了你吗？你说呀！唉，啊呀！我真忍耐不了！再不说，我就……"

她摇着他的头，望着他。他侧过脸来，眼泪流在颊上了，他挽着她的颈，把脸凑上去，断续地说：

"美，不要怕，爱我的人，听我慢慢地说吧！唉！我的美！唉！我的美！只要你莫丢弃我，就都好了。"

他紧紧偎着她，又说：

"唉！没有什么，……是的，我近来太难过，我说不出……我知道，总之，我身体太不行，一切都是因为我身体，我实在需要休养……"

后来他又说：

"我厌恶一切人，一切世俗纠纷，我只要爱情，你。我只想我们离开这里，离开一切熟识的，到一个孤岛上去，一个无人的乡村去，什么文章，什么名，都是狗屁！只有你，只有我们的爱情的生活，才是存在的呵！"

他又说，又说，说了好多。

于是美琳动摇了，将她对于生活的一种积极的求进展的心抛弃了。她为了他的爱，他的那些话，她可怜他，她要成全他，他是一个有天才的人，她爱他，她终于也哭了。她不知安慰了他多少，她要他相信，她永远是他的。而且为了他的身体和精神的休养，她希望他们暂时离开上海，他们旅行去，在山明水秀鸟语花香的环境之中，度过一个美丽的春天。他们省俭一点，在流星书店设法再卖一本书，也就够了，物质上稍微有点缺乏有什么要紧呢？他们计算，把没有收在集子中的零碎短篇再集拢来，有七八万字，也差不多了。这旅行并不难办，美琳想到那些自然的美景，又想到自己终日与子彬遨游其中，反觉得高兴了。子彬觉得能离开一下这都市也好，这里一切的新的刺激，他受不了。而且他身体也真的需要一次旅行，或是长久的乡居。于是在这夜，他们决定了，预备到西湖去，因为西湖比较近，而美琳还没有去过的。

这夜两人又比较快乐了，是近来没有过的幸福的一夜，因为对未来的时日，都朦胧地有一线希望。

# 八

第二天拿到了一部分稿费，买了许多东西，只等拿到其余的钱就动身。可是第三天便落起雨来了，一阵大，一阵小，天气阴得很，人心也阴了起来，盖满了灰色的云。美琳直睡了一天，时时抱怨。子彬也不高兴，又到书铺跑了一趟空，钱还要过几天才给。雨接连几天都萧萧地落着，没有晴的希望。两人在家里都无心做事，日子长得很，又无聊，先前子彬还为她重复讲一点西湖的景致，后来又厌烦了。等钱等得真心急。在第六天拿到全部稿费之后，子彬没有露出一线快乐的神气，只淡淡向美琳说："怎么样呢，天还在下雨，我看再等两天动身吧。"

这绝不能成理由，雨下得很小，而且西湖很近，若是真想去，可以马上动身。

美琳没有生气，也不惊诧，仿佛不动身，再挨下来倒很自然，既然去西湖并不是什么必需的要紧的事。这时日的拖延将两人的心都弄得怠惰起来，又都沉在各人过去痛苦着的思想中去了。子彬时时还听到一些使他难过的消息。许多朋友，许多熟悉的人，都忙着一些书房以外的事，都没有过问他，都忘记他了。这些消息最使他难过，他鄙视他们，他恨他们，但是他觉得不应该逃避，他要留在上海，看着他们，等着他们，而且他要努力，给他们看。假设他到西湖去，他能得个什么，暂时的安宁，暂时的与世隔绝，但是他能不能忘怀一切的得着安闲，还在不可知之间，而世界真的将他隔绝是容易的。朋友们听到这消息，一定总要嘲笑他，说他怕他们，怕这新的时代，他躲避了。后来大家便真忘了他，连他的名字都会生疏起来。再呢，那些崇拜他的人，那些年轻的学生，那些赞赏他的人，那些博学的有名的人物，都隔绝了消息，慢慢会将他所给予他们的一些好的印象，淡漠起来，模糊起来……这真是可怕的事。他不能像过去的一些隐逸之士能逃掉一切，他要许多，他不能失去他已有的这一些。他觉得到西湖去是件愚蠢的事。他唯恐美琳固执成见，他想即使美琳要去，也只好拂一次她的意，或是陪她去玩两三天，立刻便转来，要住下是办不到的。他看见美琳不像以前着急了，倒放一点心，后来是非再做一次正式商量不可了，只好向她说他的意见，理由是他有一篇文章要写，现在没有空，他觉得把行期再迟一个月也好。他说得委婉，怕美琳不答应，至少也要鼓着小嘴生气的。他预备好许多温柔的，对一个可爱的娇纵女人必需说的话。他说完的时候，将头俯在她的椅背上，嘴唇离那白的颈项不很远，气息微微嘘着她。他软声地问：

"你以为怎样呢？我还是愿意随你，依你的意思。"

美琳只懒懒答应了一句，事情便通过了，毫无问题。以后应该安心照自己所希望的去努力进行，既然自己是一个写文章的人，对自己极有把握，生来性格又不相宜于做别的争斗的，而且留在上海，原意便是为要达到自己的野心，若还这么一个人关在小屋子发气，写点牢骚满纸的信，让时间过去了，别人越发随着时间向前迈进，而自己真的便只有永远和牢骚同住，终生在无聊的苦痛中，毫无成就可言，纵有绝世的聪明也无用。至于美琳，她是不甘再闲住了，她本能地需要活动，她要到人群中去，了解社会，为社会劳动，她生来便不是一个能幽居的女人。她已住得太久，做一个比她大八岁的沉郁的人的妻子，她觉得自己比过去安静了许多，已经懂得忧愁烦闷了，但是不能了解她丈夫，这生活对于她是不相宜的。从春天她丈夫开始了新的苦痛，她就不安起来，不安于这太太的生活，爱人的生活。她常常想动，但是她缺少机会，缺少引路人，她不知应该怎么做才好，所以她烦恼，她明白这烦恼是不会博得子彬的同情的，于是更不快乐。前几天还想到西湖去，还比较好，慢慢拖下来，倒觉得别的许多人都忙着工作，而自己拿别人的钱陪一个人去玩，去消遣时日，仿佛是很不对，很应该羞惭的事。现在既然子彬不愿去了，当然很合适，不过子彬不能去的理由，是因为没有空，因为要写文章，而自己则无论去留与否，事实上都无关紧要，因为自己好像是一个没事可做的人。她更加觉得羞耻，她要自己去找事做，她想总该有把握找得到，但是她想她应该不同子彬商量，而且暂时瞒着他。

## 九

出于意料之外的若泉接到一封短笺，是辗转经过好几个朋友的手转交来，在信面上大大署了美琳两个字的。若泉不胜诧异地打开它，满心疑惑到子彬身上，断定他朋友又病倒了。他心里有点难过，他想起朋友的时候总是如此。可是信上只潦草地歪歪斜斜涂了不多几个字，像电报似的：

星期日早上有空吧，千万请你到兆丰公园来一下，有要事。我等你。美琳。

这不像是子彬有病的口气，然而是什么事呢，两人吵了？但从没有看见过他们有口角的事。若泉怀疑，这至少与子彬有关，因为他想美琳绝不会有事找他，与她相熟了两年，还始终没有同她发生过一次友谊的交往，他不十分知道她的历史，从没有特别注意过，只觉得她还天真，很娇，不是难看的一个年轻女人。他想到朋友，决定第二天早上跑那么远，到上海的极西边去。

七点钟的时候，他拿了一把铜子，两角洋钱，拍了一下身上旧洋服的灰尘，便匆匆离了住处，他计算着到兆丰公园时，大约是七点四十分，美琳他们是起身很迟的人，不见得就会到，但他无妨去等她的。他有大半年不来这里了，趁这次机会来走走，呼吸点新鲜空气，也很好，他近来觉得他的肺部常常不舒服。

转乘了三次电车才到公园门首，他买了票，踏到门里去，一阵柔软的风迎着吹来，带着一种春日的芳香。若泉挺着胸脯，兜开上衣，深深地吸了一口气，立刻觉得舒适起来，平日的紧张和劳顿，都无形地滑走了，人一到这绿茵的草地上，离开了尘嚣，沐浴着春风，亲吻着朝晖，便一概都松懈了，忘记了一切，解除了一切，任自己的身体纵横在自然中，散着四肢，享受这四周的宁静，直到忘我的境界。

园里人不多，几个西洋人和几部小儿车，疏疏朗朗地散在四方。四方都是绿阴阴的，参差着新旧的绿叶。大块的蓝天静静覆在上面，几团絮似的白云，耀着刺目的阳光，轻轻地袅着，变幻着。若泉踏着起伏不平的草地，走了好远，他几乎忘记他是为什么才来这里了，只觉得舒适得很，这空气正于他相宜。在这时他听到近处背后草地上有窸窸窣窣的响声，他掉头望时，看见美琳站在他背后，穿一件白底灰条纹的单旗袍，罩一件大红的绒坎肩。他不觉说道：

"啊，我不知道你来了，啊，你真早啊！"

美琳脸上很平静，微微有点高兴和发红，她娇声地说："我等了你许久！"但立即便庄重地说道：

"你不觉得无聊吗？我想同你谈谈，所以特地约了你来，我们找个地方去坐坐吧。"

于是他随着她朝东走，看见她的高跟黄漆皮鞋，一步一步地踏着，穿的肉色丝袜，脚非常薄，又小，显得瘦伶伶可怜。他不知道是她的脚特别小，还是脚一放在那匠心的鞋中才显得那么女性，那么可怜。他搭讪问道：

"子彬近来怎么样，身体好吗？"

她淡淡地回答：

"好，他在开始写文章了。"

他又继续问：

"你呢，也在写文章了？"

"不。"

他看见她脸扭了一下，做了一个极不愿意的表情。

在一个树丛边的红漆长椅上坐了下来，左边有一大丛草本绣球花，开得正茂盛，大朵大朵的，吐着清香，放着粉红的光。他不知怎么开口，还是关在闷葫芦里，不知她到底要谈什么，而且到底不知子彬近来怎么了，他们的关系如何。

她望着他茫然的脸笑了一下，然后说：

"你奇怪吧，当你接到信后，一直到这时？"

"没有，我不觉得奇怪。"

"那你知道我要你来这里的缘由了？"

他踌躇地答：

"不很知道。"

于是她又笑了一下，说：

"我想你不会知道的，但是我必须告你，原因是我很久以来都异常苦闷……"她停顿了一下，又望了他一下，他无言地低着头望草地。于是她再续下去，她说了很多，常常停顿，又有点害羞似的，不能说得直截痛快。他始终不作声，不望她，让她慢慢地说完。她把她近来所有的一些思想，一些希望，都零碎地说了一个大略，她觉得可以停止了，她要听他的意见。她结束着说道：

"你以为怎样呢，你不会觉得我是很可笑吧？我相信我是很幼稚的。"

若泉一会没有作声，望着那嫩腻的脸，微微含着尊严与谦卑的脸。他没有料想这女人会这么坦率地在他面前公开她对于现实的不满，和她的大胆的愿意向社会跨进的决心。他非常快乐，这意外的态度，鼓舞了他。隔了好一会，他才伸过手去，同她热烈地握着，他说：

"美琳！你真好！我到现在才了解你！"

她快乐得脸也红了。

于是他们都更不隐饰地谈了一些近来所得的知识与感觉。他们都更高兴，尤其是美琳。她在这里能自由发挥，而他听她，又了解她，还帮助她。她看见光辉就在她前面。她急急地愿意知道她马上应怎样开始。他踌躇了一会儿，答应过两天再来看她，或者可以介绍她去见几个人，帮助她能够有工作。

十

美琳回到家来，时时露着快乐的笑，她掩藏不住那喜悦，有几次她几乎要说出来了，她觉得应该告诉子彬，但是她又忍耐住了，她怕他会阻止她，破坏她。子彬没有觉察出，他在想一篇小说，在想一些非常调皮嘲讽的字句去描写这篇的主人翁，一个中国的吉诃德先生。他要他的文章动人，文章的嘲讽动人，他想如果这篇文章不受什么意外的打击，就是说他不再受什么刺激，能够安安静静坐下来写两星期，那一个十万字的长篇，便将在这一九三〇年的夏季，惊人地出现了。谁不惊绝地叫着他的名字，这作者的名字。他暂时忘去苦恼他的一些事实，他要廓清他的脑府，那原来聪明的脑府，他使自己离开了众人，关在家里几天了。

可是美琳却不然，她在第三天下午便出席一个××文艺研究会了。到会的有五十几个人，一半是工人，另外一半是极少数的青年作家和好些活泼的学生。美琳从没有经历过这种生活，她觉得兴奋，用极可亲的眼光遍望着这所有的人，只想同每个人都热烈地握手，做一次恳切的谈话。这里除若泉以外，都是不认识的人，但是她一点也不感觉拘束，她觉得很融洽，很了解，和他们都很亲近。她除了对于自己那合体的虽不华贵却很美观的衣服微微感到歉疚外，便全是倾心的热忱了。这是一次大会，所以到的人很多，除了少数工人为时间限制不能来，几乎全体都到了。开始的时候，由主席临时推举一个穿香港布洋服的少年做政治的报告，大家都很肃静，美琳望着他，没有一动，她用心地吸进那些从没有听过的话语，简单的话语，然而却将世界的政治和经济的情形很有条理地概括了出来，而且批判得真准确。这人很年轻，不是一个二十五岁以上的人，后来若泉告诉她，这年轻人是一个印刷工人，曾在大学念过两年书。美琳说不出的惭愧，她觉得所有的人对于政治的认识和理解都比她好，也比她能干。她听了其余许多人的工作报告之后，他们又讨论了许多关于社务的事。美琳都不知应怎样加入那争论之中去，因为她还不熟悉，而主席却常常用眼光望她，征求她的意见。这使她难过，她坚决相信，不久以后，她一定可以被训练得比较好些，不致这样完全不懂。最后他们讨论到××怎样行动的事。这里又有人站起来报告，是另外一个指导×××的团体的代表。于是决定了，在××的那天，全体动员到×马路去，占领马路，×××，××的，大家情绪都很紧张激昂。会完了，在分别的时候，大家都互相叮咛道：

"记着：后天，九点钟，到×马路去！"

美琳还留在那里一会儿，同适才的主席，便是那在工联会工作的超生，和若泉，还有其他两三个人谈了一会儿，他们对她都非常亲切和尊重，尤其是一个纱厂的女工特别向她表示好感。她向她说：

"我们呢是要革命，但是也想学一点我们能懂的文艺，你们文学家呢也需要革命，所以我们联合起来了。不过我们没有时间，恐怕弄不好，过几天我把写的一点东西给你看看吧，听超生说，你是个女文学家呢。我是刚刚学动笔，完全是超生给我的勇气，心里想得很多，就是写不出来。下星期一能抽空，我还想写一篇工厂通讯，若泉说他们要用呢。"

美琳说她也不会文学，还说她也想进工厂去。

于是那女工便描写着工厂里的各种苦痛，列举一些惨闻，她说如果美琳真的愿意，她可以想法，不过她担忧若果美琳进去，那劳顿和不洁的空气，将马上使她得病。超生也说，进去是容易，他希望这社里的一部分知识分子都要进厂去，去了解无产阶级，改变自己的情感，这样，将来才有真的普罗文艺产生。不过他也说恐怕美琳的身体不行。美琳则力辩她可以练好的。

因为美琳比较有空，她被派定了每天到机关去做两个钟头的工，他们留给她一个地址。还说以后工作时间怕还要加多，因为五月来了，工作要加紧，内部马上要扩大，有许多工人自愿参加进来，需要训练。她刚刚跨进来，便负了好重的担子，她想她应该好好努力。

## 十一

是五月一日的一天了。

子彬从八点钟失了美琳的时候起便深深地不安，他问娘姨，娘姨也不知道。他想不出她是到什么地方去了，他开始发觉近来她常常不在家，而且没有告诉他她是到什么地方去，他并且想起她同他太说得少了。他等了好久，都不见回来，他生着很大的气，冲到书房去，他决定不想这女人的一切了，要继续他的文章，那已写好了一小部分的文章。他坐到桌边，心总不定得很，去翻抽屉，蓦然地却现出美琳留给他的一封信。他急急看下去，恨不得立即吞进去似的，信这样清清楚楚地写着：

子彬：我真不能再隐瞒你了。当你看到这信的时候，我大约已在大马路上了，这是受了团体的派定，到大马路做××运动去。我想你听了这消息，是不会怎样快乐的，但是我觉得我应该告诉你，而且向你解释，因为我原来是很爱你的，一直到现在还希望你不致对我有误解。所以我现在先做这样一个报告，千万望你想一想，我回来后，我们便可做一次很理性的谈话，我们应该互相很诚恳很深切地批判一下。我确实有许多话要向你说，一半是关于我自己，一半也是关于你的。现在不多说了。

美琳晨留

子彬待了半天，气也叹不出一口。这不是他的希望，这太出他的意表了。他想起许多不快的消息，他想起许多熟悉的人，他想美琳……唉，这女人，多么温柔的啊，现在也弃掉他，随着大众跑去了。他呢，空有自负的心，空有自负的才，但他不能跑去，他成了孤零零的了。他难过，想哭也哭不出，他幻想着这时的大马路，他看见许多恐怖和危险，他说不出的彷徨和不安，然而他却不希望美琳会转来，他不愿见她，她带了许多痛苦给他，还无止地加多，他不能忍受有这么一个人在同一个屋中呼吸。他发气将信扯碎了。他最后看见那只写了薄薄几张的稿纸本大张着口，他无言地，痛恨地却百般悼惜地用力将它关拢，使劲摔到抽屉里。接着，是一声长长的叹息。

一九三〇年六月

# 为奴隶的母亲

柔石

## 【关于作家】

柔石（1902—1931），原名赵平复，浙江台州宁海县人。其家不远处有一镌刻"金桥柔石"的小桥，故从文后取笔名"柔石"。1923 年浙江省立第一师范学校毕业后以教书为业，同年开始写作，陆续完成小说《无聊的谈话》《疯人》《旧时代之死》等。1928 年去上海，在鲁迅帮助下创办"朝花社"及《朝花周刊》《朝花旬刊》等。1930 年参与成立"中国左翼作家联盟"，同年加入中国共产党。1931 年与其他四位"左联"同志李伟森、胡也频、殷夫、冯铿一起被国民党政府逮捕，同年 2 月 7 日被害于上海龙华警备司令部。代表作有中篇小说《二月》、短篇小说《为奴隶的母亲》等。

## 【关于作品】

《为奴隶的母亲》，1930 年发表于《萌芽月刊》第 1 卷第 3 期，1932 年收入蒋光慈编选的《现代中国作家选集》，后与鲁迅的《药》《孔乙己》等作品一起被埃德加·斯诺译成英文，收入由其编译的《活的中国——现代中国短篇小说选》，在 1936 年由英国伦敦乔治·G·哈拉普公司和美国纽约某书店出版发行。

这篇小说写的是旧时代曾经长期存在过的一种陋俗——典妻，就是有生育能力的妻子，被丈夫以一定价格典租给别的男性一段时间，为其生育子嗣延续香火，典租期一到，再回到原来的家庭。据《浙江风俗简志》记载："典租双方有媒证，订契约，明载典租期，典租价。"这一风俗在民国时期仍盛行于柔石的家乡浙东地区。可以说，柔石是从当时底层生活的现实中取材，写下了《为奴隶的母亲》这篇小说。女主人公春宝娘因为家里穷得吃不上饭了，被赌鬼丈夫黄胖典租给秀才家，被迫离开 5 岁的儿子春宝到典夫家做生育工具，生下孩子后又被迫离开 1 岁的秋宝回到原夫家。小说聚焦在主人公从被典租到再回去的三年，集中书写了一个"为奴隶的母亲"被当作物品一样典卖出租却无力反抗的悲惨遭遇。

作品主要采取第三人称限制视角，以女主人公为体验主体来讲述整个故事：得知被典租的消息，她又震惊又屈辱，"呜呜咽咽地哭起来"；哭完了无声地接受"苦命"的安排，尽心为春宝收拾东西，舍不下懵懂无知的幼子，又忍不住"拭一拭泪"；牵记着旧家和儿子进入秀才家，一天一天过下去，被秀才娘子刻薄地骂，委屈地在房里"低声地哭泣"；感受到秀才一点点体贴，也会生出不切实际的幻想——把她的春宝接了来，"永远在这新的家里住下去"；生下儿子秋宝，三年的租期要到了，既挂念家里的春宝，又放不下眼前的秋宝，在难两全的痛苦中被遣回原夫家。小说最后，回到家的女人，看着更加冷漠的丈夫和陌生的儿子，在死一般静寂的夜里，陷入无声的悲痛。总体来看，这篇小说一方面将女主人公作为表现对象，用冷静克制的白描，呈现和反思了她逆来顺受、身"为奴隶"、心亦"为奴隶"的真实境遇，延续了五四的启蒙主题；另一方面又借助视角主体的优势，让读者设身处地去感受和体谅这个"母亲"的无助和痛苦，在"怒其不争"的启蒙之外，注入了更多"哀其不幸"的同情。从某种意义上，也可以说，这是五四时期的底层书写向"左翼"时期的底层书写悄然转向的一个信号。

据当时驻"国际革命作家联盟"的诗人萧三回忆，法国作家罗曼·罗兰从《国际文学》法文版读到了柔石写的《为奴隶的母亲》，曾专门写信给该杂志的编辑部，信中说"这篇故事使我深深地感动"（萧三《哀悼罗曼·罗兰》）。这部写于 1930 年的小说，在近一百年来被收入多部作品选，其力透纸背的书写，也深深地打动了一代又一代人。

　　她底（的）丈夫是一个皮贩，就是收集乡间各猎户底兽皮和牛皮，贩到大埠上出卖的人。但有时也兼做点农作，芒种的时节，便帮人家插秧，他能将每行插得非常直，假如有五人同在一个水田内，他们一定叫他站在第一个做标准。然而境况总是不佳，债是年年积起来了。他大约就因为境况的不佳，烟也吸了，酒也喝了，博也赌起来了。这样，竟使他变做一个非常凶狠而暴躁的男子，但也就更贫穷下去，连小小的移借，别人也不敢答应了。

　　在穷底结果的病以后，全身便变成枯黄色，脸孔黄得和小铜鼓一样，连眼白也黄了。别人说他是黄疸病，孩子们也就叫他"黄胖"了。有一天，他向他底妻说：

"再也没有办法了，这样下去，连小锅子也都卖去了。我想，还是从你底身上设法罢。你跟着我挨饿，有什么办法呢？"

"我底身上？……"

他底妻坐在灶后，怀里抱着她底刚满三周的男小孩——孩子还在啜着奶，她讷讷地低声地问。

"你，是呀，"她底丈夫病后的无力的声音，"我已经将你出典了……"

"什么呀？"他底妻几乎昏去似的。

屋内是稍稍静寂了一息。他气喘着说：

"三天前，王狼来坐讨了半天的债回去以后，我也跟着他去，走到了九亩潭边，我很不想要做人了。但是坐在那株爬上去一纵身就可落在潭里的树下，想来想去，总没有力气跳了。猫头鹰在耳朵边不住地啼，我底心被它叫寒起来，我只得回转身。但在路上，遇见了沈家婆，她问我，晚也晚了，在外做什么。我就告诉她，请她代我借一笔款，或向什么人家的小姐借些衣服或首饰去暂时当一当，免得王狼底狼一般的绿眼睛天天在家里照耀。可是沈家婆向我笑道：'你还将妻养在家里做什么呢？你自己黄也黄到这个地步了。'

"我低着头站在她面前没有答，她又说：'儿子呢，你只有一个了，舍不得。但妻——'

"我当时想，莫非叫我卖去妻了么？

"而她继续道：'但妻——虽然是结发的，穷了，也没有法。还养在家里做什么呢？'

"这样，她就直说出：'有一个秀才，因为没有儿子，年纪已五十岁了，想买一个妾；又因他底大妻不允许，只准他典一个，典三年或五年，叫我物色相当的女人，年纪约三十岁左右，养过两三个儿子的，人要沉默老实，又肯做事，还要对他底大妻肯低眉下首。这次是秀才娘子向我说的，假如条件合，肯出八十元或一百元的身价。我代她寻了好几天，总没有相当的女人。'她说，现在碰到我，想起了你来，样样都对的。当时问我底怎样意见，我一边掉了几滴泪，一边却被她催得答应她了。"

说到这里，他垂下头，声音很低弱，停止了。她底妻简直痴似的，一句话没有。又静寂了一息，他继续说：

"昨天，沈家婆到过秀才底家里，她说秀才很高兴，秀才娘子也喜欢，钱是一百元，年数呢，假如三年养不出儿子是五年。沈家婆并将日子也拣定了——本月十八，五天后。今天，她写典契去了。"

这时，他底妻简直连腑脏都颤抖，吞吐着问：

"你为什么早不对我说？"

"昨天在你底面前旋了三个圈子，可是对你说不出。不过我仔细想，除出将你底身子设法外，再也没有办法了。"

"决定了么？"妇人颤着牙齿问。

"只待典契写好。"

"倒霉的事情呀，我！——一点也没有别的方法了么？春宝底爸呀！"

春宝是她怀里的孩子底名字。

"倒霉，我也想到过，可是穷了，我们又不肯死，有什么办法？今年，我怕连插秧也不能插了。"

"你也想到过春宝么？春宝还只有五岁，没有娘，他怎么好呢？"

"我领他便了。本来是断了奶的孩子。"

他似乎渐渐发怒了，也就走出门外去了。她，却呜呜咽咽地哭起来。

这时，在她过去的回忆里，却想起恰恰一年前的事：那时她生下了一个女儿，她简直如死去一般地卧在床上。死还是整个的，她却肢体分作四碎与五裂。刚落地的女婴，在地上的干草堆上叫，"呱呀，呱呀"声音很重的，手脚揪缩，脐带绕在她底身上，胎盘落在一边。她很想挣扎起来给她洗好，可是她底头昂起来，身子凝滞在床上。这样，她看见她底丈夫，这个凶狠的男子，飞红着脸，提了一桶沸水到女婴的旁边。她简直用了她一生底最后的力向他喊："慢！慢……"但这个病前极凶狠的男子，没有一分钟商量的余地，也不答半句话，就将"呱呀，呱呀"声音很重地在叫着的女儿，刚出世的新生命，用他底粗暴的两手捧起来，如屠户捧将杀的小羊一般，扑通，投下在沸水里了！除去沸水的溅声和皮肉吸收沸水的嘶声以外，女孩一声也不喊——她疑问地想，为什么也不重重地哭一声呢？竟这样不响地愿意冤枉死去么？啊！——她转念，那是因为她自己当时昏过去的缘故，她当时剜去了心一般地昏去了。

想到这里，似乎泪竟干涸了。"唉！苦命呀！"她低低地叹息了一声。这时春宝拔去了奶头，向他底母亲的脸上看，一边叫："妈妈！妈妈！"

在她将离别底前一晚，她拣了房子底最黑暗处坐着。一盏油灯点在灶前，萤火那么的光亮。她，手里抱着春宝，将她底头贴在他底头发上。她底思想似乎浮漂在极远，可是她自己捉摸不定远在哪里。于是慢慢地跑回来，跑到眼前，跑到她底孩子底身上。她向她底孩子低声叫：

"春宝，宝宝！"

"妈妈！"孩子含着奶头答。

"妈妈明天要去了……！"

"唔。"孩子似不十分懂得，本能地将头钻进他母亲底胸膛。

"妈妈不回来了，三年内不能回来了！"

她擦一擦眼睛，孩子放松口子问：

"妈妈哪里去呢？庙里么？"

"不是，三十里路外，一家姓李的。"

"我也去。"

"宝宝去不得的。"

"呃！"孩子反抗地，又吸着并不多的奶。

"你跟爸爸在家里，爸爸会照料宝宝的：同宝宝睡，也带宝宝玩，你听爸爸底话好了。过三年……"

她没有说完，孩子要哭似的说：

"爸爸要打我的。"

"爸爸不再打你了。"同时用她底左手抚摸着孩子底右额，在这上，有他父亲在杀死他刚生下的妹妹后第三天，用锄柄敲他，肿起而又平复了的伤痕。

她似要还想对孩子说话，她底丈夫踏进门了。他走到她底面前，一只手放在袋里，掏取着什么，一边说：

"钱已经拿来七十元了。还有三十元要等你到了后十天付。"

停了一息说："也答应轿子来接。"

又停了一息："也答应轿夫一早吃好早饭来。"

这样，他离开了她，又向门外走出去了。

这一晚，她和她底丈夫都没有吃晚饭。

第二天，春雨竟滴滴渐渐地落着。

轿是一早就到了。可是这妇人，她却一夜不曾睡。她先将春宝底几件破衣服都修补好；春将完了，夏将到了，可是她，连孩子冬天用的破烂棉袄都拿出来，移交给他底父亲——实在，他已经在床上睡去了。以后，她坐在他底旁边，想对他说几句话，可是长夜是迟延着过去，她底话一句也说不出。而且，她大着胆向他叫了几声，发了几个听不清楚的音，声音在他底耳外，她也就睡下不说了。

等她朦朦胧胧地刚离开思索将要睡去，春宝又醒了。他就推叫他底母亲，要起来。以后当她给他穿衣服的时候，向他说：

"宝宝好好地在家里，不要哭，免得你爸爸打你。以后妈妈常买糖果来，买给宝宝吃，宝宝不要哭。"

而小孩子竟不知道悲哀是什么一回事，张大口子"唉，唉"地唱起来了。她在他底唇边吻了一吻，又说：

"不要唱，你爸爸被你唱醒了。"

轿夫坐在门首的板凳上，抽着旱烟，说着他们自己要听的话。一息，邻村的沈家婆也赶到了。一个卷妇人，熟悉世故的媒婆，一进门，就拍拍她身上的雨点，向他们说：

"下雨了，下雨了，这是你们家里此后会有滋长的预兆。"

老妇人忙碌似的在屋内旋了几个圈，对孩子底父亲说了几句话，意思是讨酬报。因为这件契约之能订得如此顺利而合算，实在是她底力量。"说实在话，春宝底爸呀，再加五十元，那老头子可以买一房妾了。"她说。于是又转向催促她——妇人却抱着春宝，这时坐着不动。老妇人声音很高地：

"轿夫要赶到他们家里吃中饭的，你快些预备走呀！"

可是妇人向她瞧了一瞧，似乎说：

"我实在不愿离开呢！让我饿死在这里罢！"

声音是在她底喉下，可是媒婆懂得了，走近到她前面，迷迷地向她笑说：

"你真是一个不懂事的丫头。黄胖还有什么东西给你呢？那边真是一份有吃有剩的人家，两百多亩田，经济很宽裕，房子是自己底，也雇着长工养着牛。大娘底性子是极好的，对人非常客气，每次看见人总给人一些吃的东西。那老头子——实在并不老，脸是很白白的，也没有留胡子，因为读了书，背有些偻偻的，斯文的模样。可是也不必多说，你一走下轿就看见的，我是一个从不说谎的媒婆。"

妇人拭一拭泪，极轻地：

"春宝……我怎么能抛开他呢！"

"不用想到春宝了，"老妇人一手放在她底肩上，脸凑近她和春宝，"有五岁了，古人说：'三周四岁离娘身'，可以离开你了。只要你底肚子争气些，到那边，也养下一二个来，万事都好了。"

轿夫也在门首催起身了，他们噜哝着说：

"又不是新娘子，啼啼哭哭的。"

这样，老妇人将春宝从她底怀里拉去，一边说：

"春宝让我带去罢。"

小小的孩子也哭了，手脚乱舞的，可是老妇人终于给他拉到小门外去。当妇人走进轿门的时候，向他们说：

"带进屋里去罢，外边有雨呢。"

她底丈夫用手支着头坐着，一动没有动，而且也没有话。

两村的相隔有三十里路，可是轿夫的第二次将轿子放下肩，就到了。春天的细雨，从轿子的布篷里飘进，吹湿了她底衣衫。一个脸孔肥肥的，两眼很有心计的约莫五十四五岁的老妇人来迎她，她想：这当然是大娘了。可是只向她满面羞涩地看一看，并没有叫。她很亲昵似的将她牵上阶沿，一个长长的瘦瘦的而面孔圆细的男子就从房里走出来。他向新来的少妇，仔细地瞧了瞧，堆出满脸的笑容来，向她问：

"这么早就到了么？可是打湿你底衣裳了。"

而那位老妇人，却简直没有顾到他底说话，也向她问：

"还有什么在轿里么？"

"没有什么了。"少妇答。

几位邻舍的妇人站在大门外，探头张望的，可是他们走进屋里面了。

她自己也不知道这究竟为什么，她底心老是挂念着她底旧的家，掉不下她底春宝。这是真实而明显的，她应庆祝这将开始的三年的生活——这个家庭，和她所典给他的丈夫，都比曾经过去的要好，秀才确是一个温良和善的人，讲话是那么的低声，连大娘，实在也是一个出乎意料的妇人，她底态度之殷勤，和滔滔的一席话：说她和她丈夫底过去的生活之经过，从美满而漂亮的结婚生活起，一直到现在，中间的三十年。她曾做过一次的产，十五六年以前了，养下一个男孩子，据她说，是一个极美丽又极聪明的婴儿，可是不到十个月，竟患了天花死去了。这样，以后就没有再养过第二个。在她底意思中，似乎——似乎——早就叫她底丈夫娶一房妾，可是他，不知是爱她呢，还是没有相当的人——这一层她并没有说清楚；于是，就一直到现在。这样，竟说得这个具着朴素的心地的她，一时酸，一时苦，一时甜上心头，一时又咸地压下去了。最后，这个老妇人并将她底希望也向她说出来了。她底脸是娇红的，可是老妇人说：

"你是养过三四个孩子的女人了，当然，你是知道什么的，你一定知道得还比我多。"

这样，她说着走开了。

当晚，秀才也将家里底种种情形告诉她，实际，不过是向她夸耀或求媚罢了。她坐在一张橱子的旁边，这样的红的木橱，是她旧的家所没有的，她眼睛白晃晃地瞧着它。秀才也就坐到橱子底面前来，问她：

"你叫什么名字呢?"

她没有答，也并不笑，站起来，走到床底前面，秀才也跟到床底旁边，更笑地问她："怕羞么？哈，你想你底丈夫么？哈，哈，现在我是你底丈夫了。"声音是轻轻的，又用手去牵着她底袖子。"不要愁罢！你也想你底孩子的，是不是？不过——"

他没有说完，却又哈地笑了一声，他自己脱去他外面的长衫了。

她可以听见房外的大娘底声音在高声地骂着什么人，她一时听不出在骂谁，骂烧饭的女仆，又好像骂她自己，可是因为她底怨恨，仿佛又是为她而发的。秀才在床上叫道：

"睡罢，她常是这么噜噜哝哝的。她以前很爱那个长工，因为长工要和烧饭的黄妈多说话，她却常要骂黄妈的。"

日子是一天天地过去了。旧的家，渐渐地在她底脑子里疏远了，而眼前，却一步步地亲近她使她熟悉。虽则，春宝的哭声有时竟在她底耳朵边响，梦中，她也几次地遇到过他了。可是梦是一个比一个缥缈，眼前的事务是一天比一天繁多。她知道这个老妇人是猜忌多心的，外表虽则对她还算大方，可是她底嫉妒的心是和侦探一样，监视着秀才对她的一举一动。有时，秀才从外面回来，先遇见了她而同她说话，老妇人就疑心有什么特别的东西买给她了，非在当晚，将秀才叫到她自己底房内去，狠狠地训斥一番不可。"你给狐狸迷着了么？""你应该称一称你自己底老骨头是多少重！"像这样的话，她耳闻到不止一次了。这样以后，她望见秀才从外面回来而旁边没有她坐着的时候，就非得急忙避开不可。即使她在旁边，有时也该让开一些，但这种动作，她要做得非常自然，而且不能让旁人看出，否则，她又要向她发怒，说是她有意要在旁人的前面暴露她大娘底丑恶。而且以后，竟将家里的许多杂务都堆积在她底身上，同一个女仆那么样。她还算是聪明的，有时老妇人底换下来的衣服放着，她也给她拿洗了，虽然她说："我底衣服怎么要你洗呢？就是你自己底衣服，也可叫黄妈洗的。"可是接着说："妹妹呀，你最好到猪栏里去看一看，那两只猪为什么这样喁喁叫的，或者因为没有吃饱罢，黄妈总是不肯给它吃饱的。"

八个月了，那年冬天，她底胃却起了变化：老是不想吃饭，想吃新鲜的面，番薯等。但番薯或面吃了两餐，又不想吃，又想吃馄饨，多吃又要呕。而且还想吃南瓜和梅子——这是六月的东西，真稀奇，向哪里去找呢？秀才是知道在这个变化中所带来的预告了。他镇日的笑微微，能找到的东西，总忙着给她找来。他亲身给她到街上去买橘子，又托便人买了金柑来。他在廊沿下走来走去，口里念念有词的，不知说什么。他看她和黄妈磨过年的粉，但还没有磨了三升，就向她叫："歇一歇罢，长工也好磨的，年糕是人人要吃的。"

有时在夜里，人家谈着话，他却独自拿了一盏灯，在灯下，读起《诗经》来了：

> "关关雎鸠，
>
> 在河之洲，
>
> 窈窕淑女，
>
> 君子好逑——"

这时长工向他问：

"先生，你又不去考举人，还读它做什么呢？"

他却摸一摸没有胡子的口边，怡悦地说道：

"是呀，你也知道人生底快乐么？所谓：

> '洞房花烛夜，
>
> 金榜挂名时。'

你也知道这两句话底意思么？这是人生底最快乐的两件事呀！可是我对于这两件事都过去了，我却还有比这两件更快乐的事呢！"

这样，除了他底两个妻以外，其余的人们都大笑了。

这些事，在老妇人底眼睛里是看得非常气恼了。她起初闻到她底受孕也欢喜，以后看见秀才的这样奉承她，她却怨恨她自己肚子底不会还债了。有一次，次年三月了，这妇人因为身体感觉不舒服，头有些痛，睡了三天。秀才呢，也愿她歇息歇息，更不时地问她要什么，而老妇人却着实地发怒了。她说她装娇，噜噜哧哧地也说了三天。她先是恶意地讥嘲她：说是一到秀才底家里就高贵起来了，什么腰酸呀，头痛呀，姨太太的架子也都摆出来了；以前在她自己底家里，她不相信她有这样的教养，恐怕竟和街头的母狗一样，肚子里有着一肚皮的小狗，临产了，还要到处地奔求着食物。现在呢，因为"老东西"——这是秀才的妻叫秀才的名字——趋奉了她，就装着娇滴滴的样子了。"儿子，"她有一次在厨房里对黄妈说，"谁没有养过呀？我也曾怀过十个月的孕的，不相信有这么的难受。而且，此刻的儿子，还在'阎罗王的簿里'，谁保的定生出来不是一只癞蛤蟆呢？也等到真的'鸟儿'从洞里钻出来看见了，才可在我底面前显威风，摆架子。此刻，不过是一块血的猫头鹰，就这么的装腔，也显得太早一点！"

当晚这妇人没有吃晚饭，这时她已经睡了，听了这一番婉转的冷嘲与热骂，她呜呜咽咽地低声哭泣了。秀才也带衣服坐在床上，听到浑身透着冷汗，发起抖来。他很想扣好衣服，重新走起来，去打她一顿，抓住她底头发，狠狠地打她一顿，泄泄他一肚皮的气，但不知怎样，似乎没有力量，连指也颤动，臂也酸软了，一边轻轻地叹息着说她："唉，一向实在太对她好了。结婚了三十年，没有打过她一掌，简直连指甲都没有弹到她底皮肤上过，所以今日，竟和娘娘一般地难惹了。"同时，他爬过到床底那端，她底身边，向她耳语说："不要哭罢，不要哭罢，随她吠去好了！她阉过的母鸡，看见别人的孵卵是难受的。假如你这次真能养出一个男孩子来，我当送你两样宝贝——我有一只青玉的戒指，一只白玉的……"

他没有说完，可是他忍不住听下门外的他底大妻底喋喋的讥笑的声音，他急忙地脱去了衣服，将头钻进被窝里去，凑向她底胸膛，一边说：

"我有白玉的……"

肚子一天天地膨胀得如斗那么大，老妇人终究也将产婆雇定了，而且在别人的面前，竟拿起花布来做婴儿用的衣服。

酷热的暑天到了尽头，旧历的六月，他们在希望的眼中过去了。秋开始，凉风也拂拂地在乡镇上吹送。于是有一天，这全家的人们都到了希望底最高潮，屋里底空气完全地骚动起来，秀才底心更是异常地紧张，他在天井上不断地徘徊，手里捧着一本历书，好似要读它背诵那么地念去——"戊辰"，"甲戌"，"壬寅之年"，老是反复地轻轻地说着。有时他底焦急的眼光向一间关了窗的房子望去——在这间房子内是有产母底低声呻吟的声音；有时他向天上望一望被云笼罩着的太阳，于是又走向房门口，向站在房门内的黄妈问：

"此刻如何？"

黄妈不住地点着头不作声响，一息，答：

"快下来了，快下来了。"

于是他又捧了那本历书，在廊下徘徊起来。

这样的情形，一直继续到黄昏底青烟在地面起来，灯火一盏盏的如春天的野花般在屋内升起，婴儿才落地了，是一个男的。婴儿的声音是很重地在房内叫，秀才却坐在屋角里，几乎快乐到流出眼泪来了。全家的人都没有心思吃晚饭，在平淡的晚餐席上，秀才底大妻向佣人们说道：

"暂时瞒一瞒罢，给小猫头避避晦气；假如别人问起，也答养一个女的好了。"

他们都微笑地点点头。

一个月以后，婴儿底白嫩的小脸孔，已在秋天底阳光里照耀了。这位少妇给他哺着奶，邻舍的妇人围着他们瞧，有的称赞婴儿底鼻子好，有的称赞婴儿底口子好，有的称赞婴儿底两耳好；更有的称赞婴儿底母亲，也比以前好，白而且壮了。老妇人却正和老祖母那么地吩咐着，保护着，这时开始说：

"够了，不要弄他哭了。"

关于孩子的名字，秀才是煞费苦心地想着，但总想不出一个相当的字来。据老妇人底意见，还是从"长命富贵"或"福禄寿喜"里拣一个字，最好还是"寿"字，或与"寿"同意义的字，如"其颐""彭祖"等。但秀才不同意，以为太通俗，人云亦云的名字。于是翻开了《易经》《书经》，向这里面找，但找了半月，一月，还没有恰贴的字。在他底意思：为在这个名字内，一边要祝福孩子，一边要包含他底老而得子底蕴义，所以竟不容易找。这一天，他一边抱着三个月的婴儿，一边又向书里找名字，戴着一副眼镜，将书递到灯底旁边去。婴儿的母亲呆呆地坐在房内底一边，不知思想着什么，却忽然开口说道："我想，还是叫他'秋宝'罢。"屋内的人们底几对眼睛都转向她，注意地静听着，"他不是生在秋天吗？秋天的宝贝——还是叫'秋宝'罢。"

秀才立刻接着说道：

"是呀，我真极费心思了。我年过半百，实在到了人生的秋期；孩子也正养在秋天；'秋'是万物成熟的节季，秋宝，实在是一个很好的名字呀！而且《书经》里没有么？'乃亦有秋'，我真乃亦有秋了！"

接着，又称赞了一通婴儿的母亲：说是呆读书实在无用，聪明是天生的。这些话，说得这妇人连坐着都觉得局促不安，垂下头，苦笑地又含泪地想：

"我不过因'春宝'想到罢了。"

秋宝是天天成长得非常可爱得离不开他底母亲了。

他有出奇的大的眼睛，对陌生人是不倦地注视地瞧着，但对他底母亲，却远远地一眼就知道了。他整天地抓住了他底母亲，虽则秀才是比她还爱他，但不喜欢父亲；秀才底大妻呢，表面也爱他，似爱她自己亲生的儿子一样，但在婴儿底大眼睛里，却看她似陌生人，也用奇怪的不倦的视法。可是他执住他底母亲愈紧，而他底母亲离开这家的日子也愈近了。春天底口子咬住了冬天底尾巴，而夏天底脚又常是紧随着在春天底身后的，这样，谁都将孩子底母亲底三年快到的问题横放在心头上。秀才呢，因为爱子的关系，首先向他底大妻提出来了：他愿意再拿出一百元钱，将她永远买下来。可是他底大妻底回答是：

"你要买她，那先给我药死罢！"

秀才听到这句话，气得只向鼻孔放出气，许久没有说；以后，他反而做着笑脸地：

"你想想孩子没有娘……"

老妇人也尖利地冷笑地说：

"我不好算是他底娘么？"

在孩子底母亲的心呢，却正矛盾着这两种的冲突了：一边，她底脑里老是有"三年"这两个字，三年是容易过去的，于是她底生活便变做在秀才底家里底佣人似的了。而且想象中的春宝，也同眼前的秋宝一样活泼可爱，她既舍不得秋宝，怎么就能舍得掉春宝呢？可是另一边，她实在愿意永远在这新的家里住下去，她想，春宝的爸爸不是一个长寿的人，他底病一定是在三五年之内要将他带走到不可知的异国里去的，于是，她便要求她底第二个丈夫，将春宝也领过来，这样，春宝也在她底眼前。有时，她倦坐在房外的沿廊下，初夏的阳光，异常地能令人昏朦地起幻想，秋宝睡在她底怀里，含着她底乳，可是她觉得仿佛春宝同时也站在她底旁边，她伸出手去也想将春宝抱近来，她还要对他们兄弟两人说几句话，可是身边是空空的，在身边的较远的门口，却站着这位脸孔慈善而眼睛凶毒的老妇人，目光注视着她。这样，她也恍恍惚惚地敏悟："还是早些脱离罢，她简直探子一样地监视着我了。"可是忽然怀内的孩子一叫，她却又什么也没有的只剩着眼前的事实来支配她了。

以后，秀才又将计划修改了一些，他想叫沈家婆来，叫她向秋宝底母亲底前夫去说，他愿否再拿进三十元——最多是五十元，将妻续典三年给秀才。秀才对他底大妻说：

"要是秋宝到五岁，是可以离开娘了。"

他底大妻正是手里捻着念佛珠，一边在念着"南无阿弥陀佛"，一边答：

"她家里也还有前儿在，你也应放她和她底结发夫妇团聚一下罢。"

秀才低着头，断断续续地仍然这样说：

"你想想秋宝两岁就没有娘……"

可是老妇人放下念佛珠说：

"我会养的，我会管理他的，你怕我谋害了他么？"

秀才一听到末一句话，就拔步走开了。老妇人仍在后面说：

"这个儿子是帮我生的，秋宝是我底，绝种虽然是绝了你家底种，可是我却仍然吃着你家底餐饭。你真被迷了，老昏了，一点也不会想了。你还有几年好活，却要拼命拉她在身边？双连牌位，我是不愿意坐的！"

老妇人似乎还有许多刻毒的锐利的话，可是秀才走远开听不见了。

在夏天，婴儿底头上生了一个疮，有时身体稍稍发些热，于是这位老妇人就到处地问菩萨，求佛药，给婴儿敷在疮上或灌下肚里，婴儿的母亲觉得并不十分要紧，反而使这样小小的生命哭成一身的汗珠，她不愿意，或将吃了几口的药暗地里拿去倒掉了。于是这位老妇人就高声叹息，向秀才说：

"你看，她竟一点也不介意他底病，还说孩子是并不怎样瘦下去。爱在心里的是深的；专疼表面是假的。"

这样，妇人只有暗自挥泪，秀才也不说什么话了。

秋宝一周纪念的时候，这家是热闹地排了一天的酒筵，客人也到的三四十，有的送衣服，有的送面，有的送银制的狮狻，给婴儿挂在胸前的，有的送镀金的寿星老头儿，给孩子钉在帽上的，许多礼物，都在客人底袖子里带来了。他们祝愿着婴儿的飞黄腾达，赞颂着婴儿的长寿永生；主人底脸孔，竟是荣光照耀着，有如落日的云霞反映着在他底颊上似的。

可是在这天，正当他们筵席将举行的黄昏时，来了一个客，从朦胧的雨光中向他们底天井走进，人们都注意他：一个憔悴异常的乡人，衣服补衲的，头发很长，在他底腋下，挟着一个纸包。主人骇异地迎上前去，问他是哪里人，他口吃似的答了，主人一时糊涂的，但立刻明白了，就是那个皮贩。主人更轻轻地说：

"你为什么也送东西来呢？你真不必的呀！"

来客胆怯地向四周看看，一边答说：

"要，要的……我来祝祝这个宝贝长寿千……"

他似没有说完，一边将腋下的纸包打开来了，手指颤动地打开了两三重的纸，于是拿出四只铜制镀银的字，一方寸那么大，是"寿比南山"四字。秀才的大娘走来了，向他仔细一看，似乎不大高兴。秀才却将他招待到席上，客人们互相私语着。

两点钟的酒与肉，将人们弄得胡乱与狂热了；他们高声猜着拳，用大号碗盛着酒互相比赛，闹得似乎房子都被震动了。只有那个皮贩，他虽然也喝了两杯酒，可是仍然坐着不动，客人们也不招呼他。等到兴尽了，于是各人草草地吃了一碗饭，互祝着好话，从两两三三的灯笼光影中，走散了。而皮贩，却吃到最后，佣人来收拾羹碗了，他才离开了桌，走到廊下的黑暗处。在那里，他遇见了他底被典的妻。

"你也来做什么呢？"妇人问，语气是非常凄惨的。

"我哪里又愿意来，因为没有法子。"

"那么你为什么来得这样晚？"

"我哪里来买礼物的钱呀？！奔跑了一上午，哀求了一上午，又到城里买礼物，走得乏了，饿了，也迟了。"

妇人接着问："春宝呢？"

男人沉吟了一息，答：

"所以，我是为春宝来的……"

"为春宝来的？"妇人惊异地回音似的问。

男人慢慢地说：

"从夏天来，春宝是瘦得异样了。到秋天，竟病起来了。我又哪里有钱给他请医生吃药，所以现在，病是更厉害了！再不想法救救他，眼见得要死了！"静寂了一刻，继续说，"现在，我是向你来借钱的……"

这时妇人底胸膛内，简直似有四五只猫在抓她，咬她，咀嚼着她底心脏一样。她恨不得哭出来，但在人们个个向秋宝祝颂的日子，她又怎么好跟在人们底声音后面叫哭呢？她吞下她底眼泪，向她底丈夫说：

"我又哪里有钱呢？我在这里，每月只给我两角钱的零用，我自己又哪里要用什么，悉数补在孩子底身上了。现在，怎么好呢？"

他们一时没有话，以后，妇人又问：

"此刻有什么人照顾着春宝呢？"

"托了一个邻舍。今晚，我仍旧想回家，我就要走了。"

他一边说着，一边揩着泪。女的同时哽咽着说：

"你等一下罢，我向他去借借看。"

她就走开了。

三天以后的一天晚上，秀才忽然问这女人道：

"我给你的那只青玉戒指呢？"

"在那天夜里，给了他了，给了他拿去当了。"

"没有借你五块钱么？"秀才愤怒地。

妇人低着头停了一息，答：

"五块钱怎么够呢！"

秀才接着叹息说：

"总是前夫和前儿好，无论我对你怎么样！本来我很想再留你两年的，现在，你还是到明春就走罢！"

女人简直连泪也没有地待着了。

几天后，他还向她那么地说：

"那只戒指是宝贝，我给你是要你传给秋宝的，谁知你一下就拿去当了！幸得她不知道，要是知道了，有三个月好闹了！"

妇人是一天一天地黄瘦了。没有神采的光芒在她底眼睛里起来，而讥笑与冷骂的声音又充塞在她底耳内了。她是时常记念着她底春宝的病的，探听着有没有从她底本乡来的朋友，也探听着有没有向她底本乡去的便客，她很想得到一个关于"春宝的身体已复原"的消息，可是消息总没有；她也想借两元钱或买点糖果去，方便的客人又没有，她不时地抱着秋宝在门首过去一些的大路边，眼睛望着来和去的路。这种情形却很使秀才底大妻不舒服了，她时常对秀才说：

"她哪里愿意在这里呢，她是极想早些飞回去的。"

有几夜，她抱着秋宝在睡梦中突然喊起来，秋宝也被吓醒，哭起来了。秀才就追逼地问："你为什么？你为什么？"

可是女人拍着秋宝，口子哼哼的没有答。秀才继续说：

"梦着你底前儿死了么，那么地喊？连我都被你叫醒了。"

女人急忙地一边答：

"不，不，……好像我底前面有一圹坟呢！"

秀才没有再讲话，而悲哀的幻象更在女人底前面展现开了，她要走向这坟去。

冬末了，催离别的小鸟，已经到她底窗前不住地叫了。先是孩子断了奶，又叫道士们来给孩子度了一个关，于是孩子和他亲生的母亲的别离——永远的别离的运命就被决定了。

这一天，黄妈先悄悄地向秀才的大妻说：

"叫一顶轿子送她去么？"

秀才的大妻还是手里捻着念佛珠说：

"走走好罢，到那边轿钱是那边付的，她又哪里有钱呢，听说她底亲夫连饭也没的吃，她不必摆阔了。路也不算远，我也是曾经走过三四十里路的人，她底脚比我大，半天可以到了。"

这天早晨当她给秋宝穿衣服的时候，她底泪如溪水那么地流下，孩子向她叫："婶婶，婶婶！"——因为老妇人要他叫她自己是"妈妈"，只准叫她是"婶婶"——她向他咽咽地答应。她很想对他说几句话，意思是：

"别了，我底亲爱的儿子呀！你底妈妈待你是好的，你将来也好好地待还她罢，永远不要再记念我了！"

可是她无论怎样也说不出。她也知道一周半的孩子是不会了解的。秀才悄悄地走向她，从她背后的腋下伸进手来，在他底手内是十枚双毫角子，一边轻轻说："拿去罢，这两块钱。"

妇人扣好孩子底钮扣，就将角子塞在怀内的衣袋里。

老妇人又进来了，注意着秀才走出去的背后，又向妇人说：

"秋宝给我抱去罢，免得你走时他哭。"

妇人不作声响，可是秋宝总不愿意，用手不住地拍在老妇人底脸上。于是老妇人生气地又说：

"那么你同他去吃早饭去罢，吃了早饭交给我。"

黄妈拼命地劝她多吃饭，一边说：

"半月来你就这样了，你真比的时候还瘦了。你没有去照照镜子。今天，吃一碗下去罢，你还要走三十里路呢。"

她只不关紧要地说了一句：

"你对我真好！"

但是太阳是升得非常高了，一个很好的天气，秋宝还是不肯离开他底母亲，老妇人便狠狠地将他从她底怀里夺去，秋宝用小小的脚踢老妇人底肚子上，用小小的拳头搔住她底头发，高声地呼喊。妇人在后面说：

"让我吃了中饭去罢。"

老妇人却转过头，汹汹地答：

"赶快打起你底包袱去罢，早晚总有一次的！"

孩子底哭声便在她底耳内渐渐远去了。

打包裹的时候，耳内是听着孩子的哭声。黄妈在旁边，一边劝慰着她，一边却看她打进什么去。终于，她挟着一只旧的包裹走了。

她离开他底大门时，听见她底秋宝的哭声；可是慢慢地远远地走了三里路了，还听见她底秋宝的哭声。

暖和的太阳所照耀的路，在她底面前竟和天一样无穷止的长。当她走到一条河边的时候，她很想停止她底那么无力的脚步，向明澈可以照见她自己底身子的水底跳下去了。但在水边坐了一会儿之后，她还得依前去的方向，移动她自己底影子。

太阳已经过午了，一个村里的一个年老的乡人告诉她，路还有十五里。于是她向那个老人说：

"伯伯，请你代我就近叫一顶轿子罢，我是走不回去了。"

"你是有病的么？"老人问。

"是的。"她那时坐在村口的凉亭里面。

"你从哪里来？"

妇人静默了一时，答：

"我是向那里去的，早晨我以为自己会走的。"

老人怜悯地也没有多说话，就给她找了两位轿夫，一顶没篷的轿。因为那是下秧的时节。

下午三四时的样子，一条狭窄而污秽的乡村小街上，抬过了一顶没篷的轿子，轿里躺着一个脸色枯萎如同一张干瘪的黄菜叶那样的中年妇人，两眼朦胧地颓唐地闭着。嘴里的呼吸只有微弱地吐出。街上的人们个个睁着惊异的目光，怜悯地凝视着过去。一群孩子，争噪地跟在轿后，好像一件奇异的事情落到这沉寂的小村镇里来了。

春宝也是跟在轿后的孩子们底一个，他还在似赶猪那么地哗着轿走，可是当轿子一转一个弯，却是向他底家里去的路，他却伸直了两手而奇怪了。等到轿子到了他家里的门口，他简直呆似的远远地站在前面，背靠在一株柱子上，面向着轿，其余的孩子们胆怯地围在轿的两边。妇人走出来了，她昏迷的眼睛还认不清站在前面的，穿着褴褛的衣服，头发蓬乱的，身子和三年前一样的短小，那个八岁的孩子是她底春宝。突然，她哭出来地高叫：

"春宝呀！"

一群孩子，个个无意地吃了一惊，而春宝简直吓得躲进屋里，他父亲那里去了。

妇人在灰暗的屋内坐了许久许久，她和她底丈夫都没有一句话。夜色降落了，他下垂的头昂起来，向她说：

"烧饭吃罢！"

妇人就不得已地站起来，向屋角上旋转了一周，一点也没有气力地对她丈夫说：

"米缸内是空空的。……"

男人冷笑了一声，答说：

"你真在大人家底家里生活过了！米，盛在那只香烟盒子内。"

当天晚上，男子向他底儿子说：

"春宝，跟你底娘去睡！"

而春宝却靠在灶边哭起来了。他底母亲走近他，一边叫：

"春宝，宝宝！"

可是当她底手去抚摸他底时候，他又闪避开了。男子加上说：

"会生疏得那么快，一顿打呢。"

她眼睁睁地睡在一张龌龊的狭板床上，春宝陌生似的睡在她底身边。在她底已经麻木的脑内，仿佛秋宝肥白可爱地在她身边挣动着，她伸出两手想去抱，可是身边是春宝。这时，春宝睡着了，转了一个身，他底母亲紧紧地将他抱住，而孩子却从鼾声的微弱中，脸伏在她底胸膛上，两手抚摩着她底两乳。

沉静而寒冷的死一般的长夜，似无限地拖延着，拖延着……

一九三〇年一月二十日

# 山村一夜

叶紫

## 【关于作家】

叶紫（1910—1939），原名余昭明，生于湖南省宜阳县。1922年，去长沙读中学，先后就读于湖南妙高峰中学、华中美术学校。彼时湖南学生运动和农民运动风起云涌，在共产党员余璜的影响下，叶紫一家参加了当地的农会，带头领导农民反抗，叶紫也离开美术学校去武汉，进入黄埔军校武汉分校学习。1927年，国共第一次合作破裂，国民党大肆镇压农民运动，余家数人罹难，叶紫也被迫逃亡异乡。1929年底到上海，开始从事文学创作。1933年，与陈企霞先后创办《无名文艺旬刊》和《无名文艺月刊》，同年加入"左联"。短篇小说《丰收》发表于《无名文艺月刊》创刊号，署名叶紫。稍后陆续创作中短篇小说《火》《星》《山村一夜》等，1939年因肺病早逝。

## 【关于作品】

《山村一夜》，1936年发表于《作家》第1卷第4期，后收入同名小说集，1937 年由上海良友图书印刷公司出版。

　　小说写的是 20 世纪二三十年代土地革命初期，"我们"雪夜借宿在湖南山村刘月桂老人家里，听他讲述村里革命青年文汉生因为自己愚昧父亲的"首告"，被反动政府抓捕杀害的悲剧故事。文汉生，是月桂老人的干儿子，白天挥汗替地主家做工，晚上到他家读书学习。汉生和地主少爷曹德三、木匠李金生、村民王老发一同参加了秘密的革命组织，悄悄鼓动农民反抗地主的剥削和压迫。汉生的爹是个"猪一般的性子，牛一般的力气"的老长工，在地主曹大杰家做了三四十年，没和主人吵过一次嘴。他认为儿子参与革命活动是跟着"坏人"走上了"坏的路"，又怕儿子出事了没人给他养老送终，就天天偷偷跟踪汉生。后来曹三少爷被捕叛变，还因为告密做了官，汉生爹受到曹氏父子蛊惑，幻想着儿子也能自首做官，就去"首告"了汉生。汉生被抓走了，汉生爹跪求桂公公带他去城里找，在公堂上才知道儿子已经被枪毙。这个可怜又可悲的人"将自己亲生的儿子送去给人家杀了，还要给人家去叩头赔礼"，最后疯了。

　　"父与子"的冲突，是现代文学经典的叙事原型，叶紫的小说常用觉醒的子辈青年与保守落后的父辈之间的矛盾来反映大变动前乡村复杂的社会面貌。这篇小说也着力塑造了一对父子：正直善良又有些稚嫩的青年革命者文汉生，一辈子逆来顺受、贪生怕死的汉生爹。这部作品匠心独运之处还在于增加了汉生的干爹——"桂公公"，世事洞明、性格刚毅的"桂公公"，是汉生父子的一面镜子，也是作者有意安排的视角人物和叙述者。借助"桂公公"的视角，作品避开了正面的父子对抗，从而将主题聚焦到对"父"的反思，鞭辟入里地写出了一个底层弱者是如何因为其胆小懦弱最终害子又害己的可悲故事。

　　这篇小说采用了典型的嵌套式结构，开场就直接将读者带入了"听故事"的情境：风雪交加的夜晚，外面是野狗和不知名的兽类令人心悸地嘶吠着，破茅屋里在干枯的树枝烧旺了的灶火旁，一位饱经沧桑的老人给投宿的客人讲起了一个"蠢子"变成"痴子、疯子"的故事。讲到惊魂动魄的地方，作者会宕开一笔，穿插描写更加阴冷暗沉的夜、越来越大的风和雪，以及讲述者"桂公公"抑制不住的悲愤、听故事的"我们"被牵动的内心情绪。整体叙事基调沉郁凝重又张弛有度，是叶紫成熟期的代表作。


　　外面的雪越下越紧了。狂风吹折着后山的枯冻了的树枝，发出哑哑的响叫。野狗遥远地，忧郁而悲哀地嘶吠着，还不时地夹杂着一种令人心悸的、不知名的兽类的吼号声。夜的寂静，差不多全给这些交错的声音碎裂了。冷风一阵一阵地由破裂的壁隙里向我们的背部吹袭过来，使我们不能禁耐地连连地打着冷噤。刘月桂公公面向着火，这个老年而孤独的破屋子主人，是我们的一位忠实的农民朋友介绍给我们来借宿的。他的左手拿着一大把干枯的树枝，右手捋着灰白的胡子，一边拨旺了火势，一边热烈地、温和地给我们这次的惊慌和劳顿安慰了；而且还滔滔不停地给我们讲述着他那生平最激动的一些新奇的故事。

　　因为火光的反映，他的眼睛是显得特别歪斜，深陷，而且红红的。他的额角上牵动着深刻的皱纹；他的胡子顽强地、有力地高翘着；他的鼻尖微微地带点儿勾曲；嘴唇是颇为宽厚而且松弛的。他说起话来就像生怕人家要听不清或者听不懂他似的，总是一边高声地做着手势，一边用那深陷的歪斜的眼睛看定着我们。

又因为夜的山谷中太不清静，他说话时总常常要起身去开开那扇破旧的小门，向风雪中去四围打望一遍，好像察看着有没有什么人前来偷听的一般；然后才深深地呵着气，抖落那沾身的雪花，将门儿合上了。

"……先生，您们真的愿意常常到我们这里来玩吗？那好极了！那我们可以经常地做一个朋友了。"他用手在这屋子里环指了一个圈圈，"您们来时总可以住在我这里的，不必再到城里去住客栈了。客栈里的民团局会给您们麻烦得要死的。那些蠢子啊！……什么保人啦，哪里来啦，哪里去啦，'年貌三代'啦，……他们对于来客，全像是在买卖一条小牛或者一只小猪那样的，会给您们从头上直看到脚下，连您们的衣服身胚一共有多少斤重量，都会看出来的。真的，到我们这个连鸟都不高兴生蛋的鬼地方来，就专门欢喜这样子：给客人一点儿麻烦吃吃。好像他们自己原是什么好角色，而往来的客人个个都是坏东西那样的，因为这地方多年前就不像一个住人的地方了！真的，先生……"

"世界上会有这样一些人的：他们自以为是怎样聪明得了不得，而别人只不过是一些蠢子，他们自己拿了刀去杀了人家——杀了'蠢子'——劫得了'蠢子'的财帛，倒反而四处去向其他的'蠢子'招告：他杀的只不过是一个强盗。并且说：他的所以要杀这个人，还不只是为他自己，而是实在地为你们'蠢子'大家呢！……于是，等到你们这些真正的蠢子都相信了他，甚至于相信到自己动起手去杀自己了的时候，他就会得意扬扬地躲到一个什么黑角落里去，暗暗地好笑起来了：'看啦！他们这些东西多蠢啊！他们蠢得连自己的妈妈都不晓得叫呢！……，真的，先生，世界上就真会有这样一些人的。但他们却不知道：蠢的才是他们自己呢！因为真正的蠢子蠢到了不能再蠢的时候，也就会一下子变得聪明起来的。那时候，他们这些自作聪明的人，就是再会得'叫妈妈'些，也怕是空的了吧。真的啊，先生！世界上的事情就通统是这样的——我说蠢子终究要变得聪明起来的。要是他不聪明起来，那他就只有自己去送死了，或者变成一个什么十足的痴子、疯子那样的东西！……先生，真的，不会错的！……从前我们这里还发生过一桩这样的事呢：一个人会蠢到这样的地步的——将自己亲生的儿子送去给人家杀了，还要给人家去叩头赔礼！您想：这还算是一个怎样的世界呢？人蠢到这样的地步了，又怎能不变成疯子呢？先生！……"

"啊——会有这样的事情吗？桂公公！一个人又怎能将自己的儿子送去给人家杀掉呢？"我们对于这激动的说话，实在地感到惊异起来了，便连忙这样问。

"您们实在不错，先生，一个人怎能将自己的儿子送去给人家杀掉呢？不会的，普天下不会，也不应该有这样的事情的。然而，我却亲自看见了，而且还和他们是亲戚，还为他们伤了一年多的心哩！先生。"

"怎样的呢？这又是怎样一回事呢？桂公公！"我们的精神完全给这老人家刺激起来了！不但忘记了外面的风雪，而且也忘记了睡眠和寒冷了。"

"怎样一回事？唉，先生！不能说哩。这已经是快两周年的事情了！……但是先生，您们全不觉得要睡吗？伤心的事情是不能一句话两句话就说得完的！真的啊，先生！……您们不要睡？那好极了！那我们应该将火加得更大一些！……我将这话告诉您们了，说不定对您们还有很大的益处呢！事情就全是这样发生的。三年前，我的一个叫作汉生的学生，干儿子，突然地在一个深夜里跑来对我说：'干爹，我现在已经寻了一条新的路了。我同曹德三少爷、王老发、李金生他们弄得很好了，他们告诉了我很多的事情。我觉得他们说得对，我要跟他们去了，像跟早两年前的农民会那样的。干爹，你该不会再笑我做蠢子和痴子了吧！'

"'但是孩子，谁叫你跟他们去的呢？怎么忽然变得聪明起来了？你还是受了谁的骗呢？'我说。

"'不的，干爹！'他说，'是我自己想清白了，他们谁都没有来邀过我；而且他们也并不勉强我去，我只是觉得他们说得对——就是了。'

"'那么，又是谁叫你和曹三少爷弄作一起的呢？'

"'是他自己来找我的。他很会帮穷人说话，他说得很好哩！干爹。'

"'是的，孩子。你确是聪明了，你找了一条很好的路。但是，记着：千万不要多跟曹三少爷往来，有什么事情先来告诉我。干爹活在这世界上六十多年了，什么事都比你经验得多，你只管多多相信干爹的话，不会错的，孩子。去吧！安静一些，不要让你的爹爹知道，并且常常到我这里来。……'

"先生，我说的就是这样一个孩子，给他那糊涂的、蠢拙的爹爹送掉的。他住得离我们这里并不远，就在这山村子的那一面。他常常要到我这里来。因为立志要跟我学几个字，他便叫我做干爹了。他的爹爹是做老长工出身的，因而家境非常的苦，爷儿俩就专靠这孩子做零工过活。但他自己却十分志气。白天里挥汗替别人家工作，夜晚小心地跑到我这里来念一阵书。不喝酒，不吃烟。而且天性又温存，有骨气。他的个子虽不高大，但是十分强壮。他的眼睛是大大的，深黑的，头发像一丛短短的柔丝那样……总之，先生！用不着多说，无论他的相貌、性情、脾气和做事的精神怎样，只要你粗粗一看，便会知道这绝不是一个没有出息的孩子就是了。

"他的爹爹也常到这里来。但那是怎样一个人物呢？先生！站在他的儿子一道，您们无论如何不会相信他们是父子的。他的一切都差不多和他的儿子相反：可怜，愚蠢，懦弱，而且怕死得要命。他的一世完全消磨在别人家的泥土上。他在我们山后面曹大杰家里做了三四十年长工，而且从来没有和主人家吵过一次嘴。先生，关于这样的人本来只要一句话：就是猪一般的性子，牛一般的力气。他一直做到六七年前，老了，完全没有用了，才由曹大杰家里赶出去。带着儿子，狗一样地住到一个草屋子里，没有半个人去怜惜他。他的婆子多年前就死了，和我的婆子一样，而且他的家里也再没有别的人了！……

"就是这样的，先生。我和他们爷儿俩做了朋友，而且做了亲戚了。我是怎样地喜欢这孩子呢？可以说比自己亲生的儿子还要喜欢十倍。真的，先生！我是那样用心地一个一个字去教他，而他也从不曾间断过，哪怕是刮风，落雨，下大雪，一约定，他都来的。我读过的书虽说不多，然而教他却也足有余裕。先生，我是怎样在希望这孩子成人啊！……

"自从那次夜深的谈话以后，我教这孩子便格外用心了。他来得也更加勤密，而且读书也更觉得刻苦了。他差不多天天都要来的。我一看到他，先生，我那老年人的心，便要温暖起来了。我想：'我的心爱的孩子，你是太吃苦了啊！你虽然找了一条很好的路，但是你怎样去安顿你自己的生活呢？白天里挥汗吃力，夜晚还要读书，跑路，做着你的有意思的事情！你看：孩子，你的眼睛陷进得多深，而且已经起了红的圈圈了呢！'唉，先生！当时我虽然一面想，却还一面这样对他说：'孩子啊，安心地去做吧！不错的——你们的路。干爹老了，已经没有用了。干爹只能睁睁地看着你们去做了哩。爱惜自己一些，不要将身子弄坏了！时间还长得很呢，孩子哟！……'但是，先生，我的口里虽是这样说，却有一种另外的可怕的想念，突然来到我的心里了。而且，先生，这又是怎样一种懦弱的、伤心的、不可告人的想念呀！可是，我却没有法子能够压制它。我只是暗暗为自己的老迈和无能悲叹罢了！而且我的心里还在想哩：也许这样的事情不会来吧！好的人是绝不应该遭意外的事情的！但是先生，我怎样了呢？我想的这些心思怎样了呢？……唉，不能说哩！我不知道世界上真的有没有天，而且天的心里到底在想些什么。为什么人家希望的事，偏偏不来；不希望的，担心的，可怕的事，却一下子就飞来了？这到底是怎样的一个天呢？而且又是怎样的一个世界呢？先生，不能说哩。唉，唉！先生啊！……"

　　因了风势的过于猛烈，我们那扇破旧的小门和板壁，总是被吹得呀呀地作响。我们的后面也觉得有一股刺骨般的寒气，在袭击着我们的背心。刘月桂公公尽量地加大着火，并且还替我们摸出了一大捆干枯的稻草来，靠塞到我们的身后。这老年的主人家的言词和举动，实在地太令人感奋了。他不但使我们忘记了白天路上跋涉的疲劳，而且还使我们忘记了这深沉、冷酷的长夜。

　　他只是短短地沉默了一会，听了一听那山谷间的隐隐不断的野狗和兽类的哀鸣。一种夜的林下的阴郁的肃杀之气，渐渐地笼

罩到我们的中间来了。他也没有再做一个其他的举动，只仅仅去
开看了一次那扇破旧的小门，便又睁动着他那歪斜的、深陷的、
湿润的眼睛，继续起他的说话来了。

"先生，我说：如果一个人要过分地去约束和干涉他自己的儿
子，那么这个人便是一个十足的蠢子！就譬如我吧：我虽然有过
一个孩子，但我却从来没有对他约束过，一任他自己去四处飘荡，
七八年来，不知道他飘荡到些什么地方去了，而且连讯息都没有
一个。因为年轻的人自有年轻人的思想、心情和生活的方法，老
年人是怎样也不应该去干涉他们的。一干涉，他们的心的和身的
自由，便要死去了。而我的那愚拙的亲家公，却不懂得这一点。
先生，您想他是怎样地去约束和干涉他的孩子呢？唉，那简直不
能说啊！除了到这里来以外，他完全是孩子走一步便跟一步地啰
唆着，甚至于连孩子去大小便他都得去望望才放心，就像生怕有
一个什么人会一下子将他的孩子偷去卖掉的那样。您想，先生。
孩子已经不是一个三岁两岁的娃娃了，又怎能那样地去监视呢？
为了这事情我还不知道向他争论过几多次哩，先生。我说：'亲家
公啦！您莫要老是这样地跟着您的孩子吧！为的什么呢？是怕给
人家偷去呢？还是怕老鹰来衔去呢？您应当知道，他已经不是一
个娃娃了呀！'

"'是的，亲家公。'他说，'我并不是跟他，我只是有些不放
心他——就是了！'

"'那么，您有些什么不放心他呢？'我说。

"'没有什么，亲家公。'他说，'我不过是觉得这样：一个年
轻的人，总应该管束一下子才好……'

"'没有什么！'唉，先生！您想，一个人会懦弱到这样的地步

的：马上说的话马上就害怕承认的。于是，我就问他：'那么，亲家公，你管束他的什么呢？'

"'没有什么，亲家公，我只是想像我的爹爹年轻时约束我的那样，不让他走到坏的路上去就是了。'

"'拉倒了您的爹爹吧！亲家公！什么是坏的路呢？'先生，我当时便这样地生气起来了。'您是想将您的汉生约束得同您自己一样吗？一生一世牛马一样地给人家犁地耕田，狗一样地让人家赶出去吗？……唉！你这愚拙的人啊！'先生，我当时只顾这样生气，却并没有看着他本人。但当我一看到他被我骂得低头一言不发，只管在拿着他的衣袖抖战的时候，我的心便完全软下来了。我想，先生，世界上为什么会有这样可怜无用的人呢？他为什么要生到这世界上来呢？唉，他的五六十岁的光阴如何度过的呢？于是先生，我就只能够这样温和地去对答他了：'莫多心了吧！亲家公。莫要老是这样跟着您的汉生了，多爱惜自己一些吧！您要再是这样跟着，您会跟出一个坏结局来的。告诉您，您的汉生是用不着您担心的了，至少比您聪明三百倍哩。'唉，先生，话有什么用处呢？我应该说的，通统向他说过了。他一当了你的面，怕得你要命；背了你的面，马上就四处去跟着，赶着他的儿子去了。

"关于他儿子所做的事，大家都知道，是无论如何不能够去告诉他的。因此我就再三嘱咐汉生：不要在他爹爹面前露出行迹来了。但是，谁知道呢？这消息是从什么地方走给他耳朵里的呢？也许是汉生的同伴王老发吧，也许是曹三少爷和木匠李金生吧！……但是后来据汉生说：他们谁都没有告诉他过。大概是他自己暗中察觉出来的，因为他夜间也常常不睡地跟踪着。总之，汉生的一切，他不久都知道就是了，因此我就叫汉生特别注意，处处都要防备着他的爹爹。

"大概是大前年八月的夜间吧，先生，汉生刚刚从我这里踏着月亮走出去，那个老年的愚拙的家伙便立刻跟着追到这里来了。因为没有看见汉生，他便觉得有些不好意思那样地走近我的身边。然而，却不说话。在大的月光的照耀下，他只是用他那老花的眼睛望着我，猪鬃那样的几根稀疏的胡子，也轻轻地发着战。我想这老东西一定又是来找我说什么话了，要不然他就绝不会变成一副这样的模样。于是，我就立刻放下了温和的脸色，殷勤地接着他。

"'亲家公啦！您来又有什么贵干呢？'我开玩笑一般地说。

"'没有什么，亲家公。'他轻声地说，'我只是有一桩事情不，不大放心，想和您来商量商量——就是了。'

"'什么呢，亲家公？'

"'关于您的干儿子的情形，我想，亲家公，您应该知道得很详细吧！'

"'什么呢？关于汉生的什么事情呢？嗳，亲家公？'

"'他近几个月来，不知道为了什么事，……亲家公！夜里总常常一个通夜不回来。……'

"'那又有什么关系呢？'

"'我想，亲家公！他说不定是跟着什么坏人，走到坏的路上去了。因为我常常看见他同李木匠、王老发他们做一道。要是真的，亲家公，您想我将他怎么办呢？我的心里啊……'

"'您的心里又怎样呢？'

"'怎样？……唉，亲家公，您修修好吧！您好像一点都不知道那样的！您想：假如我的汉生要有了什么三长两短，我还有命吗？我不是要绝了后代了吗？有谁来替我养老送终呢？将来谁来上坟烧纸呢？我又统共只有这一个孩子！唉，亲家公，帮帮忙吧！您想想我是怎样将这孩子养大起来的呢？别人家不知道，您总应该知道呀！我那样千辛万苦地养大了他，我要是得不到他点好处，我还有什么想头呢？亲家公！'

"'那么您的打算是应该将他怎样呢？'先生，我有点郑重起来了。

"'没有怎样，亲家公。'他说。这家伙大概又对着月光看到我的脸色了。'您莫要生我的气吧！我只是觉得有点害怕，有点伤心就是了！我能将他怎么办呢？……我不过是想……'

"'啊——什么呢？'

"'我想，想……亲家公，您是他的干爹！只有您的话他最相信，您又比我们都聪明得多。我是想……想……求求您亲家公对他去说一句开导的话，使他慢慢回到正路上来，那我就，就……亲家公啊！就感——感……您的恩，恩……了。'

"唉！先生！您想：对待这样的一个人，还有什么法子呢？他居然也知道了他自己是不聪明的人。他说了那么一大套，归根结底——还不过是为了他自己没有'得到他一点好处''怕'没有人'养老送终'，'伤心'没有人'上坟烧纸'罢了！而他自己却又没有力量去'开导'他的儿子，压制他的儿子，只晓得狗一样地跟踪着，跟出来了又只晓得跑到我这里来求办法，叫'恩人'！您想，我还能对这样可怜的、愚拙的家伙说点什么有意思的，能够使他想得开通的话呢？唉，先生，不能说哩！当时我是实在觉得生气，也觉得伤心。我极力地避开看月光，为了怕他看出了我的不平静的脸色。因为我必须尽我的义务，对他说几句'开导'他的，使他想得通的话；虽然我明知道我的话对于这头脑糊涂的人没有用处，但是为了汉生的安静，我也不能够不说啊！

"我说：'亲家公啦！您刚才啰里啰唆地说了这么一大套。到底为的什么呢？啊，您是怕您的汉生走到坏的路上去吗？那么，您知道什么路是坏的，什么路才是好的呢？——您说：王老发、李金生他们都不是好人，是坏人！那么他们的'坏'又都坏在什么地方呢？——唉，亲家公！我劝您还是不要这样糊里糊涂地乱说吧！凡事都应该自己先去想清一下子，再来开口的。您知道您的年纪已经不小了呀！为什么还是这样地孩子一样呢？您怎么会弄得'绝后代'呢？您的汉生又几时对您说过不给您'养老送终'呢？并且一个人死了就死了，没有人来'上坟烧纸'又有什么了不得呢？嗳，亲家公，您是一蠢拙的人啊！……'唉，先生，我当时是这样叹气地说。'莫要再糟蹋您自己了吧，您已经糟蹋得够了！让我来真正告诉您这些事情吧：您的孩子并没有走到什么坏的路上去，您只管放心好了。汉生他比您聪明得多，而且他们年轻人自有他们年轻人的想法。至于王老发和李金生木匠他们就更不是什么歹人，您何必啰唆他们，干涉他们呢？您要知道：即算是您将您的汉生管束得同您一样了，又有什么好处呢？莫要说我说得不客气，亲家公，同您一样至多也不过是替别人家做一世牛马算了。譬如我对我的儿子吧，……八年了！您看我又有什么了不得呢？唉，亲家公啊！想得开些吧！况且您的儿子走的又并不是什么坏的路，完全是为着我们自己。您还有什么不放心的呢？唉，唉！亲家公啊！您这可怜的、老糊涂一样的人啊！……'

"唉，先生，您想他当时听了我的这话之后怎样呢？他完全一声不做，只是呆呆地坐在那里，贼一样地用他那昏花的眼睛看着我，并且还不住地战动着他的胡子，开始流出眼泪来。唉，先生，我心完全给这东西弄乱了！您想我还能对他说出什么话来呢？我只是这样轻轻地去向他问了一问：'喂，亲家公！您是觉得我的话说得不对吗，还是什么呢？您为什么又伤起心来了呢！'

"这时候，先生，我还记得：那个大的、白白的月亮忽然地被一块黑云遮去了；于是，我们就对面看不清大家的面庞了。我不知道他一个人在黑暗中做了些什么事。半天，半天了……才听见他哀求一样地说道：

'唉，不伤心哩，亲家公！我只是想问一问您：我的汉生，他们如果发生了什么别的事情，我一个人又怎样办呢？唉，唉！我的——亲家公啊……'

"'不会的哩，亲家公！您只管放心吧！只要您不再去跟着啰唆着您的汉生就好了。您不知道一句这样的话吗——吉人自有天相的！何况您的汉生并不是蠢子，他怎么会不知道招呼他自己呢？……'

"'唔，是的，亲家公！您说的——都蛮对！只是我……唔，嗯——总有点……不放心他……有点……害——怕——就是了！呜呜——……'

"先生，这老家伙站起来了，并且完全失掉了他的声音，开始哽咽起来了。

"'亲家公，莫伤心了吧！好好地回去吧！'我也站起来送他了。'您伤心的什么呢？替别人家做一世牛马的好呢，还是自己有土地自己耕田的好呢？您安心地回去想清些吧！不要再糊涂了吧！……'

"唉，先生，还尽管啰啰唆唆地说什么呢？一句话——他便是这样一个懦弱的家伙就是了。并且凭良心说：自从那次的说话以后，我没有再觉得可怜这家伙，因为这家伙有很多地方又不应去给他可怜的。但是在那次——我却骗了他，而且还深深地骗了自己。您想：先生！'吉人自有天相的'，这到底是一句什么狗屁话呢？几时有过什么'吉人'，几时又看见过什么'天相'呢？然而，我却那样说了，并且还那样地祷告啦。这当然是我太爱惜汉生和太没有学问的缘故，因为我实在想不出一句适当的话去宽慰那个愚懦的人，也想不出一个法子来压制和安静自己。但是，先生，事情终于怎样了呢？'吉人'是不是'天相'了呢？……唉，要回答，其实，在先前我早就说过了的。那就是——您所想的，希望的事，偏偏不来；担心的，怕的和祸祟的事，一下子就飞来了！唉，先生，虽然他们那第一次飞来的祸事，都不是应在我的汉生的头上，但是汉生的死，也就完全是遭了那次事的殃及哩，唉，唉！先生！啊……"

　　刘月桂公公因为用铁钳去拨了一拨那快要衰弱了的火焰，一颗爆裂的红星，便突然地飞跃到他的胡子上去了！这老年的主人家连忙用手尖去挥拂着，却已经来不及了，燃断掉三四根下来了。……我们都没有说话。一种默默的、沉重的、忧郁之感，渐渐地压到了我们的心头。因为这故事的激动力，和烦琐反复的情节的悲壮，已经深深地锁住了我们的心喉，使我们插不进话去。夜的山谷中的交错的声息，似乎都已经平静了一些。然而愈平静，就愈觉得世界在一步一步地沉降下去，好像直欲沉降到一个无底的洞中去似的，使我们几乎透不过气来了。风雪虽然仍在飘降，但听来却也已经削弱了很多。一切都差不多渐渐在恢复夜的寂静的常态了。刘月桂公公却并没有关心到他周围的事物，他只是不住地增加着火势，不住地运用着他的手，不住地蠕动着他的灰暗的眉毛和睁开他的那昏沉的、深陷的、歪斜的眼睛。

因为遭了那火花的飞跃的损失，他继续着说话的时候，总是常常要用手去摸着，护卫着他那高翘着而有力量的胡子。

"那第一次的祸事的飞来，"他接着说，"先生，也是在大前年的十一月哩。那时候，我们这里的民团局因为和外来的军队有了联络，便想寻点什么功劳去献献媚，巴结巴结那有力量的军官上司，便不分日夜地来到我们这山前山后四处搜索着。结果，那个叫作曹三少爷的，便第一个给他们弄去了。"

"这事情的发生，是在一个降着严霜的早上。我的干儿子汉生突然地丢掉了应做的山中的工作，喘息呼呼地跑到我这里来了。他一边睁大着他那大的深黑的眼睛，一边上气不接下气地说：'干爹，我们的事情不好了！曹三少爷给，给，给——他们天亮时弄去了！这怎，怎么办呢？干爹……'

"唉，先生，我当时听了，也着实地替他们着急了一下呢。但是翻过来细细一想，觉得也没有什么大的了不得。因为我们知道：对于曹三少爷他们那样的人，弄去不弄去，完全一样，原就没有什么关系的。因为他们愿不愿意替穷人说话和做事，就只要看他们高兴不高兴便了，他们要是不高兴，不乐意了，说不定还能够反过来弄他的'同伴'一下子的。然而，我那仅仅只是忠诚、赤热而没有经历的干儿子，却不懂得这一点。他当时看到我只是默默着不作声，便又热烈而认真地接着说：'干爹，您老人家怎么不作声呢？您想我们要是没有了他还能怎么办呢？……唉，唉！干爹啊！我们失掉这样一个好的人，想来实在是一桩伤心的，可惜的事哩！……'

"先生，他的头当时低下去了。并且我还记得：的确有两颗大的亮晶晶的眼泪，开始爬出了他那黑黑的湿润的眼眶。我的心中，完全给这赤诚的、血性的孩子感动了。于是，我便对他说：'急又有什么用处呢？孩子！我想他们不会将他怎样吧！你知道，他的爹爹曹大杰还在这里当"里总"呀，他怎能不设法子去救他呢？……'

"'唉，干爹！曹大杰不会救他哩！因为曹三少爷跟他吵过架，并且曹三少爷还常常对我们说他爹爹的坏话。您老人家想：他怎能去救这样的儿子呢？……并且，曹三少爷是——好的，忠实的，能说话的角色呀！……'

"'唉，你还早呢，你的经历还差得很多哩，孩子！'我是这样地抚摸着他的柔丝的头发，说，'你只能够看到人家的外面，你看不到人家的内心的：你知道他的心里是不是同口里相合呢？告诉你，孩子！越是会说话的人，越靠不住。何况曹德三的家里的地位，还和你们相差这样远。你还知道"叫得好听的狗，不会咬人——会咬人的狗，绝不多叫"的那句话吗？……'

"'干爹，我不相信您的话！……'这忠实的孩子立刻揩着眼泪叫起来了，'对于别人，我想：您老人家的话或者用得着的。但是对于曹三少爷，那您老人家就未免太，太不原谅他了！……我不相信这样的一个好的人，会忽然变节！……'

"'对的，孩子！但愿这样吧。你不要怪干爹太说直话，也许干爹老了，事情见得不明了。曹德三这个人我又不常常看见，我不过是这样说说就是了。"宁可信其有，不可信其无。"你自己可以去做主张，凡事多多防备防备……不过曹德三少爷我可以担保，绝不致出什么事情……'

"先生，就是这样的。我那孩子听了我的这话之后，也没有再和我多辩，便摇头叹气，怏怏不乐地走开了。我当时也觉得有些难过，因为我不应该太说得直率，以致刺痛了他那年轻的赤热的心。我当时也是怏怏不乐地回到屋子里了。

"然而，不到半个月，我的话便证实了——曹德三少爷安安静静地回到他的家里去了。

"这时候，我的汉生便十分惊异地跑来对我说：

'干爹，你想：曹德三少爷怎样会出来的?'

"'大概是他们自己甘心首告了吧?'

"'不，干爹！我不相信会有这样的事。三少爷是很有教养的人，他还能够说出很动人的、很有理性的话来哩！……'

"'那么，你以为怎样呢?'

"'我想：说不定是他的爹爹保出来的。或者，至多也不过是他的爹爹替他弄的手脚，他自己是绝不至于去那样做的！……'

"'唉，孩子啊！你还是多多地听一点干爹的话吧！不要再这样相信别人了，还是自己多多防备一下吧！……'

"'对的，干爹。我实在应该这样吧！……'

"'并且，莫怪干爹说得直：你们还要时刻防备那家伙——那曹少爷……'

"那孩子听了我这话，突然地惊愕得张开了他的嘴巴和眼睛，说不出话来了。很久，他好像还不曾听懂我的话一样。于是，先生，我就接着说：'我是说的你那"同伴"——那曹三少爷啦！……'

"'那该——不会的吧！……干爹！'他迟迟而且吃惊地，不大欲信地说。

"'唉，孩子啊！为什么还是这样不相信你的干爹呢？干爹难

道会害你吗？骗你吗？……'

"'是，是——的！干爹……'他一边走，低头回答道。并且我还清晰地听见，他的声音已经渐渐变得酸硬起来了。这时候我因为怕又要刺痛了他的心，便不愿意再追上去说什么。我只是想，先生，这孩子到底怎样了呢？唉，唉，他完全给曹德三的好听的话迷住了啊！……

"就是这样地平静了一个多月，大家都相安无事。虽然这中间我的那愚懦的亲家公曾来过三四次，向我申诉过一大堆一大堆的苦楚，说过许多'害怕'和'担心'的话。可是，我却除了劝劝他和安慰安慰他之外，也没有多去理会他。一直到前年正月十五日，元宵节的晚上，那第二次祸祟的事，便又突然地落到他们的头上来了！……

"那一晚，当大家正玩龙灯玩得高兴的时候，我那干儿子汉生，完全又同前次一样，匆匆地，气息呼呼地溜到我这里来了。那时候，我正被过路的龙灯闹得头昏脑涨，想一个人偷在屋子里，点一支蜡烛看一点书。但突然地给孩子冲破了。我一看见他进来的那模样，便立刻吓了一跳，将书放下来，并且连忙地问着：'又发生了什么呢，汉生？'我知道有些不妙了。

"他半天不能够回话，只是睁着大的黑得怕人的眼睛，呆呆地望着我。

"'怎样呢，孩子？'我追逼着，并且关合了小门。

"'王老发给他们弄去了——李金生不见了！'

"'谁将他们弄去的呢？'

"'是曹——曹德三！干爹……'他仅仅说了这么一句，两线珍珠一般的大的眼泪，便滔滔不绝地滚出来了！

"先生，您想！这是怎样的不能说的事啊！

"那时候，我只是看着他，他也牢牢地望着我。……我不作声他不作声！……蜡烛尽管将我们两个人的影子摇得飘飘动动！……可是，我却寻不出一句适当的话来。我虽然知道这事情必然要来了，但是，先生，人一到了过分惊急的时候，往往也会变得愚笨起来的。我当时也就是这样。半天，半天……我才失措一般地问道：'到底怎样呢？怎样地发生的呢？……孩子！'

"'我不知道。我一个人等在王老发的家里，守候着各方面的讯息，因为他们决定在今天晚上趁着玩龙灯的热闹，去捣曹大杰和石震声的家。我不能出去。但是，龙灯还没有出到一半，王老发的大儿子哭哭啼啼地跑回来了。他说："汉叔叔，快些走吧！我的爹爹给曹三少爷带着兵弄去了！李金生叔叔也不见了！……"这样，我就偷到您老人家这里来了！……'

"'唔……原来……'我当时这样平静地应了一句。可是忽然地，一桩另外的重要的意念，跑到我的心里来了，我便惊急地说：'但是孩子——你怎样呢？他们是不是知道你在我这里呢？他们是不是还要来寻你呢？……'

"'我不知道……'他也突然惊急地说——他给我的话提醒了。'我不知道他们在不在寻我。……我怎么办呢？干爹……'

"'唉，诚实的孩子啊！'先生，我是这样地吩咐和叹息地说，'你快些走吧！这地方你不能久留了！你是——太没有经历了啊！走吧，孩子！去到一个什么地方去躲避一下！'

"'我到什么地方去呢，干爹？'他急促地说，'家里是万万不能去的，他们一定知道！并且我的爹爹也完全坏了！他天天对我啰唆着，他还羡慕曹三忘八"首告"得好——做了官！……您想

我还能躲到什么地方去呢?'

"先生,这孩子完全没有经历地惊急得愚笨起来了。我当时实在觉得可怜,伤心,而且着急。

"'那么,其他的朋友都完全弄去了吗?'我说。

"'对的,干爹!'他说,'我们还有很多人哩!我可以躲到杨柏松那里去的。'

"他走了,先生。但是走不到三四步,突然地又回转了身来,而且紧紧地抱住着我的颈子。

"'干爹!……'

"'怎么呢,孩子?'

"'我,我只是不知道:人心呀——为什么这样险诈呢?……告诉我,干爹!……'

"先生,他开始痛哭起来了,并且眼泪也来到了我的眼眶。我,我,我也忍不住了!……"

刘月桂公公略略停一停,用黑棉布袖子揩掉了眼角间溢出来的一颗老泪,便又接着说了:

"'是的,孩子。不是同一命运和地位的人,常常是这样的呢!'我说,'你往后看去,放得老练一些就是了!不要伤心了吧!这里不是你说话的地方了。孩子,去吧!'

"这孩子走过之后,第二天,……先生,我的那蠢拙的亲家公一早晨就跑到我这里来了。他好像准备了一大堆话要和我说的那样,一进门,就战动着他那猪鬃一样的几根稀疏的胡子,吃吃地说:'亲家公,您知道王,王老发昨,昨天夜间又弄去了吗?……'

"'知道呀,又怎样呢?亲家公。'

"'我想他们今天一,一定又要来弄,弄我的汉生了!……'

"'您看见过您的汉生吗?'

"'没有啊——亲家公!他昨天一夜都没有回来……'

"'那么,您是来寻汉生的呢,还是怎样呢?……'

"'不,我知道他不在您这里。我是想来和您商,商量一桩事的。您想,我和他生,生一个什么办法呢?……'

"'您以为呢?'我猜到这家伙一定又有了什么坏想头了。

"'我实在怕呢,亲家公!……我还听见他们说:如果弄不到汉生就要来弄我了!您想怎样的呢?亲家公……'

"'我想是真的,亲家公。因为我也听见说过:他们那里还正缺少一个爹爹要您去做呢。'先生,我实在气极了,'要是您不愿意去做爹爹,那么最好是您自己带着他去将您的汉生给他们弄到,那他们就一定不会来弄您了。对吗,亲家公?'

"'唉,亲家公——您为什么老是这样地笑我呢?我是真心来和您商量的呀!……我有什么得罪了您老人家呢!唉,唉!亲家公。'

"'那么您到底商量什么呢?'

"'您想,唉,亲家公,您想……您想曹德三少爷怎样呢?……他,他还做了官哩!……'

"'那么,您是不是也要您的汉生去做官呢?'先生,我实在觉得太严重了,我的心都气痛了,便再也忍不住地骂道:'您大概是想尝尝老太爷和吃人的味道了吧,亲家公?……哼哼!您这好福气的,禄位高升的老太爷啊!……'

"先生,这家伙看到我那样生气,更吓得全身都抖颤起来了,好像怕我立刻会将他吃掉或者杀掉的那样,把头完全缩到破棉衣里去了。

"'唔，唔——亲家公！'他说，'您，怎么又要骂我呢？我又没有叫汉生去做官，您怎么又要骂我呢？唉！我，我我不过是这样说说别人家呀！……'

"'那么，谁叫您说这样的蠢话呢？您是不是因为在他家做了一世长工而去听了那老狗和曹德三的笼哄、欺骗呢？想他们会叫您一个长工的儿子去做官吗？……蠢拙的东西啊！您到底怎样受他们的笼哄、欺骗的呢？说吧，说出来吧！您这猪一样的人啊！……'

"'没有啊——亲家公！我一点都——没有啊……'

"先生，我一看见他那又欲哭的样子，我的心里不知道怎样的，便又突然地软下来了。唉，先生，我就是一个这样没有用处的人哩！我当时仅仅只追了他一句：'当真没有？'

"'当真——一点都没有啊！——亲家公。……'

"先生，就是这样的，他去了。一直到第六天的四更深夜，正当我们这山谷前后的风声紧急的时候，我的汉生又偷来了。他这回却带来了另外一个人，那个人就是木匠李金生。现在还在一个什么地方带着很多人冲来冲去的，但却没有能够冲回到我们这老地方来。他是一个大个子，高鼻尖，黄黄的头发，有点像外国人的。他们跟着我点的蜡烛一进门，第一句就告诉我说：王老发死了！就在当天——第四天的早上。并且还说我那亲家公完全变坏了，受了曹大杰和曹德三的笼哄、欺骗！想先替汉生去'首告'了，好再来找着汉生，叫汉生去做官。那木匠并且还是这样地挥着他那砍斧头一样的手，对我保证说：'的确的呢，桂公公！昨天早晨我还看见他贼一样地溜进曹大杰的家里去了。他的手里还拿着一个包包，您想我还能哄骗您老人家吗，桂公公？'

"我的汉生一句话都不说，他只是失神地忧闷地望着我们两个人，他的眼睛完全为王老发哭肿了。关于他的爸爸的事情，他半句言词都不插。我知道这孩子的心，一定痛得很厉害了，所以我便不愿再将那天和他爹爹相骂的话说出来，并且我还替他宽心地说开去。

"'我想他不会的吧，金生哥！'我说，'他虽然蠢拙，可是生死利害总应当知道呀！'

"'他完全是给怕死、发财和做官吓住了，迷住了哩！桂公公！'木匠高声地，生气一般地说。

"我不再作声了，我只是问了一问汉生这几天的住处和做的事情，他好像'心不在焉'那样地回答着。他说他住的地方很好，很稳当，做的事情很多，因为曹德三和王老发所留下来的事情，都给他和李金生木匠担当了。我当然不好再多问。最后，关于我那亲家公的事情，大家又决定了：叫我天明时或者下午再去汉生家中探听一次，看到底怎样的。并且我们约定了过一天还见一次面，使我好告诉他们探听的结果。

"可是，我的汉生在临走时候还嘱咐我说：'干爹，您要是再看了我的爹爹时，请您老人家不要对他责备得太厉害了，因为他……唉，干爹！他是什么都不懂得哩！……并且，干爹，'他又说，'假如他要没有什么吃的了，我还想请您老人家……唉，唉，干爹——'

"先生，您想：在世界上还能寻到一个这样好的孩子吗？

"就在这第二天的一个大早上，我冒着一阵小雪，寻到我那亲家公的家里去了。可是，他不在。茅屋子小门给一把生着锈的锁锁住了。中午时我又去，他仍然不在。晚间再去，……我问他那做竹匠的一个癞痢头邻居，据说是昨天夜深时给曹大杰家里的人叫去了。我想：完了……先生。当时我完全忘记了我那血性的干儿子的嘱咐，我暴躁起来了！我想——而且决定要寻到曹大杰家里的附近去，等着，守着他出来，揍他一顿！……可是，我还不曾走到一半路，便和对面来的一个人相撞了！我从不大明亮的薄薄的雪光之下，模糊地一看，就看出来了那个人是亲家公。先生，您想我当时怎样呢？我完全沉不住气了！我一把就抓着他那破棉衣的胸襟，厉声地说：'哼——你这老东西！你到哪里去了呢？你告诉我——你干的好事呀！'

"'唔，嗯——亲家公！没有呵——我，我，没有——干什么啊！……'

"'哼，猪东西！你是不是想将你的汉生连皮，连肉，连骨头都给人家卖掉呢？'

"'没有啊——亲家公。我完全——一点都没有啊——'

"'那么，告诉我！猪东西！你只讲你昨天夜里和今天一天到哪里去了？'

"'没有啊！亲家公。我到城，城里去，去寻一个熟人，熟人去了啊！'

"唉，先生，他完全颤动起来了！并且我还记得：要不是我紧紧地拉着他的胸襟，他就要在那雪泥的地上跪下去了！先生，我将他怎么办呢？我当时想。我的心里完全急了，乱了——没有主意了。我知道从他的口里是无论如何吐不出真消息来的。因为他太愚拙了，而且受人家的哄骗的毒受得太深了。这时候，我忽然地记起了我的那天性的孩子的话：'不要将我的爹爹责备得太厉害了！……因为他什么都不懂得哩！……'先生，我的心又软下去了！——我就是这样地没有用处。虽然我并不是在可怜那家伙，而是心痛我的干儿子，可是我到底不应该在那个时候轻易地放过他，不揍他一顿，以致往后没有机会再去打那家伙了！没有机会再去消我心中的气愤了！就是那样的啊，先生。我将他轻轻地放去了，并且不去揍他，也不再去骂他，让他溜进他的屋子里去了！……

"到了约定的时候，我的干儿子又带了李金生跑来。当我告诉了他们那事情的时候，那木匠只是气得乱蹦乱跳，说我不该一拳头都不揍，就轻易地放过他。我的干儿子只是摇头，流眼泪，完全流得像两条小河那样的，并且他的脸已经瘦得很厉害了！被繁重的工作弄得憔悴了！眼睛也越加显得大了，深陷了！好像他的脸上除了那双黑黑的眼睛以外，就再看不见别的东西那样的。这时候我的心里的着急和悲痛的情形，先生，我想您们总该可以想到的吧！我实在是觉得他们太危险了！我叫他们以后绝不要再到我这里来，免得给人家看到。并且我决意地要我的干儿子和李金生暂时离开这山村子，等平静了一下，等那愚拙的家伙想清了一下之后再回来。为了要使这孩子大胆地离开故乡去漂泊，我还引出自己的经历来做了一个例子，对他说：'去吧，孩子啊！同金生哥四处去飘游一下；不要再拖延在这里等祸事了！四处去见见世面吧！……你看干爹年轻的时候飘游过多少地方，有的地方你连听都没有听到过哩。一个人，赤手空拳地，入军营，打仗，坐班房……什么苦都吃过，可是，我还活到六十多岁了。并且你看你的定坤哥（我的儿子的名字，先生），他出去八年了，信都没有一个。何况你还有金生哥做同伴呢！……'

"可是，先生，他们却不一定地答应。他们只是说事业抛不开，没有人能够接替他们那沉重的担子，我当时和他们力争说，担子要紧——人也要紧! 直到最后,他们终于被说得没有了办法,才答应着看看情形再说;如果真的站不住了,他们就到外面去走一趟也可以的。我始终不放心他们这样的回答。我说:'要是在这几天他们搜索得厉害呢? ……'

"'我们并不是死人啊,桂公公!'木匠说。

"他们走了,先生,我的干儿子实在不舍地说:'我几时再来呢,干爹?'

"'好些保重自己吧! 孩子,处处要当心啊! 我这里等事情平静之后再来好了! 莫要这样的,孩子! 见机而作,要紧得很时,就到远方去避一时再说吧! ……'

"先生,他哭了。我也哭了。要不是有李金生在他旁边,我想,先生,他说不定还要抱着我的颈子哭半天呢! …… 唉! 唉——先生,先生啊——谁又知道这一回竟成了我们的永别呢? 唉,唉——先生,先生啊! ……'"

火堆渐渐在熄灭了,枯枝和枯叶也没有了。我们的全身都给一种快要黎明时的严寒袭击着,冻得同生铁差不多。刘月桂公公只管在黑暗中战得悉索地作响,并且完全停止了他的说话。我们都知道:这老年的主人家不但是为了寒冷,而且还被那旧有的不可磨消的创痛和悲哀,沉重地鞭捶着! 雄鸡已经遥遥地啼过三遍了,可是,黎明还不即刻就到来。我们为了不堪在这严寒的黑暗中沉默,便又立刻请求和催促这老人家,要他将故事的"收场"赶快接着说下去,免得耗费时间了。

他摸摸索索地站起身来,沿着我们走了一个圈子,深深地叹着气然后又坐了下去。

"不能说哩,先生! 唉,唉! ……"他的声音颤动得非常厉害了，"说下去连我们的心都要痛死的。但是，先生，我又怎能不给您们说完呢？唉，唉！先生，先生啊！……

"大概过了半个多月的平静日子，我们这山谷的村前村后，都显得蛮太平那样的。先生！李金生没有来，我的亲家公也没有来。我想事情大概是没有关系了吧！亲家公或者也想清一些了吧！可是，正当我准备要去找我那亲家公的时候，忽然地，外面又起了风传了——鬼知道这风传是从什么地方来的呢！我只是听到那个癫痢头竹匠对我说了这么一句：'汉生给他的爹爹带人弄去了。'我的身子便像一根木头柱子那样地倒了下去……先生，在那时候，我只一下子就痛昏了。并且我还不知道是什么人在什么时候给我弄醒来的，总之，当我醒来的时候，我的眼睛已经给血和泪弄模糊了！我所看见的世界完全变样了……我虽然明知道这事情终究要来的，但我又怎能忍痛得住我自己呢？先生啊……我不知道作声也不知道做事地，呆呆地坐了一个整日。我的棉衣通统给眼泪湿透了。一点东西都没有吃。不知道世界上还有没有比这更残酷，更伤心的事情！为什么这样的事情偏偏要落到我的头上呢？我想：我还有什么呢？世界上剩给我的还有什么呢？唉，唉！先生……

"我完全不能安定，睡不是，坐不是，夜里烧起一堆大火来，一个人哭到天亮。我虽然明知道'吉人天相'的话是狗屁，可是，我却卑怯地念了通晚。第二天，我无论如何忍痛不住了，我想到曹大杰的大门口去守候那个愚拙的东西，和他拼命。但是，我守了一天都没有守到。夜晚又来了，我不能睡。我不能睡下去，就好像看见我的汉生带着浑身血污在那里向我哭诉一样。一切夜的谷中的声音，都好像变成了我的汉生的悲愤的申诉。我完全丧魂失魄了。第三天，先生，是一个大风雨的日子，我不能够出去。

我只是咬牙切齿地骂那蠢恶的、愚拙的东西，我的牙齿都咬得出血了。'虎口不食儿肉！'先生，您想他还能算什么人呢？

"连夜的大风大雨，刮得我的心中只是炸开那样地作痛。我挂记着我的干儿子，我真是不能够替他作想啊！先生，连天都在那里为他流眼泪呢。我滚来滚去地滚了一夜，不能睡。也找不到一个能够探听出消息的人。天还没有大亮。我就爬起来了，我去开开那扇小门，先生，您想怎样呢？唉，唉！世界真会有这样伤心的古怪事情的——我第一眼看见的就是那个要命的愚拙的家伙。他为什么会回到这里来的呢？这又是怎样一回事呢？唉，唉，先生！他完全落得浑身透湿，狗一样地蹲在我的门外面，抖索着身子。他大概是来得很久了，蹲在那里而不敢叫门吧！这时候，先生，我的心血完全涌上来了！我本是想要拿把菜刀去将他的头顶劈开的，但是，我还没有来得及翻身去，他就爬到泥地上跪下来了！他的头捣蒜那样地在泥水中捣着，并且开始小孩子一样地放声大哭了起来。先生，凭大家的良心说说吧！我当时对于这样的事情应该怎样办呢？唉，唉！这蠢子——这疯子啊！……杀他吧？看那样子是无论如何也下不去手的！不杀吗？又恨不过，心痛不过！先生，连我都差不多要变成疯子了呢！我的眼睛中又流出血来了！我走进屋子里去，他也跟着，哭着，用膝头爬了进来。唉，先生！怎样办呢？……

"我坐着，他跪着。……我不作声，他不作声！……他的身子抖，我的身子也抖！……我的心里只想连皮连骨活活地吞掉他，可是，我下不去手，完全没有用！……

"'呜——呜……亲家公！'半天了，他才昂着那泥水沾污的头，说，'恩，我的恩——人啊……打，打我吧！救救，我和孩，

孩子吧！呜，呜——我的恩——亲家公啊……'

"先生，您想：这是怎样叫人伤心的话呢！我拿这样的人和这样的事情怎么办呢？唉，唉，先生！真的呢，我要不是为了我那赤诚的，而又无罪受难的孩子啊！……我当——时只是——

"'怎样呢？——你这老猪啦！孩子呢？孩子呢！——，我提着他的湿衣襟，严酷地问他说。

"'没有——看见啊！亲家公，他到——呜，呜，——城，城里，粮子①里去了哩！——呜，呜……'

"'啊——粮子里？……那么，你为什么还不跟去做老太爷呢？你还到我们这穷亲戚这里来做什么呢？……'

"'他，他们，曹大杰，赶，赶我出来了！恩——恩人啊！呜，呜！……'

"'哼！"恩人啊"——谁是你的"恩人"呢？……好老太爷！你不要认错了人啦……只有你自己才是你儿子的"恩人"。也只有曹大杰才是你自己的恩人呢！……'

"先生，他的头完全叩出血来了！他的喉咙也叫嘶了！一种报复的，厌恶的，而且又万分心痛的感觉，压住了我的心头。我放声大哭起来了。他爬着上前来，下死劲地抱着我的腿子不放！而且，先生，一说起我那受罪的孩子，我的心又禁不住地软下来了！……看他那样子，我还能将他怎么办呢？唉，先生，我是一生一世都没有看见过蠢拙得这样可怜的，心痛的家伙呀！……

"'他，他们叫我自己到城，城里去！'他接着说，'我去了！进，进不去呢！呜，亲家——恩人啊！……'

———————————

①粮子：指军队，兵营。

"唉，先生！直到这时候，我才完全明白过来了。我说：'老猪啦！你是不是因为老狗赶出了你，而要我陪你到城里的粮子里去问消息呢？'先生，他只是狗一样地朝我望着，很久，并不作声。'那么，还是怎样呢？'我又说。

"'是，是，亲家恩人啊！救救我的孩子吧——恩——恩人啊！……'

"就是这样，先生！我一问明白之后，就立刻陪着他到城里去了。我好像拖猪羊那样地拖着他的湿衣袖，冒着大风和大雨，连一把伞都不曾带得。在路上，仍旧是——他不作声，我不作声。我的心里只是像被什么东西在那里踩踏着。路上的风雨和过路的人群，都好像和我们没有关系。一走到那里，我便叫他站住了；自己就亲身跑到衙门去问讯和要求通报。其实，并不费多的周折而卫兵进去一下，就又出来了。他说官长正在那里等着要寻我们说话呢！唔！先生，听了这话，我当时还着实地惊急了一下子！我以为还要等我们，是……但过细一猜测，觉得也没有什么。而且必须要很快地得到我的干儿子的消息，于是，就大着胆子，拖着那猪人进去了。

"那完全是一个怕人的场面啦！先生。我还记得：一进去，那里面的内卫，就大声地吆喝起来了。我那亲家公几乎吓昏了，腿子只是不住地抖颤着。

"'你们中间谁是文汉生的父亲呢？'一个生着小胡子的官，故意装得温和地说。

"'我——是。'我的亲家公一根木头那样地回答着。

"'好哇！你来得正好！……前两天到曹大爷家里去的是你吗？'

"'是！……老爷！'

"唉，先生！不能说哩。我这时候完全看出来了——他们是怎样在摆布我那愚拙亲家公啊！我只是牢牢地将我的眼睛闭着，听着！……

"'那么，你来又是做什么的呢?'官儿再问。

"'我的——儿子啦！……老爷！'

"'儿子? 文汉生吗? 原来……老头子！那给你就是喽！——你自己到后面的操场中去拿吧！……'

"先生，我的身子完全支持不住了，我已经快要昏痛得倒下去了！可是，我那愚拙的亲家公却还不知道，他似乎还喜得，高兴得跳了起来，我听着：他大概是想奔到后操场中去'拿儿子'吧！……突然地，给一个声音一带，好像就将他带住了！

"'你到什么地方去? 老东西！'

"'我的——儿子呀！'

"先生，我的眼越闭越牢了，我的牙关咬得绷紧了。我只听到另外一个人大喝道：'哼！你还想要你的儿子哩，老乌龟！告诉你吧！那样的儿子有什么用处呢？"为非作歹！""忤逆不孝！""目无官长！""咆哮公堂！"……我们已经在今天早晨给你……哼哼！枪毙了——你还不快些叩头感谢我们吗？嗯！要不是看你自己先来"首告"得好时……'

"先生！世界好像已经完全翻过一个边来了！我的耳朵里雷鸣一般地响着！眼睛里好像闪动着无数条金蛇那样的。模糊之中，只又听到另外一个粗暴的声音大叫道

'去呀！你们两个人快快跪下去叩头呀！这还不应当感激吗……'

　　"于是，一个沉重的枪托子，朝我们的腿上一击——我们便一齐连身子倒了下去，不能够再爬起来了！……

　　"唉，唉！先生，完了啊！——这就是一个从蠢子变痴子、疯子的伤心故事呢！……"

　　刘月桂公公将手向空中沉重地一击便没有再作声了。这时候，外面的微弱的黎明之光已经开始破绽进来了。小屋子里便立刻现出来了所有的什物的轮廓，而且渐渐地清晰起来了。这老年的主人家的灰白的头，仰靠到床沿上，歪斜地；微闭着的眼皮上，留下着交错的泪痕。他的有力的胡子，完全阴郁地低垂下来了，错乱了，不再高翘了。他的松弛的、宽厚的嘴唇，为说话的过度的疲劳，而频频地战动着。他似乎重新感到了一个枪托的重击那样，躺着而不再爬起来了！……我们虽然也觉十分疲劳，困倦，全身疼痛得要命，可是，这故事的悲壮和人物的英雄的教训，却偿还了我们的一切。我们觉得十分沉重地站起了身来，因为天明了，而且必须要赶我们的路。我的同伴提起了那小的衣包，用手去推了一推刘月桂公公的肩膊。这老年的主人家，似乎还才从梦境里惊觉过来的一般，完全怔住了！

　　"就去吗？先生！……您们都不觉得疲倦吗？不睡一下吗？不吃一点东西去吗？……"

　　"不，桂公公！谢谢你！因为我们要赶路。夜里惊扰了您老人家一整夜，我们的心里实在过意不去呢！"我说。

　　"唉！何必那样说哩，先生。我只希望您们常常到我们这里来玩就好了。我还啰啰嗦嗦地，扰了您们一整夜，使您们没有睡得觉呢！"桂公公说着，他的手几乎又要揩到眼睛那里去了。

　　我们再三郑重地亲敬地和他道过了别，踏着碎雪走出来。一路上，虽然疲倦得时时要打瞌睡，但是只要一想起那伤心的故事中的一些悲壮的英雄的人物，我们的精神便又立刻振作起来了！

前面是我们的路……

一九三六年七月四日，大病之后。

# 天下太平

吴组缃

【关于作家】

　　吴组缃（1908—1994），原名吴祖襄，字仲华，安徽泾县人。吴组缃最早的文学活动，可以追溯到 1923 年，那时他还在芜湖省立五中读书。受五四新文学思潮的影响，他开始写小说，早期处女作《不幸的小草》在上海《国民日报》副刊《觉悟》发表，又陆续创作了《鸢飞鱼跃》《狗尾草》等作品。1929 年吴组缃考入清华大学，先后就读于经济系和中国文学系，曾与林庚、李长之、季羡林并称"清华四剑客"。受《子夜》影响，吴组缃在 1933—1935 年间，完成了他的两部作品集《西柳集》《饭余集》。1943 年，创作长篇小说《鸭嘴涝》（又名《山洪》）。新中国成立后，吴组缃主要从事古典文学的教学与研究工作，曾任《红楼梦》研究会会长等职。

【关于作品】

　　《天下太平》，1934 年发表于《文学》第 2 卷第 4 期，后收入同年出版的短篇小说集《西柳集》。

《天下太平》写的是在一个天下并不太平的年代，主人公王小福从体面的商铺主管一步步陷入困顿，最终走上绝路的故事。小说一开场，叙述者给我们描绘了一个偏安一隅的小村庄——丰坦村，那里的人们淳朴善良、吃苦耐劳，靠自己的双手过着安然自足的生活。村庙屋脊上那块"天下太平"匾高高地悬着，也喻示着全村人的世外桃源梦。

然而世界越来越坏了，外面的动荡终究还是打破了这里的平静。镇上的茧厂关闭了，村上的蚕事萧条了，田里种出的稻谷越来越贱，家里女人们纺出的纱布卖不出去，连那些在镇里、县里打工的人，也都陆续没了着落。主人公王小福，就是其中的一个。王小福原本是一间老商铺的朝奉，他在那家店已经干了二十三年，从学徒一路做到主管。他耐勤劳、安本分，平时"不说一句闲话，不躲一点懒"。这样一个像牲口一样勤勉忠顺的人，随着店铺倒闭失业了。

无论是城市还是乡村，普遍的经济萧条和迅速地贫困化，是20世纪30年代真实的社会现实，也是当时关注社会民生的小说家们重要的创作题材。茅盾、叶圣陶、叶紫他们都写过"丰收成灾""商铺破产"等主题的作品。

吴组缃这篇小说的独特之处，在于他有意选择了"内视点"来讲述故事。王小福一家日甚一日地困顿，并不是纯客观地描写，而是通过主人公的心理视角呈现出来。作品中那些备感心酸的细节，经过了人物主体情绪的折射，一一写来，尤其令人动容。比如小说写到，家里的大孩子才12岁已经开始走街串巷卖油条，每天顶着毒日头奔走，为家人赚取一斤米的口粮。有时候连这一斤米也赚不出来，他就"拖着双从垃圾堆里捡起的又破又大的男人鞋，走遍镇头镇尾，撕开两角干裂白脏的嘴巴，尽自己气力叫卖着。直到过了中午，看情形实在再没生意了，才像个有病的小牲口似的，一步一步颤动着小小冒油的癞痢头，紧紧握着铜圆或是一纸包米，鼻里响着浓鼻涕回家来"。因为是内视角叙述，这个片段的字里行间，浸透了一个父亲的愧疚自责、无能为力和难以言说的疼惜。当这个懂事的孩子又饿又病要死了，垂着头软软地说"我想吃一口米粥"，就是在那天晚上，王小福偷走了同样拮据的邻居阿富嫂家的半罐子米。老实忠厚受人尊敬的主人公，做了小偷。伴随着这一外在变故发生的，还有他内心世界的崩塌。一直遵奉和持守的信念，在残酷的现实打击下都毁灭了。作品最后，走投无路的王小福抱着那块象征全村人美好心愿的"天下太平"匾，从村庙顶上摔进了无边的黑暗中。

吴组缃曾谈到，他写作是因为"对当时剧烈变动的现实有许多感受……所熟悉的人和事，那巨大深刻的变化，更使我内心震动"。20 世纪 30 年代的中国，百业凋敝，国困民艰，多少人在苦苦挣扎，又有多少人挣扎着也活不下去！可以说，王小福的悲剧，是许多人的悲剧，他一家人的故事，也是很多人家的故事。《天下太平》将目光聚焦那些普普通通的乡民、店伙、打鱼的、卖菜的，从日常细节切入，不刻意煽情，也不着力控诉，不急不缓，不卑不亢，生活底色里的苦难就沉淀在克制的白描里。好的小说就是这样，简单却耐读。

话说丰坦村上有个庙。庙是被后面山坡上浓浓密密的高大树木簇拥着，耸立在田畈边。它的形容虽因年久失修，显得很是晦暗败坏了，但是在那巍峨堂皇的建筑上，一种威严的气魄还是存在的：四角的飞檐玲珑翘曲地横展着，宛如神灵的巨爪；庙脊正中的那顶子，高过山坡上参天的树木，像一顶神灵的法冕，几十里外的人也看得见。那顶子是一个硕大的霁红朱砂古瓶，瓶口伸出三枝方天戟，戟的上下左右各缀着一个金属铸就的字，是："天下太平"。

这"天下太平"四个字，并不完全是句谎话：丰坦村的天下实在是太平的。年远的时代不说它，便是在近年，他们常常听说哪里哪里打仗，洋炮轰死几千几万人了，外国人杀死多少中国人了，什么地方屠杀或逮捕多少革命党或过激党了，东洋鬼子又占了什么什么地方了：这和丰坦村不相干。邻近许多县城和乡镇，挨过多次过境大兵的抢劫奸淫，遭过多次大股小股土匪的攻打和绑架；而丰坦村地方小，僻处在山隔里，并不曾遭遇过这些可怕的事。

丰坦村的天下从来是太平的，也许是由于所供的那位神祇的权威，也许是由于风水位置的扼要，大家似乎相信着：丰坦村的太平是这座神庙赐予的。因之丰坦村人民都把每个良善愁苦的心寄托在庙身上。他们有时为了盘算着债和米的事而失眠，或者由梦里醒过来，听到山坡树林里猫头鹰朗朗地唱着可怕的歌，就预感到有什么凶事将发生，恐惧得浑身起痉挛。但一听到风吹着庙檐上铁马丁当地响，沉雄而威严，于是他们吐一口长气，想起有那座神庙在镇压着一切邪魔，心里稍稍轻松了。有时他们看见天上出了"扫帚星"，大家惊惶得瞠目相对，牙关震抖得酸痛，知道这是大乱之兆，劫难将临。但一见到庙顶上那"一瓶三戟"映着满天星月，闪射着耀目的金红色光芒，那么神秘，那么有力，于是意识到有神庙正保佑着这个村，心里稍稍镇定了。——这信念不是没有缘由的：据传说，从前这神庙的门墙涂着红色，村上就常失火；庙墙涂成白色，村上就接二连三地出丧事，生瘟疫。这传说是属于从前丰坦村富足兴盛时代的，是否准确，如今丰坦村人都没有亲眼见到。但这却是一件眼前的事实：这涂成蓝色的庙墙，如今已晦暗斑驳，显得十分败坏了，而现在的丰坦村也和庙墙一般地败坏暗淡起来，丰坦村人民正也和庙墙一般地褴褛难看了。

富足自得的丰坦村人民渐渐贫穷愁苦起来，就是这近数十年的事。到现在，情形是很坏了。村上妇女纺的纱，织的布，早不能在镇上销售，纺车织机已积着寸厚的灰尘，推到墙角里，或当作柴火烧掉了；村上的田地也因河道堤坝长久失修，年年闹着水旱灾荒，而且种出的稻谷当泥土的价钱也不容易粜卖了；镇上的茧厂已四五年没开秤，于是村上春夏两季的蚕事索性不去忙，连有些人家的桑树林也学着邻近各地的新办法，把来砍掉，改种起鸦片或菽黍了；村上几个在镇上做店伙的人，都陆续哭丧着脸回家，寄生到娘和妻的身上了。但是丰坦村人民不管是大多数种田人，或是少数的几个失业店伙，都个个是善良的。忠厚做人，耐劳苦，安本分，从祖上传下来的这种种教训，已经变成他们的天性：他们把自己的命运交托给那神庙，安着本分，尽能力挣扎着，忙劳着，喝自己所能得到的一点子薄粥，或竟饿着肚子。所以村上纵然穷苦到现今地步，四邻地方都常常闹着匪，而丰坦村到底还是太平的。他们看到庙顶"一瓶三戟"上那四个字，他们愁苦的灵魂得到安慰了。

如今由于一件惊人的非常事故，只说王小福那一家。

隔着田畈正面和神庙遥遥相对的一排古旧瓦屋中，那正中一座屋脊较高的，便是王小福的家。王小福是丰坦村几百个壮年男子中的一个，三十多岁，端正的鼻梁，晦涩的眼珠，瘦小的脸庞。脸上的表情犹如一只猴子：时时愁苦着。他的衣履神态，虽已和乞丐差不多，但微微驼曲的肩背，伸探着的颈项和迟钝笨拙的肢体，仍旧保留着一个站柜台的身段——一个科班店伙的身段。

他曾在离本村五里路的镇上做了二十三年店伙。他十一岁那年进那个店做学徒。每天的功课是服侍老板朝奉的茶水，扫地，抹台，通烟袋，搓纸煤，倒尿壶，抬驮货包，跑腿，挨老板朝奉甚至锅司务的巴掌……像一只小小的牲口，他每天每天这样忙劳着，不说一句闲话，不躲一点懒。忠厚，孝顺，勤劳，节俭，每个丰坦村人民所有的性格，他都不缺少。老板每半个月给他五个铜圆剃头，他两个月剃一次，留下的钱，连同过年过节，二十个四十个铜圆的赏钱一起找熟识的村上人带回去交给自己的娘。三年学徒完毕了，他开始做"伴作"。数年之中，大大地得了老板的信任和赞许，升做朝奉。每年就拿得四五十元的薪资了。

这期间，他有过许多美丽诚朴的幻想：他想他娘把自己所赚的钱积贮起来，慢慢积多了，就自己开一爿小小的店。他将不像老板把价码打得那么大，也不用这么多的"伴作"和朝奉。他相信自己能担当一切上下粗细的事；他将把利钱打得低低的，赚一点自己安心、神明菩萨不罪责的本分钱。发了财，他将买些田地，让儿子耕种，并派一个学着经营自己的店务。他将为爹和娘买一座发旺的风水，为儿子们各娶一个勤俭耐苦的媳妇。他要周恤村上贫苦无依的孤寡，他要重新修建那座关系着丰坦村盛衰祸福的

115

神庙，使自己的村子重新兴盛富裕起来。……

但这些美丽的幻想，和他劳苦的操作，并不能阻挡住地方上和自己家里的破落。他的劳苦的耕种了一生的爹死得过早，除了那三间古旧的祖遗瓦屋而外，没曾留下半点产业。他升做"伴作"时，村里镇上早盛行着既漂亮又便宜的竹布和花洋布，娘的纺纱织布的工作已不能维持下去，而一个"伴作"照规例每年只支得十多元薪资，最好的年头也不过勉强支二十多元。这工钱除了做一两件不可省的衣服外，仅仅只够得补贴娘花用。娘何尝不想给儿子积点钱？无奈饿了要吃，冷了要穿，任凭怎么挨着忍着，母子俩一年忙劳到头的结果终还是两双空拳头。他做了朝奉后，薪资是比较多了，四五年里娘减吃省用就积起八十块钱，给他娶媳妇成了家。媳妇只是性情急躁一点，略有点刁泼，在他眼里是稍稍觉得不上正道的；然而吃苦耐劳方面则正是一个自己理想的妻。成了家以后，接着就生了孩子。不久年头显见得大坏了。店里的"乡账"渐不能如数收齐，款项的移挪渐渐呆滞，生意渐渐清淡，货盘也跟着缩小。不谈分红的事，连他原有的薪资也减少了。但许多同事都干脆被辞退，因为老板要减裁店员，缩小开支，自己算是老板最亲信的人，能留在店里保持住饭碗，究竟是万幸，他还敢有什么怨言？这时他已有两个孩子，一家四五口靠他那点工资补贴着过也过不来，积钱的事只好睡在床上做做梦了。

他渐见得那些美丽本分的打算都快变成天上的彩虹，慢慢地要消散了。但他并不灰心，还是希望店里重新兴隆起来，好让自己的幻想终有实现的一天。可是世界愈来愈坏，镇上生意更萧条了，每年总要倒闭几爿大店：那家朝奉上外埠办货被强盗绑架了，那家账客被大兵截劫了，那家亏折几千血本了，那家股东打官司要求退股了，那家老板自杀了……每天耳里口里哄传着这类消息。他所做的店不但毫无恢复的气象，二十多个同事是由十多个减成四五个，每年两三万进出货盘的店是紧缩到仅仅勉强支撑着门面了。到去年年底，老板突然被押到县衙里，一家资本号称雄厚的大老店，终于落上了镇上其他许多店同样的命运：存货被封，店门紧紧关上，照例贴上"召顶"的横字条了。

　　他像在瘟疫流行死亡相率的时季，守住一个依托自己的染病的亲人似的，对这个店，总在万一中希望它有一天会转机，让自己一家人不致无所依靠，让自己的美梦继续做下去。但这个亲人到底死去了。他失去了唯一依托所在，连同以前那些美丽诚朴的幻梦！他很懂得现今一个没半文积蓄的人，在失业后将有怎样悲惨的遭遇。另谋店伙的位置是一个天大的妄想！要做点小本买卖，三块五块的本钱也没处告贷。他看见镇上和村里许多壮年男子怎样从体面的店伙、大朝奉，甚至小店的老板，变成窃贼和乞丐，或是流落到外乡去当了兵，入了匪伙。离店的那天，他像个小孩子似的扑在柜台上伤心地大哭了一场。那是难怪的：那柜台是自己站了二十多年的柜台，那光滑古老的台面自己曾经依傍抚抹了二十多年！他在这里做过许多美丽的打算，在这里操劳着消磨了他的最精彩的大半生！如今是不得不走了，带着他自己原有的一双空手，和一个悚惧绝望的心。

　　在同店的朝奉和五六个做店伙的同村人之中，他是最后一个离开店回家的。他的失业自己是没半点过错，娘和妻纵然懊丧得要命，但除了相对着哭泣几场而外，责备和埋怨的话究竟是说不出口的。

　　娘已快七十，眼睛老花得仅仅比瞎子好一点，一双小脚冻烂了七八个趾头，依旧不放闲；每天倒倒歪歪地摸索着，到山上拾点柴火，出外捡点破布条之类消度日子。妻正怀着第三次孕，挺着大肚子，照常不息地操作着。她在屋后开了一块地，种着四五畦冬白菜；从镇上兜揽些女红做。她是个会做的，两天里能在烧锅洗衣之余做好一双鞋，半个早晨能把四五畦菜浇好粪。但是年头太坏了：蔬菜每天只卖得十多个铜圆，还得送到镇上才卖得掉；一双鞋子只落得四五十个铜圆的手工钱，而这生意也真不容易兜上手。一家四五个饿瘪肚子全靠她一个女人挣钱来填饱，这事怎么行？

曾有几个旧同事和王小福商量着同到外埠大地方去谋生。这邀约曾经一时动了他的心。但仔细打量，到底走不得这条路。外埠大地方是个什么样子，自己虽难以揣摩，可是那里有层出不穷的杀戮和战争，那里有军警和外国人任意捉人杀人，是自己常常听人说到的；家乡人到那些地方去的，不是一去永无下落，便是不到三两个月又重复狼狈不堪地回乡来，变成流氓或匪盗，也是自己所熟悉的事。娘和妻儿，自己的村子和自己的性命，都是自己所切爱的。娘吃了一生一世艰难困苦，只留自己一个儿子，他不能远离她。他的儿子大的十二岁，小的只六岁，一个还在妻肚内。这些小生命也是他不忍丢开的。安着本分好好做一个神明菩萨不罪责的人，做一个孝顺的儿子，一个负责的父亲，这是他平素做人的信条。离开这个上有老下有小的家，离开自己的故乡，到那不可捉摸的生疏可怕的外埠去？此刻的王小福在睡梦里也做不到！

"那里又没有熟识人，我也没这笔盘川。"王小福瞪着两只钝滞的尖眼睛这样回绝了他的同事。

　　于是他丢开一个大朝奉的身份和体面，开始他下贱的小卖生涯。

　　他做了许多种不需资本的小营生。他上山拔野笋，采蕨，挖山葛。老是黎明时候就上山，带一袋粗锅巴。到午后才携了所得的东西下山到镇上去喊卖。在起初时候，他是感到万分羞辱的。他最怕遇见熟识人，最怕人家用一些无裨实际的怜悯话夸说他的过去。他用一顶破旧的帽子遮住半个脸，用一些破布条掩住脚趾套在草鞋里（因为他的脚趾是大趾和二趾拼搭着，一双曾经穿袜裹布的店伙的脚），低着头看在地上走着。他听到自己凄沉不入调的喊卖声，就感到极端的不自在。但当太阳偏西，卖得数十个铜圆买了米向自己村上走，远远看见山坡树林头上的"一瓶三戟"，听到铁马的叮当声响时，他觉得自己是在安着本分做个人，神明菩萨是看在眼里的，并且想到马上就可到家，把米交给妻去烧粥，一家人不作声地呼呼喝饱了去睡觉，他阴沉的心里感到欣慰了。

　　然而这类营生只在春天时候有的做，一交夏天就不然了。在这时他有了最坏的日子，成天找不到一点事做，是完全寄生在妻和娘甚至孩子的身上了。

　　娘和大孩子新做的营生是卖油条。在近年，做这营生的太多了，变得比乞丐不差多少，只有老人和小孩能做得。他们在镇上油条摊上领了货，能穿到每户人家去，说一串哀求的话，博得人家一点怜悯，纵然不吃这东西，或是已经吃过了的人家也可销得一二根。卖一早晨，销售四五十根，就赚得十多个二十个铜圆的扣头。当他看见娘和孩子被猛毒的太阳蒸晒得满脸赤红，浑身冒着汗，由镇上携了一斤二斤米踉跄地走回家里时，当他喝着这米做成的稀粥时，他焦心地痛苦起来。

"自己是个三十多岁的壮年男子呀！自己挣不得钱来养娘和妻儿，却反让娘和儿子挣命似的赚给自己吃？"他独自一人在心里想。

有几次他曾老着脸到种田人家去探问要不要"忙工"，但这是不会有效果的：佃户人家呢，因为近几年稻价大跌，连年又多荒歉，田东家都尽量加租，把捐税加到佃户身上来，佃户们驮不起，有的退佃，另找生活做；有的退不脱，勉强耕种着，尽家里几个人手不分昼夜地忙乱着，雇工是万万用不起的。那些情况较好的自耕家，忙急时节虽也雇短工，可是每天花二角三角的工价，他们要雇的是科班农人，谁愿意雇他这样一个"半路出家"的生手？

"你是个大朝奉呀，你怎么下得田？你这是说笑话了！"他几次的探问，换来的只是这样一句难听的俏皮话罢了。

有一天他到镇上去，试着想找个偶然的机会弄点零星工作做，他打听几家仅存的店铺，要不要粗工下河搬货包；打听几家鲜货摊，要不要人挑鱼，挑瓜果。这样的红着窘苦的脸子连问了几家，到最后，才遇见一个熟识人告诉他，有个人家打算砍掘桑树开块地种鸦片，赶快去探问探问，说不定可以独揽这一件工作到手。

"我只想一角半钱一天，我只要一角半。拜托你帮我去说说。"王小福眼里一阵亮，恨不得把这件事就拉到手，缠着那个人这样说。

那个人告诉他那家的地点姓名，叫他自己去探问。王小福不放心地踌躇着，怕那人家不认识，没由没缘地走进人家屋里去，会碰个大钉子！他满脸堆着难看的笑，说：

"老哥，我只要一角半。人家二角，三角，我只要一角半。你替我说成了，我请你吃香烟，我感你这个恩情。"

"啊咦!"那个人不耐烦了,皱着眉,鄙夷地说,"你这就是啰唆了。饭么,要自己去找来吃;难不成等人家找得现现成成的,搬到你枕头上来?"

这话是没得回说的。他硬着头皮一口气跑到那人家,却看见已经有一个粗工挑了满满畚箕瓦砾由侧旁桑园门里出来。他抹着满脸汗,晓得这场欢喜落了空了。他懊恼得说不出,问那个粗工说:

"你是替这人家砍桑树的?"

"唔,我是的。"那粗工是个外乡人,一脸粗横肉,样子很不和气,向王小福眨眨恶狠的眼睛这样回答。

王小福感到浑身不自在,想到镇上的工作竟落到外乡人手里去,这是不应该的。他无言地站在旁边,看那粗工把瓦砾挑到垃圾堆上倒了,又走回来。这时园子门上走出一个体面的先生,托着水烟袋,像是在监工的样子。他想这一定是主人。

"先生,"他嗫嚅了许久,问,"你这粗工雇的是什么价钱?"

"贴伙食,二角钱。"那先生拨拨纸煤上的灰,含笑地说。

这先生很和善,王小福从心里透出一点希望来;走近他身边,低低地说:

"你若是雇我,我只要一角半,一角半。"

王小福正瞪着眼睛,等待那先生的回答,猛不防后面扁担一声响。那先生惊骇的样子拉开王小福。王小福回头时,这才看见那粗工恶狠狠地举着扁担正要向自己身上劈过来,一边咒着:

"你妈的!"

王小福急切要望那先生身后躲避时,已经在左膀上挨了重重的一击了。

"你这是撒野了！"那先生拦住那个可怕的粗工说，"我既雇定了你，自然就让你做到底。你打人做什么？快点去挖地，快点去挖地。"

"我不过是问问看，你就这样凶！你又不是强盗！你……"王小福按着被打的那只臂膀，挺着那对钝滞的眼睛分辩着。

"好伙计，你快点走吧，要不然，他们外乡人是素来强蛮的。"那先生挥着手里的纸煤苦笑地说。

王小福一边垂头丧气地走着，一边想：这粗工虽是外乡人，但也是穷苦人。自己一时情急，想抢他的这碗饭，究竟是自己出了坏主意，这不是本分的。他着着实实地气恼了一会，这样一想，也就气不得了。

一次，他在一家鲜货摊找到一件下塘掘藕的工作。那塘是在镇上一个住户家。他走到那门口，看见娘提着油条篮子，气急败坏的样子，挣命似的拄着拐杖从门里倒倒歪歪蹿出来，一边哀求地嚷着说：

"我再不来了！我再不来了！唉唉，我我我……"

后面一个年轻少爷追出来，手里拿着一把扫帚挥着，像闹着开玩笑似的骂道：

"你老不死的东西！你再来我就敲断你的脚！我侄子吃你的油条都吃得发热了，你还要天天来缠！"

王小福怔了许久，才看清是自己的娘。娘喘着粗气，一口一口地喘不上来，狼狈可怜的样子简直像一只被人打伤了的老狗。一团火热的东西喷满自己一脸子，他眼里缭绕起乱星了，急忙放下肩上的篾篮，走上去扶住娘；一边和那少爷说：

"少爷，是老人家，七十岁的老人家。你打不得呀！"

"骂她她不听，我自然就要打！"

王小福望望少爷那顽皮胡闹的样子，觉得没奈何，无言地搀住娘走开去。娘一边拄着拐杖倒倒歪歪地倚在儿子身边走，一边还回头向那人家门上说：

"我不过是没的吃，我不是……不是有心要害你家小宝宝。你老太太是好人……是好好人，你老太太就没赶过我，我不过是……不过是……"

那少爷在门上站了一会，就打着口哨扬长地进去了。王小福搀着娘走了几步，问娘说："可曾打了你老人家哪里？"王小福还想和娘再说几句什么话，但他说不下去了。

"怎么就碰到你？他不过赶赶我……他没打我。我不要紧。你只管去做你的事。"娘扁着皱折的嘴巴努了两努，鼻孔扇动一扇动，拾起衣角揩眼睛。娘是流着眼泪了。

至于那个十二岁的大孩子，虽是一头癫痢，瘦得不像个人样，却有个要脸逞能的小脾气。每逢卖油条生意不好的日子，一早晨所得的钱，不够买一斤米（一斤米是十个或十一个铜圆），他就不肯回家。忍着饿，任肚子咕噜噜地唠叨着，任饿汗满脸满身冒；依旧提着篮子，拖着双从垃圾堆里捡起的又破又大的男人鞋，走遍镇头镇尾，撕开两角干裂白脏的嘴巴，尽自己气力叫卖着。直到过了中午，看情形实在再没生意了，才像个有病的小牲口似的，一步一步颠动着小小冒油的癫痢头，紧紧握着铜圆或是一纸包米，鼻里响着浓鼻涕回家来。有几次，这傻小子挨饿挨狠了，又在田沟里喝多了凉水，一到家就口里呕吐清涎，两眼泛白，小脸子由紫红变成青灰色。奶奶就急得满屋乱窜，王小福只瞪着那张猴子脸，掐住他人中，"小辫子！小辫子！"（就是这癫痢孩子的名字）

地喊叫。只有娘是个有主意的：娘晓得这是发"饿痧"，用碗口蘸点菜油，在背上使劲刮一阵，一边口里不住骂着"这死货！这死货！"或是"这小鬼！这小鬼！"骂着刮着，背上就渐渐现出紫红色血晕。那"死货"或"小鬼"呻吟几声，吐几口清痰，就能走到炉灶边吃两碗开水淘的锅巴；而后，用手背抹抹额上的盗汗和唇上的鼻涕，拿起扎着竹竿的手炉盖，就又冒着猛毒太阳，出外拾田螺去了。

王小福成天把这些事看在眼里，兜在心里，想到他平常做人的种种心念，痛楚难过是不必说。可是在他刚刚失业时候，这些事似乎也曾隐隐约约预料到的，现在却都无可搭救，无可避免。他只能深长地吐一口气，偶尔在无意中自言自语地说一两句自己谴责或是对娘和孩子表示惭愧和罪疚的话。话刚说出口，妻就免不得要抢白他。于是就只好双手捧着头，无言地坐到门阶上，瞪着那对枯涩的眼睛看住对面神庙顶上那"一瓶三戟"和那上面的字，独自个去呆呆沉思了。

妻是这个六月初生产的，生的是一个女孩子。家里加了一个奶孩，自然多出许多麻烦来。妻的工作忙不过来时，就要拿那个只会撕开大嘴号哭的小生命出气："你这小鬼呀！你落地时怎么不死呀！……我前世和你有什么冤结呀！"或是："阎王怎么不来捉你呀！不来捉你，我就杀你吃！杀你吃！"咬着门牙这样咒骂着，一面就把那奶孩在地上，床上，摇篮里重手重脚地掼，像真要掼死了才快心一般。妻平常虽有点刁泼，却从来没曾这样大咒大骂地虐待过婴孩。这情形，王小福有时忍不住，就要劝她几句：

"小辫子妈，丫头也是条命，神明菩萨是看在眼里的。都是我运气不好，也没法，你这样恶口毒言的做什么？她是投生的，不是投死的呀!"

奶奶也是要劝说的,奶奶说:

"大娘,你这性子要忍忍。家里越穷,孩子越要当宝贝。我们上代都是厚道的,丫头也是当小把戏(男孩)一样看。都是你的块亲血肉呀!你要忍忍你的性子。"

婆婆和丈夫的劝说都柔软无力量,而且也的确无裨实际。六月里,炎天暑热的,洗衣烧水等等零星事比平时格外多;自从添了这奶孩,喂奶,换尿布,一天无数次;留下的空闲往往不能把由镇上兜揽来的针线活计如期做成。忙到三更半夜,汗在头发里,破褂上,凝成白色浓霜,满身的皮肉溃碎了,又痛又痒,气味连自己闻着也难受,却抽不出空来洗浴一下。她愁着明天的盐,明天的米,愁着无穷尽的未来漆黑一团的日子;遇到这不懂世故的奶孩无理哭闹,惹心里火着似的焦躁起来,自然就找着个地方发泄了。直到满月以后,和婆婆丈夫商量了一场,大家奔忙十几天的结果,终由熟识人在镇上介绍到一件特别的赚钱事,她对奶孩才温慈起来了。然而那奶孩却反倒一天天瘦黄了。

那赚钱的事,就是卖奶子。本来,她是这样打算的:她要把新添的这"赔钱货"送给人家,自己到镇上去找个奶妈的位置,每月拿得三两块钱工钱,家里还可以少一张吃饭的嘴。按照向来山乡规例,把女孩给人家做养媳,那人家领去了,吃个三四年辛苦,既可以有一个使唤的丫头,到了相当年纪,从灶门前拖出来,开了容,穿上一身红布褂裤,拜拜天地祖宗,就成正式媳妇,又用不着花那笔浩大的抬娶媳妇的费用。这是一件合算的事,大家都是愿做的。但是近年却大大不同了。托许多人在邻近村子打听,终没一个肯来认抱的人家:如今的山乡妇人,都要留一双手做点出来吃，要留自己奶子去赚点钱，维持一家子目前的生活；儿子还小，娶媳妇是将来的事，是谁也没能力去管了。不过王小福的妻主意是很多的：她的身体还结实，劳苦生活磨难不倒她，她的奶子还是十分富足。"赔钱货"送不出去，也算了；她托熟识人找到了零买的主顾。主顾一共有两家：一家是一位四十多岁的老爷，为家产的事操心太过，近来患了咯血的病，听从医生的嘱咐，每天要喝一碗人奶；另一家是一个刚满周岁的男孩子，新近死了娘，孩子很病弱，应当继续吃奶，只因手里紧迫，雇不起奶妈，只好每天买两樽奶子，补贴米糊粥汤之不足。她每天大早起抱孩子到镇上去，挤完奶，就赶着回家烧锅洗衣做活计。两处每月共拿得两块四角钱：一处是一块，一处是一块四。钱是可以三天五天拿一次，有时碰巧，还可以在主东家吃顿早饭。家里有了这笔大进款，日子过得从容些。婆婆就被要求着不再到镇上卖油条了。

可是那孩子的食粮从此被别人抢去大部分，派自己衔到的常常是空瘪的乳房，吮半天吮不出一口奶子来。于是娘就拿自己吃的粥呀，饭呀，菜蔬呀，一类东西胡乱望她嘴里塞，只要塞到不啼哭就算了。这样子过了不久，孩子竟显见得瘦黄了。——只有肚子却变得又硕大，又挺硬。

这个赚钱的事，王小福本该不能允许妻做的，但他竟没有阻挡妻这么做：每天睁开眼来，每个日子都得过；这一家人，连同自己在内，每只饿瘪肚子都得填进食物。自己堂堂一个壮年男子，如今是完全变成一个寄生者，终天只有坐在门阶上捧着头，痴痴看住庙顶出神的份儿。娘是那么衰弱老迈了，卖油条的工作眼看得实在已经挣扎不下去。他要爱惜哪一个呢？辛苦一世的娘呢？这无瑕的孩子呢？不管怎样，自己都是毫无主意，毫不能参加意见的。从前做的种种心念都已顾不得了；他的心也渐渐不如往常那么敏感了。他每天照常吃三顿现成的粥或饭，那是妻的血，孩子的肉，他都想不起，他的心渐渐如一块铅，变得那么沉重，那么阴暗乌黑，已经很少有过什么反应或感触了。

这年又是个旱年，六月里半个多月没下雨，那些种田的人家因为收成大受亏损，稻价反倒只见跌，齐腰挨到两个致命棍，退了佃，改做挑担抬轿或是弄点钱胡乱做小本买卖的非常多。好比王小福的紧邻阿富哥就是这些种田人之中的一个。他把二十多亩田退还旧东家，自己到镇上入了轿行，做一个轿夫，自管自己过活；阿富嫂则拿手头仅有的一点私己积蓄在镇尾上摆一个小馃摊，靠自己特有的一点手艺做糯米芝麻馃出卖，养活自己和两个小孩子。对于这些种田人，尤其阿富哥一家，王小福夫妇的羡慕之心，是比同情多。因为他们的遭遇虽然是和自己一样惨，但是他们有农人的气力和粗壮身肢，能挑得，能驮得，田退了不种，马上就可以去抬轿或是挑长路担，至少能勉强糊得个人一张口，不致寄生在妻和孩子身上。而王小福就没这个体力和这个本事。阿富嫂摆馃摊，每天虽然忙劳得不像个人，但赚的钱很够买米养活孩子。而王小福就没这笔制办家伙和买糯米、芝麻的资本，——纵然只是三五块钱。妻就常常为这些事在王小福面前指桑骂槐地啰唣着，王小福晓得妻是太苦了，自己太不行，当然没得回说，从中劝说的只有奶奶了。奶奶说：

"大娘，各人头顶一个命，都是神明菩萨注定的。你热眼别个做什么？小福子也不是个没用的人，就是运气不好罢了。"

老奶奶自从停止卖油条，在家没过到几天轻闲日子，就生病了。病是入秋后地方上流行的一种时疫。先是泄泻了两天，慢慢转成痢疾，里急后重，一天上茅厕上个没次数。在开始的时候，还能勉强支撑得住；三四天后，不行了：终天躺在床上，也不吃，也不呻吟，满身像有火烧着似的那么炙热。王小福瞠着那张晦气的脸子，只有到镇上药店去说好话，接了善心的医生来诊看。医生说是受湿中暑，开了几味驱暑疏气的药，也不过尽尽人事罢了。那药吃了几帖，自然毫无动静，倒白白在药店里赊了几角钱的账。

　　然而王小福是不肯就这样罢休的。他还有神明菩萨得去求助。那天，他买了一支香，到那神庙里去求"仙方"。磕了头，把香灰用黄表纸包好。"仙方"求得了，而后还要向菩萨神明讨个吉凶的话。他在样案上取了签筒。重新跪伏下去，把签筒小心地簸动起来。簸了老半天，菩萨显圣了，那签筒里却出乎意料地落下两支竹签来。他迟疑了半晌，把两支竹签都拾起，照上面号码在神案上查看签书。一个是：

　　　　第七十六签　　中吉
　　　　浮云固锁姮娥月，便是朦胧混沌天。
　　　　顷刻风来都扫尽，山光湖景又依然。

　　另一支是：

　　　　第一百二十三签　　下下
　　　　梦中得宝醒时无，应诡巫山只是虚。
　　　　若问婚姻并病讼，别寻生路得相宜。

　　王小福曾经念过两年书，这两支签文虽不能完全明白，但一支大约是说眼前有点灾难，过不久就会好的；另一支则显然是凶多吉少，这个大意是懂的。然而哪一支才是真签呢？这个取舍太严重，他不得不问住庙的斋公了。

"老师父，不敢问：菩萨是赐了两支神签，应该哪支是真签？"

"自然是先落地的一支喽。"那老头子坐在街沿上，捉着布袜里的跳蚤，浑着喉咙说，"你问什么呀？"

这叫王小福阴沉愁苦的脸上现出欣慰的光彩了。他把娘的病状和那斋公说了，并且和他谈了许多别的话。他说娘吃了一世辛苦，到老来却过这种受罪的日子。神明菩萨总该可怜可怜，等自己脱了厄运，尽几年孝心，让娘也稍稍过几日安乐日子。那斋公把那第一支签文接在手里，皱着细眼睛，呻吟了一会，点点头，慢声说：

"不要紧，你放心。"

王小福拿了"仙方"。一边来回地默念着签文上的诗句，三步跨过那一片灰褐色的荒旱的田畈奔回家里来。那高兴的样子，是他几年来所没曾有过的。

可是王小福没想到那斋公的话却错了。灵验的倒是第二支签！到了家里，娘在床上被妻托着上半身，两个孩子围着大呼小叫地唤"奶奶"。奶奶是挺着一对死灰色的小眼珠，喘着又粗又大的气，没回答。看情形是很不对了。等他急乱了一阵，七手八脚把"仙方"照规矩冲好"阴阳水"（冷热水各半），送过来时，娘的牙关已经扳不开；勉强倒了两匙进去，也都由口角上重新流出来。"仙方"也济不得事了。娘就在这时候，把鼻子人中一扭动，做个丑脸子，留下一大块粪秽在床上，登仙去了。

王小福扑到娘的那个瘦得如竹竿做成的细小尸体上，直着喉咙号哭起来，声音完全像半夜里山上猿猴的嗥叫。哭到晚上，嗓

129

子也破哑了。隔壁阿富嫂走过来劝说道：

"七十岁的老人了，这年头，活着也受罪。你只是哭哭怎么行？你得起来办办后事呀。"

"我娘不是终的天年呀！我娘是一个六月卖油条才生这个病呀！神明菩萨不保佑呀！"那样子不像个小孩也像个傻子。

然而阿富嫂的话是对的，只是像个小孩似的哭哭有什么用？他得担当这笔意外的费用。但这笔费用却出在哪里呢？

第二天，夫妻俩到那位咯血的老爷家去跪求。这是妻想了一夜才想到的唯一的一条路。那老爷被缠得没奈何，答允出面作保，在一位放高利贷的太太处借了一笔钱。那太太是个寡妇，五十多岁了。手头有百把元积蓄，她自己小心盘放着。对借钱的贫苦人素来是恶毒无情的：利钱稍稍拖延几天，她就拄着拐杖上门来，寻死寻活地追索。王小福这笔借款是八块钱，利息是每元按月交二十个铜圆，那太太说：

"你们量量力。我的钱是我的血。我是不能说情的。你们要有这个肚子才吃得这块脯子。呃，我的话喜欢说在先。利息我就在老爷的奶钱里扣拿。是老爷出面作保，我没法；要不然，你们这没根的萝蔔，我是不能借的。"

夫妻两口子揩揩眼泪，自然只好忍痛承谢了。

老奶奶上山后，小辫子，那个癫痫头的大孩子，也病倒了。病是和奶奶的情形一样。王小福是完全麻木了。对于终天劳苦地奔走操作的妻，对于病损可怜的儿女，如今都很少感到愧恨和痛楚难过了。自失业后到而今，不过七八个月，伤痛难忍的经历是太多了。这些经过都变成黑色的重铅，一块块沉到他的心底，堆塞到他的神经里：自己从前做人的心念，都渐渐模糊了。他有时给大孩子扫扫满屋随地乱拉的难看的粪便；有时抱着那瘦得没人形的奶孩坐到矮凳上，给她拭拭眼毛上浓厚的眼屎，无所感动地摩摩她那一天天硬挺起来的肚子，或看她撕开大嘴，放出小猫子似的微弱声音啼哭；有时则照他的老习惯，坐到门阶上，双手捧着头，呆呆看住对面神庙的顶子，也不动，也不响，一坐就是老半天。过不久，山上的毛栗，山楂，都成熟，他有营生做了。然而他每天阴沉着那张猴子脸，瞪着那双晦滞的眼睛，只是本能地这样做。他脑里是如一张黑厚的纸，如一块结凝的旧棉絮，是什么思想或感应也没有的了。

大孩子的痢疾一直没见好，但食量却和没病时一样。正合了村上"饿不死的伤寒，吃不死的痢"那句俗谚。至于那奶孩呢，是一天天不行了。以前还成天放出小猫子的声音啼哭着，到后，小脸子浮肿得如同黄蜡一样，身上的皮肉干皱起来，犹如皱折的桑皮纸。一天下午，当王小福由镇上卖完野栗回家时，妻正抱着那奶孩坐在门阶上呜呜咽咽地哭泣。王小福挺着两只干涩眼睛，像个僵尸似的走上去，毫无表情地放着低幽沉浊的嗓子慢声问：

"不行了？……"

妻摇摇头，更伤心地号啕起来。王小福却没有悲伤的样子，也没流眼泪，只拘挛着手，抚摩了一下那小尸体，无言地走到墙角里，取了一把锄头夹在腋下；而后，由妻手里接过那小孩，像个游魂似的挺直着眼睛蹒蹒跚跚向山上走去了。

女孩子的死，给予她爹和娘的不是哀怜和悲痛，而是焦虑，是绝望！在断气的前两天，那孩子就已经吮不得奶子了。王小福的妻看看自己奶子逐渐稀薄，急得到各处去打听，去求人，看可有要雇用奶妈的人家。——要雇用奶妈的人家不是没有；但一经晓得是一个垂死的病孩吃的奶，就都摇摇头不愿承雇。两家挤奶的主顾也都在这时先后停止买卖。这样挨延了几天，奶子完全变成淡色的水，终于干瘪了。

那是明显的事，那放高利贷太太也急了。她三天两天挂着拐杖到王小福家里来，先是用她惯常向借户要钱时说的那套穷酸话说：

"小福官，问你借点钱去买斤米。"

以后，就不这样客气了：

"我是个半边人，我身无所依。我的钱就是我的血，我的命。那没法，你剐肉也得还！要不然，我这条老命就交给你！"

说一句，就把拐杖在地上敲一下。那张脸子板得像连大斧也砍不进。样子叫王小福两口子看了不由得不只是打寒噤。

两口子照例跪在地上哀求。但那是白费的：太太早已说在先，她是不能通情的。于是妻做针线，卖小菜所得的钱不够缴付利息时，就连旧衣破被褥甚至正要下锅的米也给要了去。

有一天，妻一时不晓得动了什么灵机，忽然想到屋子上来。她想这三间破旧屋子，虽然整个儿卖不脱，但是拆成砖瓦，便宜作价，说不定可以卖得一笔钱。这主意太好了。那不只是砖瓦可以卖钱，其中另外还蕴藏一个叫人心跳的希冀：听上代人传说，从前祖先时代因为金银元宝多，没处存放，常常埋藏在土内，或是砌进墙壁去。

"早先怎么就没想到这个！"妻在心里自埋怨。

他们先拆那座门墙。两个阴沉的心都充满兴奋和惊奇的期待。他们挺出了枯涩的眼珠，脸上现出严肃紧张的神情，手抖着，气喘着，每拆去一层砖，里面泥土瓦砾乱杂地翻落出来，他们心就跳到腔子里，跳到咽喉口；同时四只手就在土砾里忙乱地拨捏，搅弄起来。这样子到午后，他们感到没曾经验过的疲乏。

"还是先把砖挑出去问问吧。"妻抹一抹脸上混合着灰土的污汗，深深叹口气，这样说。

王小福把砖整理成叠，用草索兜成担子，挑到镇上去。先在那条冷落的街道上喊卖起来。街上人都惊异地望住他那游魂样子。几个小孩子跟在后面顽皮地轰笑着。每遇到稍稍熟识的人，他就放出呓语似的阴沉低缓的声音，瞪着眼睛问：

"老哥哥，你晓得哪家修屋子？可有哪家要砖瓦？"

有的人打趣地说：

"你这人也真稀奇！这又不是开门七件事，怎么也好挑着喊卖的？"

另有个人告诉他说：

"西街头长发旅店隔壁赵先生家里的风火墙挺了肚子，你去问问看。"

听了这个话，他的疲乏身肢涌上一股劲，歪着肩臂直挑到西街头。对着赵先生家大门的那座风火墙，果真挺出肚子，砖都消解成粉末，一块块散落下来了。他踌躇地敲了门，开门的是赵师娘。

"师师师娘，"他嗫嚅地说，"听说你家要砖瓦？"

"没这个话。"

"这风火墙……我这砖便宜呀！"

"这样年头，那个……"赵师娘说了一半，忽然改了口气，抢着道，"你们年青小伙子，不好好做营生，却天天拆屋子卖！"

砰的一声把门关上了。

王小福被兜头浇了一桶冷水，疲乏的身肢整个地软瘫了。他在他的砖堆上坐下来，抹着汗。那时赵先生家的紧邻长发旅店里挤了许多镇上人，手里拿着各种古董，正缠着一个收买古董字画的外乡人啰唆着。王小福疲乏地坐了一会儿，看见那外乡人戴着一副阔边眼镜，黑缎嵌肩敞着披在胸前，古铜色的脸上堆满很深的皱纹，紧蹙起一对粗黑眉毛把那些古董一件件仔细看验着。他一连看了几幅字画和几只古式的砚石，都摇摇头摆在一边。到后，有两只霁红花瓶，却一口就出了六块钱的价。……

这事直到他像头病牛似的，想一担砖照原样挑回家去，走到离神庙不远，抬头望见那个映着偏西太阳，光芒四射的庙顶时，突然又重新想起来。——是的，这座神庙的顶子是一件稀世宝物！他自小常听见村上人互相传说着：这是朱皇帝杀了三十六名大将烧成的三只宝瓶中的一只，落到丰坦村，就做了庙顶子。神庙因这只宝瓶而灵赫，丰坦村因这只宝瓶而邪魔不作，有了过去的兴盛和从来的太平。村上人常看见它在黑夜里放着光，映红了半边天！隔壁阿富哥一夜车水就亲眼看见过。一个罪恶的念头在他心里一闪，全身疲乏冷凝的脉管起了急剧的跳动。他心里感到没曾经验过的紊乱，感到没曾经验过的畏惧和惶恐。觉得将有不可捉摸的可怕的事会落到自己身上和自己村子来。他下意识地放下担子走进神庙里，对着菩萨虔敬地跪拜许久，他的畏惧惶恐的心才渐渐镇静了。

日子照例麻木地过着，那太太还是不时地来，每次来了，两口子就打叠起所有的求情的话，要求把拆下来的砖瓦抵还本钱和利息。（他们屋子的门墙和后墙都早已拆完了，只有左右龙虎墙是和邻家毗连着，不是自己一家私物，所以没曾拆。）那太太先是抵死不允，说自己借出的是现钱，在而今，这砖瓦白送给人家也不见得有人要，怎么好抵债？到后来，看看这人家实在已经再无更好一点的东西可要，也只得自认了晦气，叫王小福把拆毁两座墙的砖瓦全都挑了去，并且大大咒骂了一顿，从此也就少来迫债了。

到冬天，王小福采卖野果的营生又没的做，而妻兜揽得到手的针线也因年终岁迫骤然少了。这时候，一家人常常弄得成天没一粒米子下咽喉；只到山上采点松花，熬成稀薄的糊，或是撇点菜蔬的老叶做做汤喝。大孩子有病在身，吃不饱，就扁着嘴巴，哭丧着丑脸子，无声地啜泣着。妻有时"死鬼""活鬼"地咒骂他一会，有时就和丈夫偷偷到人家田地里拔几只红薯或萝卜给他吃。然而最难挨度的是每个悠长的寒夜。屋子前后都敞着，咬骨的寒风由门窗里自由地吹进来，棉被是早都给那太太抱去抵算利息了。一家四个人，全都蜷缩着头和手，藏在槁草里，那样子一个个像刺猬。每个喉咙都整夜咳嗽着，宛如敲破竹筒一般。两个孩子每到夜半挨不过冷，就冤鬼似的放出惨厉颤抖的声音号哭到天亮。……在白天，王小福无事可做，是听从妻的嘱咐，拿把锄头在屋前，屋后，地板下，后园里，遍地挖掘着，希望一锄头能敲到一个青石板，或掘到一个瓦缸子什么的，找到大堆小堆金银元宝来。

那是一个下雪天。那个被三四个月慢性痢疾，和冻，和饿，缠得如同细竹竿扎成的癫痫头大孩子，放出已经没声音的哑嗓子整天哭号着。菜叶汤他已经没法吃得，连头颈也软了。

"我想吃一口米粥，一口米粥……"他闭着深凹的眼眶，翕动着嘴，无声地哭着说。

这天晚上，在镇上摆馃摊的阿富嫂，突然在家里像疯狂了似的哭嚷起来：

"伤了我的心呵！伤了我的心呵！要我的命呵！要我的命呵！"她来回地哭喊着，拍着手，顿着脚。

邻舍人听到声音，有缩着头和手走来探问的。阿富嫂告诉他们说，她从镇上做完生意，带小孩冒着雪回到家时，看见自己锁好的门被人托开门臼，歪斜在一边了；到房里一检点，发现失了一床旧棉被和半罐子米。

"我的半罐子米，是我几个月，熬钱减两积起来，要留着年底抵还田东家的欠租的呀！田东家不肯放过我们的呀！狠心的贼呀！我的被窝——我通家尽产只这一床旧被呀，我的孩子挨不得冻呀！狠心的贼呀！怎么到我叫花子身上扯破布呀！好毒的心呀！"

阿富嫂只是这样疯子似的拍手顿脚哭嚷着，一点主意也没有。探问的人有同情怜惜她的，有为这件村上少见的事觉得恼恨的，怂恿她说：

"阿富嫂，这事你不能马虎，你得报告更棚去追查。哼，我们村上也出这种事，这还了得！"

阿富嫂马上蹒蹒跚跚哭嚷到村上更棚里去。打更的头目来看验了一回来踪去迹，到第二天傍晚，就在王小福家里查获到赃物：那被褥藏在地板下，米是没有了。

有的说："想不到你也做这个事！"

有的说："兔不吃窝边草，小福官，你也真给鬼摸了头！"

有的说："这年头，哪个不是饱一顿饿两餐的？只有听凭神明菩萨指点呀！个个像你这样子，世界不早就反了！"

有的同情地叹口气说："唉，也真是逼上梁山没奈何呵！"

阿富嫂抱着被褥坐在门阶上，哭着说：

"忍得偷我的呵！我的米是熬钱减两积起来抵还东家田租的呵！好毒的心呵！你要还我呵！要还我呵！"

王小福夫妻俩脸上都变成死灰色，也不回辩，也不哀求。直到王小福被剥光了上身衣裳，反缚了两手，吊到田塍上的树上时，妻才野猪似的踢跳着号啕起来。

牛皮鞭子抽在那瘦瘠的光背上，一鞭一条紫红色的血痕。王小福先是像头受伤的狼，高提着嘶哑的喉咙哀叫着，抖索着，挣扎着；到后来，渐渐喊不出声音，只张大着嘴，艰难地喘着粗大的气，挺直了眼睛，扮着狰狞的怪脸子，已经失了人形了。

等他回复知觉时，是在自己家里的床上，妻坐在身旁像个鬼似的呜咽着：

"我们怎么过！怎么过！"

他感到浑身钻心的痛楚。但神志倒有点清楚了；他晓得自己已经做了什么事，晓得自己已经变成什么人，自己一家子已经是在一种什么情境中。他模模糊糊地想到过去，想到将来。他觉得这村子自己已经不能再存身。……

他挣扎着支撑起上半身，伸手摸一摸大孩子，大孩子佝偻着瘦身子没头没脑蜷缩在稿草中，鼻里响着涕，咳嗽着；小孩子缩在自己脚边，发出难听的鼾声。

"给我吃！给我吃"小孩子嚷着，嗒动着嘴，钻动着小身肢。

王小福哼了一声，重复倒下去，想到许多烦乱的事。他想到上年同事约他到外埠谋生的事，想到那不可捉摸的外埠情形，想到埋在土里，砌在墙里的金银元宝，想到……

"上外埠去！上外埠去！"他呓语着。

他忍着痛楚，挣扎起僵硬的肢体，下了床，窗户上是映满银白色。他拖着肢体到墙拐里摸到那锄头，而后再把自己肢体拖出房外。外面高高低低的雪地映着下弦月，迷蒙着一片夜气。他蹲着拖一会，匍匐着爬一会。屋前屋后积雪里都是翻松的泥土和乱石，他找不到一块自己没曾挖掘过的地。村上是一片死寂的气氛，隐隐约约妻还在屋里呜咽着，像个鬼在哭。……

"外埠去！外埠去！盘川钱！盘川钱！"他自己喃喃地呓语着。

他听见断断续续一阵铁马声，抬头看见那神庙的顶子。那"天下太平"四个黑色的字体，衬托着雪和月，分外明显；那朱砂古瓶照常闪射出耀目的金红色光芒，一种不可侵犯的力量依然潜在着。突然，他记起西街头长发旅店那个胸前敞着嵌肩，戴着阔边眼镜，古铜色脸子的外乡人。他像着了魔！

他是怎么像头蜗牛似的慢慢爬过那田畈，爬上那山坡，怎么攀着山坡上树林爬到庙墙头，上了那庙顶，他自己是一点都不曾晓得的。他控住气喘和呻吟，蹲到那倾斜的瓦沟里，手指触到"一瓶三戟"。……

不知花了多少工夫，他拆去那砌牢瓶底的花砖和云瓦；而后用尽所有气力，一手扳住那瓶口，一手托住那瓶身，连同自己身肢震摇了几下，那"一瓶三戟"就整个儿搬动，抱到自己胸口了。

霎时间他眼里一阵金星飞舞，看见神龛里那菩萨，看见许多祖宗，许多钢鞭和许多威严的、铁青色的、古铜色的脸。忽然天翻地覆了。他觉得自己身肢腾了空，又从云彩里飘落；满天金星围着"天下太平"四个白亮的字，红的，绿的，五彩的字，飞逐着，缭绕着。忽然訇的一声巨响，眼前大亮！他看见他的娘，他的女孩，看见他的妻，他的两个孩子。他们在云雾里飞跑着。渐渐眼前变成一个深邃的黑洞；自己有八个，十个，无数的头，腾了空。

最后，他像只虫子似的飞进了那黑洞里。

一九三四年一月

# 包氏父子

张天翼

## 【关于作家】

张天翼（1906—1985），原名张元定，字汉弟，号一之，祖籍湖南湘乡，出生于南京。1921年考入杭州宗文中学，深受当时流行的通俗文学影响。1922年发表第一篇小说《新诗》，初期创作主要是侦探、滑稽等类型小说。1926年考入北京大学预科，年底在《晨报副刊》发表散文《黑的颤动》时，正式使用笔名"张天翼"。因不满于所学课程，1927年夏退学回家，此后在南京、上海等地做过家庭教师、记者、办事员、文书等工作，这为他以后书写中下层众生相储备了大量素材。1929年，短篇小说《三天半的梦》在鲁迅、郁达夫主编的《奔流》发表，1931年9月加入"左联"，其别具一格的讽刺小说，成为"左翼文学"重要的组成部分。代表作有《包氏父子》《华威先生》等。新中国成立后，张天翼主要从事儿童文学创作，1985年病逝于北京。

## 【关于作品】

《包氏父子》，1934年发表于《文学》第2卷第4期，后收入小说集《张天翼选集》，1936 年由上海万象书店出版。

　　小说写的是一个含辛茹苦、望子成龙的父亲和一个贪慕虚荣、不学无术的儿子的故事。父亲老包是一户有钱人家的听差，住在公馆的门房里，靠每月微薄的收入供儿子包国维上"洋学堂"，期盼着儿子有朝一日能出人头地做大官，到时接他去坐享清福的"老太爷"。儿子小包，在学校功课没学好，却学了一身比吃比穿、追逐女孩的纨绔习气，整天花着父亲节衣缩食甚至多方举债抠出来的血汗钱，做着游手好闲、不劳而获的少爷梦。最后小包因为帮争风吃醋的富家子打架，被学校开除，老包全部的心血化为泡影，在债主催逼还钱的吵闹中陷入绝望。

　　张天翼擅长以漫画式的夸张手法来塑造人物，往往是抓住人物的某一特点将其不断地放大，从而制造一种纤毫毕现、入木三分的效果。如小说中，包国维从郭纯那里回到居住的门房时总是"把脚对房门一踢——磅！"这个颇具画面感的动作，形象地写活了他不甘心自己的处境如此，又无力改变，只能把不满发泄在门和父亲身上的心态。而面对儿子踢门而进的老包，没有意识到自己的宠溺放纵已经丧失了做父亲的尊严，甚至因为儿子是上洋学堂将来要成大器更加小心翼翼地伺候着。一个眼神、一个动作、一个久久不变的习惯、一句挂在嘴边的口头禅，作家信手拈来，加以夸张渲染，嬉笑怒骂间，自成一篇妙趣横生的讽刺佳作。

　　不过，我们不能因为小说夸张的喜剧方式，而忽视了作家寄寓其中的深刻思考。就《包氏父子》而言，看起来作品讲的是包氏两父子的故事，细细读下去，我们会发现，作家的反思又不止于他们两个。这部小说着力写了上层与底层两个世界的差距，也写了笼罩在两个世界之上的等级制社会法则，以及由几千年的等级制社会所驯化而形成的国民劣根性。由此思考，作品中几乎每一个人都是作家讽刺和批判的对象：上层社会的"郭纯"们，以主子自居，对包国维颐指气使，肆意欺负嘲弄他；在洋学堂喝了几天洋墨水的包国维，同样看不起做仆人的父亲和他的朋友们，在他们面前盛气凌人、不可一世；连老包，因为儿子能上洋学堂、将来有可能发大财做大官，在其他的仆人朋友如厨子胡大、女佣李妈面前都要小有得意地"摸摸下巴上几根两分长的灰白胡子"……张天翼这部作品的深刻之处，不仅在于如实地写出了这条等级制的鄙视链，更重要的是写活了身处鄙视链中的各个阶层身上的主子奴才性——对下趾高气扬极尽主子相，对上则卑躬屈膝一脸奴才相。老包的望子成龙，也不过是想往上爬一点，去做更高一阶的主子，或者说去做更高一阶主子的奴才。甚至是"洋学堂"，被认为是代表了五四新文化、新思想的新学校，也不例外，家里有钱有权的郭纯挑头打架，不了了之，家里无钱无权的包国维帮郭纯出手，却被开除学籍，其趋炎附势可见一斑。

更发人深省的是，就像鲁迅笔下那个"绝无窗户而万难破毁"的铁屋子，《包氏父子》里的世界，人人身处其中而各安本分，共同遵守和维护着整个社会等级制的法则。从这个意义上说，张天翼的讽刺小说，是"五四文学"反封建主题在"左翼文学"中的延续。


一


天气还那么冷。离过年还有半个多月。可是听说那些洋学堂就要开学了。

这就是说：包国维在家里年也不过地就得去上学！

公馆里许多人都不相信这回事。可是胡大把油腻腻的菜刀往砧板上一丢，拿围身布揩了揩手——伸出个中指，其余四个指头临空地扒了几扒。

"哄你们的是这个。你们不信问老包：是他告诉我的。他还说恐怕钱不够用，要问我借钱哩。"

大家把它当作一回事似的去到老包房里。

"怎么，你们包国维就要上学了么？"

"唔。"老包摸摸下巴上几根两分长的灰白胡子。

"怎么年也不过就去上书房？"

"不作兴过年末，这是新派，这是。"

"洋学堂是不过年的，我晓得。洋学堂里出来就是洋老爷，要做大官哩。"

许多眼睛就钉到了那张方桌子上面：包国维是在这张桌上用功的。一排五颜六色的书。一些洋纸簿子。墨盒。洋笔。一个小酒瓶：李妈亲眼瞧见包国维蘸着这瓶酒写字过。一张包国维的照片，光亮亮的头发，溜着一双眼——爱笑不笑的。要不告诉你这是老包的儿子，你准得当他是谁家的大少爷哩。

别瞧老包那么个尖下巴，那张皱得打结的脸，他可偏偏有福气——那么个好儿子。

可是老包自己也就比别人强：他在这公馆伺候了三十年，谁都相信他。太太老爷他们一年到头不大在家里住，钥匙都交在老包手里。现在公馆里这些做客的姑太太、舅老爷、表少爷，也待老包客气，过年过节什么的——一赏就是三块五块。

"老包将来还要做这个哩。"胡大翘起个大拇指。

老包笑了笑。可是马上又拼命忍住肚子里的快活，摇摇脑袋，轻轻地嘘了口气：

"哪里谈得到这个。我只要包国维挣口气，像个人儿。不过——嗳，学费真不容易，学费。"

说了就瞧着胡大：看他懂不懂"学费"是什么东西。

"学费"倒不管它。可是为什么过年也得上学呢？

这天下午，寄到了包国维的成绩报告书。

老包小心地抽开抽屉，把老花眼镜拿出来带上，慢慢念着。像在研究一件了不起的东西，对信封瞧了老半天。两片薄薄的紫黑嘴唇在一开一合的，他从上面的地名读起，一直读到"省立××中学高中部缄"。

"露，封，挂，号，"他摸摸下巴，"露，封，……"

他仿佛还嫌信封上的字太少太不够念似的，抬起脸来对天花板愣了会儿，才抽出信封里的东西。

天上糊满着云，白天里也像傍晚那么黑。老包走到窗子跟前，取下了眼镜瞧瞧天，才又架上去念成绩单。手微微地颤着，手里那几张纸就像被风吹着的水面似的。

成绩单上有五个"丁"，一个"乙"——那是什么"体育"。

一张信纸上油印着密密的字：告诉他包国维本学期得留级。

老包把这两张纸读了二十多分钟。

"这是什么？"胡大一走进来就把脑袋凑到纸边。

"学堂里的。……不要吵，不要吵，还有一张。缴费单。"

这老头把眼睛睁大了许多。他想马上就看完这张纸，可是怎么也念不快。那纸上印着一条条格子，挤着些小字，他老把第一行的上半格接上第二行的下半格。

"学费：四元。讲义费：十六元。……损失准备金。……图书馆费……医……医……"

他用指甲一行行划着又念第二遍。他在嗓子里咕噜着，跟痰响混在了一块。读完一行，就瞧一瞧天。

"制服费！……制服费：二……二……二十元。……通学生除……除……除宿费膳费外，皆须……"

瞧瞧天。瞧瞧胡大。他不服气似的又把这些句子念一遍，可是一点不含糊，还是这些字——一个个仿佛刻在石头上似的，陷到了纸里面。他对着胡大的脸子发愣：全身像有——不知道是一阵热还是一阵冷，总而言之是似乎跳进了一桶水里。

"什么？"胡大吃了一惊。

"唔，唔。俺。"

制服就是操衣，他知道。上半年不是做过了么？他算着这回一共得缴三十一块。可是这二十块钱的制服费一加，可就……

突然……磅！房门给谁踢开，撞到板壁上又弹了回来。

房里两个人吓了一大跳。一回头——一个小伙子跨到了房里。他的脸子我们认识的：就是桌上那张照片里的脸子，不过头发没那么光。

胡大拍着胸脯，脸上赔着笑。

"哦唷，吓我一跳。学堂里来么？"

那个没言语，只瞟了胡大一眼。接着把眉毛那么一扬，额上就显了显几条横皱，眼睛扫到了他老子手里的东西。

"什么？"他问。

胡大悄悄地走了出去。

老头把眼镜取下来瞧着包国维，手里拿着的三张纸给他看。

包国维还是原来那姿势：两手插在裤袋里，那件自由呢的棉袍就短了好一截。像是因为衣领太高，那脖子就有点不能够随意转动，他只掉过小半张脸来瞅了一下。

"哼。"

他两个嘴角往下弯着，没那回事似的跨到那张方桌跟前。他走起路来像个运动员，踏一步，他胸脯连着脑袋都得往前面摆一下，仿佛老是在跟别人打招呼似的。

老包瞧着他儿子的背：

"怎么又要留级？"

"郭纯也留级哩。"

那小伙子脸也没回过来，只把肚子贴着桌沿。他把身子往前一挺一挺的，那张方桌就咕咕咕地叫。

老包轻轻地问：

"你不是留过两次留级了么？"

没答腔，那个只在鼻孔里哼了一声。接着倒在桌边那张藤椅上，把膝头顶着桌沿，小腿一荡一荡的。他用右手抹了一下头发，就随便抽下一本花花绿绿的书来：《我见犹怜》。

沉默。

房里比先前又黑了点。地下砖头缝里在冒着冷气，两只脚仿佛踏在冷水里。

老包把眼镜放到那张条桌的抽屉里，嘴里小心地试探着又：

"你已经留过两次留级，怎么又……"

"他喜欢这样！"包国维叫了起来，"什么'留过两次留级'！他要留！他高兴留就留，我怎么知道。"

外面一阵皮鞋响：一听就知道这是那位表少爷。

包国维把眉毛扬着瞧着房门。表少爷像故意要表示他有双硬底皮鞋，把步子很重地踏着，敲梆似的响着，一下下远去。包国维的小腿荡得厉害起来，那双脚仿佛挺不服气——它只穿着一双胶底鞋。

老头有许多话要跟包国维说，可是别人眼睛钉到了书上：别打断他的用功。

包国维把顶着桌沿的膝头放下去，接着又抬起来。他肚子里慢慢念着《我见犹怜》，就是看到一个标点也得停顿一两秒钟。有时候他偷偷地瞟镜子一眼，用手抹抹头发。自己的脸子可不坏，不过嘴扁了点儿。只要他当上了篮球员，再像郭纯那么——把西装一穿，安淑真不怕不上手。安淑真准得对那些女生说：

"说包国维像瘪三！很漂亮哩。"

于是他和她去逛公园，去看电影。他自己就得把西装穿得笔挺的，头发涂着油，涂着蜡，一只手抓着安淑真的手，一只手抹抹头。……

他把《我见犹怜》一摔，抹了抹头发。

老包好容易等到包国维摔了书。

"这个……这个这个……那个制服费。……"

没人睬他，他就停了一会。他摸了三分钟下巴。于是他咳一声扫清嗓子里的痰，一板一眼地说着缴学费的事，生怕一个不留神就得说错似的。他的意思认为去年做的制服还是崭新的，把这理由对先生说一说，这回可以少缴这意外的二十块钱。不然——

"不然就要缴五十一块半，这五十一块半……现在只有……只有……戴老七的钱还没还，这回再加二十……你总还得买点书，你总得。"

停停。他摸摸下巴，又独言独语地往下说。

"操衣是去年做的，穿起来还是像新的一样，穿起来。缴费的时候跟先生说说情，总好少缴……少缴……"

包国维跳了起来。

"你去缴，你去缴！我不高兴去说情！——人家看起来多寒伧！"

老包对于这个答复倒是满意的，他点点脑袋：

"唔，我去缴。缴到——缴到——唔，市民银行。"

儿子横了他一眼。他只顾自己往下说：

"市民银行在西大街罢？"

## 二

老包打市民银行走到学校里去。他手放在口袋里，紧紧地抓住那卷钞票。

银行里的人可跟他说不上情。把钞票一数：

"还少二十！"

"先生，包国维的操衣还是新的，这二十……"

"我们是替学校代收的。同我说没有用。"

钞票还了他，去接别人缴的费。

缴费的拥满着屋子，都是像包国维那么二十来岁一个的。他们听着老包说到"操衣"，就哄出了笑声。

"操衣！"

"这老头是替谁缴费的？"

"包国维。"一个带压发帽的瞅了一眼缴费单。

"包国维?"

老头对他们打招呼似的苦笑一下,接着他告诉别人——包国维上半年做了操衣的:那套操衣穿起来还是挺漂亮。

"可是现在又要缴,现在。你们都缴的么?"

那批小伙子笑着你瞧瞧我,我瞧瞧你,谁也没答。

老包四面瞧了会儿就走了出来:五六十双眼睛送着他。

"为什么要缴到银行里呢?"他埋怨似的想。

天上还是堆着云,也许得下雪。云薄的地方就隐隐瞧得见青色。有时候马路上也显着模糊的太阳影子。

老包走不快,可是踏得很吃力:他觉得身上那件油腻腻的破棉袍有几十斤重。棉鞋里也湿漉漉的叫他那双脚不大好受;鞋帮上虽然破了一个洞,可也不能透出点儿脚汗:这双棉鞋在他脚汗里泡过三个冬天的。

他想着对学堂里的先生该怎么说,怎么开口。他得跟他们谈谈道理,再说几句好话。先生总不比银行里的人那么不讲情面,那二十块钱……

老包走得快了些,袖子上的补丁在袍子上也摩擦得起劲了点儿。

可是一走到学校里的注册处,他就不知道要怎么着才好。

这所办公室寂寞得像破庙。一排木栏杆横在屋子中间。里面那些桌旁的位子都是空的。只有一位先生在打盹,肥肥的一大坯伏在桌子上,还打着鼾。

"先生。先生。"

叫了这么七八声,可没点儿动静。他用指节敲敲栏杆,脚在地板上轻轻地踏着。

这位先生要在民国哪一年才会醒呢？

他又喊了几声，指节在栏杆上也敲得更响了些。

桌子上那团肉动了几动，过会儿抬起个滚圆的脑袋来。

"你找谁？"皱着眉擦擦眼睛。

老包摸着下巴：

"我要找一位先生。我是……我是……我是包国维的家长……"

那位先生没命地张大了嘴，趁势"噢"了一声：又像是答应他，又像是打呵欠的声音。

"我是包国维的家长，我说那个制服费……"

"缴费么？——市民银行，市民银行！"

"我知道，我知道。不过我们包国维……包国维……"

老包结里结巴说上老半天，才说出了他的道理，一面还笑得满面的皱纹都堆起来——腮巴子挺吃力。

胖子伸了懒腰，呷呷嘴。

"我们是不管的。无论新学生老学生，制服一律要做。"

"包国维去年做了制服，只穿过一两天……"

"去年是去年，今年是今年，"他懒懒地拖过一张纸来，拿一支铅笔在上面写些什么，"今年制服改了样子，晓得罢。所以……所以……啊——噢——哦！"

打了个呵欠，那位先生又全神贯注在那张纸上。

他在写着什么呢？也许是在开个条子，说明白包国维的制服只穿过两次，这回不用再做，缴费让他少缴二十。

老包耐心儿等着。墙上的挂钟不快不慢地——的，嗒，的，嗒，的，嗒。

一分钟。两分钟。三分钟。五分钟。八分钟。

那位先生大概写完了。他拿起那张纸来看：嘴角勾起一丝微笑，像是他自己的得意之作。

纸上写着些什么：画着一满纸的乌龟！

老实话，老包对这些艺术是欣赏不上的。他嘘了口气，脸上还是那么费劲地笑着，嘴里喊着"先生先生"。他不管对方听不听，话总得往下说。他像募捐人似的把先生说成一个大好老，菩萨心肠：不论怎样总得行行好，想想他老包的困难。话可说得不怎么顺嘴：舌子似乎给打了个结。笑得嘴角上的肌肉在一抽一抽的，眉毛也痉挛似的动着。

"先生你想想，我是……我是……我怎么有这许多钱呢，五十……五十……五十多块。……我这件棉袍还是……还是……我这件棉袍穿过七年了。我只拿十块钱一个月，十块钱。我省吃省用，给我们包国维做……做……我还欠了债，我欠了……有几笔……有几笔是三分息。我……"

那位先生打定主意要发脾气。他把手里的纸一摔，猛地掉过脸来，皱着眉毛瞪着眼：

"跟我说这个有什么用！学校又不是慈善机构，你难道想叫我布施你么！……笑话！"

老包可愣住了。他腮巴子酸疼起来，他不知道还是让这笑容留着好，还是收了的好。他膝踝子抖索着。手扶着的这木栏杆，像铁打的似的那么冰。他看那先生又在纸上画着，他才掉转身来——慢慢往房门那儿走去。

儿子——怎么也得让他上学。可是过了明天再不缴费的话，包国维就得被除名。

"除名……除名……"老包的心脏上像长了一颗鸡眼。

除名之后往哪里上学呢，这孩子被两个学校退了学，好容易请大少爷关说，才考进了这省立中学的。

还是跟先生说说情。

"先生，先生，"老包又折了回来，"还有一句话请先生听听，一句话。……先生，先生！"

他等着：总有一个时候那先生会掉过脸来的。

"先生，那么……那么……先生，制服费慢一点缴。先缴三十……三十……先缴三十一块半行不行呢？等做制服的时候再……再……现在……现在实在是……实在是……现在……现在钱不够末。我实在是……"

"又来了，啧！"

先生表示"这真说不清"似的掉过脸去，过会又转过来：

"制服费是要先缴的：这是学校里的规矩，规矩，懂罢。总而言之统而言之——各种费用都要一次缴齐，缴到市民银行里，通学生一共是五十一块五。过了明天上午不缴就除名。懂不懂，懂不懂，听懂了没有？"

"先生，不过……不过……"

"嗨，真要命！我的话你懂了没有，懂了没有！尽说尽说有什么好处！真缠不明白！……让你一个人说罢！"

先生一站起来就走，出了那边的房门，接着那扇门很响地一关——訇！墙也给震动了一下，那只挂钟就轻轻地"锵郎"一声。

给丢在屋子里的这个还想等人出来：一个人在栏杆边待了十几分钟才走。

"呃，呃，唔。"

老包嗓子里响着，他自己也不知道在想着些什么。他仿佛觉得有一桩大祸要到来似的，可是没想到可怕。无论什么天大的事，那个困难时辰总会渡过去的。他只一步步踏在人行路上，他几乎忘了他自己刚才做了什么事，也忘了会有一件什么祸事。他感觉到自己的脚呀手的都在打战，可是走得并不吃力：那双穿着湿漉漉的破棉鞋的脚已经不是他的了。他瞧不见路上的人，老是有人撞着他，他就斜退了两步。

街上那些汽车的喇叭叫，小贩子的大声嚷，都逗得他非常烦躁。太阳打云的隙缝里露出了脸，横在他脚右边的影子折了一半在墙上。走呀走的那影子忽缩短起来，移到了他后面：他转了弯。

对面有三个小伙子走过来，一面嘻嘻哈哈谈着。

老包喊了起来：

"包国维！"

他喊起他儿子来也是照着学堂里的规矩——连名带姓喊的。

包国维跟两个同学一块走着，手里还拿着一个纸袋子，打这里掏出什么红红绿绿的东西往嘴里送。那几个走起路来都是一样的姿势——齐脑袋到胸脯都是向前一摆一摆的。

"包国维！"

几个小伙子吃一惊似的站住了。包国维马上把刚才的笑脸收回，换上一副皱眉毛。他只回过半张脸来，把黑眼珠溜到了眼角上瞧着他的老子。

老包想把先前遇到的事告诉儿子，可是那些话凝成了冰，重重地堆在肚子里吐不出。他只不顺嘴地问：

"你今天……你今天……你什么时候回家？"

儿子把两个嘴角往下弯着，鼻孔里响了一声。

"高兴什么时候回家就回家！家里摆酒席等着我么！……我当是什么天大的事哩。这么一句话！"

掉转脸去瞧一下：两个同学走了两丈多远。包国维马上就用了跑长距离的姿势跑了上去。

"郭纯，郭纯，"他笑着用手攀到那个郭纯肩上，"刚才你还没说出来——孙桂云为什么……"

"刚才那老头儿是谁？"

"呃，不相干。"

他回头瞧一瞧：他老子的背影渐渐往后面移去。他感到轻松起来，放心地谈着。

"孙桂云放弃了短距离，总有点可惜，是罢。龚德铭你说是不是？"

叫作龚德铭的那个只从郭纯拿着的纸袋里掏出一块东西来送进嘴里，没第二张嘴来答话。

他们转进了一条小胡同。

包国维两手插在裤袋里，谈到了孙桂云的篮球，接着又扯到了他们自己的篮球。他叹了口气，他觉得上次全市的篮球锦标赛，他们输给飞虎队可真输得伤心，他说得怪起劲的，眉毛扬得似乎要打眼睛上飞出去。

"我们喜马拉雅山队一定要挣口气：郭纯你要叫队员大家都……"郭纯是他们喜马拉雅山队的队长。

"你单是嘴里会说。"龚德铭用肘撞了包国维一下。

"哦，哪里！……我进步多了。是罢，我进步多了。郭纯你说是不是？"

"唔。"郭纯鼻孔里应了一声，就哼起小调子来。

包国维像得了锦标，全身烫烫的。他想了许多要说的话可忍不住迸了出来：

"我这学期可以参加比赛了罢，我是……"

"那不要急。"

"怎么?"

"你投篮还不准。"

"不过我……我是……不过我 Pass 还 Pa 得好……"

"Pa 得好!"龚德铭叫了起来，"前天我 Pass 那个球给你，你还接不住。你还要……"

"喂，嘘。"郭纯压小着嗓子。

对面有两个女学生走了过来。

他们三个马上排得紧紧的，用着兵式操的步子。他们摆这种阵势可比什么都老练。他们想叫她们通不过：那两个女学生低着头让开，挨着墙走，他们就挤到墙边去。

包国维笑得眼睛成了两道线：

"啧，啧，头发烫得多漂亮!"

她俩又让开，想挨着对面墙边走，可是他们又挤到对面去。郭纯溜尖着嗓子说：

"你们让我走哇。"

"你们让我走哇。"包国维像唱双簧似的也学了一句，对郭纯伸一伸舌子。

两个女学生脸红得像生牛肉，脑袋更低，仿佛要把头钻进自己的肚子里去。

郭纯对包国维噘噘嘴，翘翘下巴。

要是包国维在往日——遇见个把女的也没什么了不起，他顶

154

多是瞧瞧，大声地说这个屁股真大，那个眼睛长得俏，如此而已。这回可不同。郭纯的意思很明白：他叫他包国维显点本事看看。郭纯干么不叫龚德铭——只叫他包国维去那个呢？

包国维觉得自己的身子飘了起来。他像个英雄似的——伸手在一个女学生的大腿上拧了一把。

女学生叫着。郭纯他们就大笑起来。

"包国维，好！"

## 三

一直到了郭纯的家里，包国维还在谈着他自己的得意之作。

"摸摸大腿是，哼，老行当！"

郭纯一到了自己家里就脱去大衣，对着镜子把领结理了一下。接着他瞧一瞧炉子里的火。不论包国维说得怎么起劲，他似乎都没听见，只是喊这个喊那个：叫老王来添煤，叫刘妈倒茶，叫阿秀拿拖鞋给他。于是倒到沙发上，拿一支烟抽着，让阿秀脱掉皮鞋把拖鞋套上去。包国维只好住了嘴，瞧着阿秀那双手——别瞧她是丫头，手倒挺白嫩的：那双手一拿起脱下的皮鞋，郭纯的手在她腮巴上扭了一下：

"拿出去上油。"

"少爷！"阿秀嘟哝着走了出去。

龚德铭只在桌边翻着书，那件皮袍在椅子上露出一大片里子——雪白的毛。

太阳光又隐了下去，郭纯就去把淡绿的窗档子拉开一下。

"龚德铭你要不要去洗个脸？"

那个摇摇脑袋，把屁股在椅子上坐正些，可是包国维打算洗个脸，他就走到洗澡间，他像在自己家里那么熟。他挺老练地开了水龙头。他还得拣一块好胰子：他拿两盒胰子交换闻了一会儿，就用了黄色的那一块。

"这是什么肥皂?"

郭纯他们用的是这块肥皂。安淑真用的也准是这种肥皂。

这里东西可多着：香水，头发油，雪花精什么的。

洗脸的人细细地洗了十多分钟。

"郭纯你头发天天搽油么?"他瞧着那十几个瓶子。

外面不知道答应了一声什么。

包国维拿梳子梳着头发，吊嗓子似的又说：

"我有好几天不搽油了。"

接着他把动着的手停了一会，好听外面的答话。

"你用的是什么油?"——龚德铭的声音。

"唔。呃，唔。我用的是……是……唔，也是司丹康。"

于是他就把司丹康涂在梳子上梳上去。他对着镜子细细地看：不叫翘起一根头发来。这么过了五六分钟，梳子才离开了头发。他对镜子正面瞧瞧，偏左瞧瞧，偏右瞧瞧。他抿一抿嘴。他脖子轻轻扭一下。他笑了一笑。他眯眯眼睛。他扬扬眉毛，又皱着眉毛把脑袋斜；不知道是什么根据，他老觉得一个美男子是该要有这么副脸嘴的。他眉毛淡得像两条影子，眉毛上……

雪花精没给涂匀，眉毛上一块白的：他搽这些东西的时候的确搽得过火了些。他就又拿起手巾来描花似的抹着。

凭良心说一句，他的脸子够得上说漂亮。只是鼻子扁了点儿。下巴有点往外突，下唇比上唇厚两倍：嘴也就显得扁。这些可并不碍事。这回头发亮了些，脸子也白了些，还有种怪好闻的香味儿。哼，要是安淑真瞧见了……

可是他一对镜子站远一点，他就一阵冷。

他永远是这么一件自由呢的棉袍！永远是这么件灰色不像灰色、蓝色不像蓝色的棉袍——大襟上还有这么多油斑！他这脑袋摆在这高领子上可真——

"真不称！"

包国维就像逃走似的冲出洗澡间，很响地关上了门。

一到郭纯房里，那两个仿佛故意跟包国维开玩笑，正起劲地谈着衣料，谈着西装裤的式样：郭纯开开柜子，拿出一套套的衣裳给龚德铭瞧。

"这套是我上个星期做好的。"郭纯扳开一个大夹子，里面夹着三条裤：他抽出两条来。

龚德铭指指那个夹子。

"这种夹子其实没有什么用处：初用的时候弹簧还紧，用到后来越用越松，夹两条裤都嫌松。我是……"

"你猜这套做了几个钱。"

他俩像没瞧见包国维似的。包国维想：郭纯干么不问他包国维呢？他把脑袋凑过瞧了一下，手抹抹头发，毅然决然地说：

"五十二块！"

可是郭纯只瞧了他一眼。

接着郭纯和龚德铭由衣裳谈到了一年级的吕等男——郭纯说她对他很有点儿他妈的道理：你只看每次篮球比赛她总到场，郭纯一有个球投进了对方的篮里，吕等男就格外起劲地"啦"起来。郭纯嘻嘻哈哈地把这些事叙述了好些时候，直到中饭开上了桌子还没说完。

包国维紧瞧着郭纯，连吃饭都没上心吃。可是郭纯仿佛只说给龚德铭一个人听，把脸子对着龚德铭的脸子做功夫。包国维的眼珠子没放松一下，只是夹菜的时候就移开一会儿。他要叫郭纯记得他包国维也在旁边，他就故意把碗呀筷子的弄出响声。有时候郭纯的眼睛瞥到了他，他就笑出声音来，"哈哈，他妈妈的!"或者用心地点点脑袋：　"唔，唔。"他就仿佛大吃了一惊似的。——"哦?"于是再等着郭纯第二次瞥过眼来。

"你要把她怎样?"龚德铭问。

"谁?"

"吕等男。"

说故事的人笑了一笑：

"什么怎样! 上了钩，香香嘴，干一干，完事!"

忽然包国维大笑起来，全身都颤动着。

"真缺德，郭纯你这张嘴……你你……"

又笑。

这回郭纯显然有点高兴：他眼珠子在包国维脸上多钉了会儿。

那个笑得更起劲，直到吃完饭回到郭纯房里他还是一阵一阵地打着哈哈。他抹抹眼泪，吃力地嘘了口气，又笑起来。

"郭纯你这张嘴! 你真……他妈妈的真缺德! 你……"

别人可谈到了性经验。龚德铭说他跟五个女人发生过关系，都是台基里的。可是郭纯有过一打：她们不一定是做这买卖的，他可也花了些个钱才能上手。有一个竟花了五百多块。

"别人说你同宋家璇有过……"龚德铭拿根牙签在桌上画着。

"是啊，就是她!"郭纯站了起来，压小着嗓子嚷，"俞妈的她肚子大了起来，她家里跟我下不去。后来软说硬做，给了五百块钱，完事。……嗨，在我父亲那里骗这五百块的时候真不容易，俺妈的。拿到了手里我才放心。”

包国维打算插句把嘴，可是他没说话的材料。他想：

“现在要不要再笑一阵？”

他像打不定主意似的瞧瞧这样，瞧瞧那样。郭纯有那么多西装。郭纯有那么多女人跟他打交道。郭纯还是喜马拉雅山队的队长。郭纯问他父亲要钱——每次多少呢：三块五块的，或者十块二十块，再不然一百二百。

“一百二百！”

包国维闷闷地嘘了口气。他把脚伸了出去又缩回来。他希望永远坐在这么个地方。脚老是踏在地毯上。身上得穿着那套新西装，安淑真挨着他坐着。他愿意一年到头不出门，只是比赛篮球的时候就出去一下。

可是这是郭纯的家：包国维总得回自己的家里去的。

于是他把两只手插进裤袋里，上身往前面一摆一摆地走回自己的住处：把脚对房门一踢——磅！

屋子里坐着几个老包的朋友。包国维的那张藤椅被戴老七坐着。胡大躺在老包床上。他们起劲地谈着什么，可是一瞧见了包国维就都闭住了嘴。他们讨好似的对包国维装着笑脸。戴老七站起来退到老包床上坐着。

包国维扬着眉毛瞧了他们一眼，就坐到藤椅上，两条腿叠着——一摇一摇的。他拖一本书过来随便翻了几下，又拿这翻书的手抹抹头发。那本书就像有弹簧似的合上了。

什么东西都是黑黝黝的。熟猪肝色的板壁。深棕色的桌子。

灰黑色的地。打窗子里射进来一些没精打采的亮，到那张方桌上就止了步。包国维的黯影像一大片黑纱似的——把里面坐在床上的几个人遮了起来。

沉默。

老包一个劲儿摸着下巴：几根灰白色的短胡子像坏了的牙刷一样。他还有许多话得跟戴老七他们说，可是这时候的空气紧得叫他发不出声音来。

倒是戴老七想把这难受的沉默打碎。他小声儿问：

"他什么时候上学？"

仿佛戳了老包一针似的：他全身震了一下。他那左手发脾气地用力扭着下巴，咬着牙说：

"后天。"

突然包国维把翻着的书一扔，就起身往房门口走。

谁都吓了一跳。

老包左手停在下巴下面，嘴呀眼睛的都用力地张着。他觉得他犯了个什么大过错，对不起他儿子。他用着讨饶的声调，轻轻地喊着包国维：

"你不是在那里用功的么，为什么又……"

"用功！屋子里吵得这样还用功！"

老头就要求什么似的瞧瞧大家。胡大低声地提议到他屋子里去，于是大家松了一口气，走出了房门。

包国维站在屋檐下，脸对着院子。

走路的人都非常小心，轻轻地踏着步：他们生怕碰到了包国维身上。他们谁都低着脑袋，只有戴老七偷偷地在包国维光油油的头发上溜了一眼，他想：他搽的是不是广生行的生发油？

一到胡大房里，胡大可活泼起来。他给戴老七一支婴孩牌的烟卷，他自己躺到了板床上，掏了个烟屁股来点着，把脚搁在凳子上。

"我这公馆不错吧。这张床是我的。那张床是高升的。我要请包国维给我写个公馆条子。"

这间小屋子一瞧就得知道是胡大的公馆：什么东西都是油腻腻的。桌凳，床铺，板壁，都像没刮过的砧板。床上那些破被窝有股抹桌布的味儿。那本记菜账的簿子上打着一个个黑的螺纹印。

不知道为什么，大家都觉得坐在这儿倒舒服点儿。老包就又把说过十几遍的话对戴老七说起来。

"真是对你不住，真是。我实在是……我实在……你想想罢：算得好好的，凭空又要制服费。……"

"我倒没关系，不过陈三癞子……"

"我知道，我知道，"老包嘘了口气，"你们生意也不大好：剃头店太多末。人家大剃头店一开，许多人看看你们店面小，都不肯到你们店里剃头。我知道的。你们这几年……这几年……我真对不住你，那笔钱……那笔钱……"

这里他咳嗽起来。

胡大的烟烫着了自己的手指，他就把烟屁股一摔：

"我晓得戴老七是不要紧：他那笔钱今年不还也没有什么，对不对？"

"唔，"戴老七拼命抽了两口烟，"就是这句话。陈三癞子那笔钱我保不定，说不定他硬要还：我这个中人的怕……"

"你去对他说说，你去对他说说。我并不是有钱不还，我实在是……"

"唔，我同陈三癞子说说看。"戴老七干笑了一下。

老包紧瞧着戴老七：他恨不得跳起来把戴老七拥抱一回。

屋子里全是烟，在空中滚着。老包又咳了几声。

"咳哼，咳哼。……小谢那十块钱打会钱也请你去说一说，我这个月……咳哼，我这个月真还不起，我实在……咳哼，咳哼。你先说一声我再自己去跟他……跟他……"

"唔，我一定去说。小谢这个人倒不错，大概……"

于是老包又咳几声清清嗓子，拖泥带水地谈着他的境况：他向胡大借了二十块，向高升借了七块，向梁公馆的车夫借了五块。学堂里缴了费就只能剩十来块钱；还得买书，还得买点袜子什么的。一面说一面把眼睛附近的皱纹都挤了出来。

"你看看，这样省吃省用，还是……还是……你看：包国维连皮鞋都没有一双，包国维。"

这么一说了，老包就觉得什么天大的事也解决了似的。他算着一共借来了三十二块钱，把五十一块往市民银行一缴，他就什么都不怕。过年他还得拿十来块赏钱，这么着正够用。他舒舒服服过了这一下午。

心里一快活，他就忍不住要跟他儿子说话。

"明天我们可以去缴费了，明天。……钱够是够用的，我在胡大那里……胡大他有……"

包国维抹一抹头发站了起来，自言自语地说：

"我要买一瓶头发油来。"

"什么油呢？"

"头发油！——搽头发的！"包国维翻着长桌子的抽屉，一脸的不耐烦，"三个抽屉都是这么乱七八糟，什么也找不着！真要命，真要命！什么东西都放在我的抽屉里！连老花眼镜……"

老包赶快把他的眼镜拿出来，他四面瞧瞧，不知道要把眼镜放在什么地方才好。

# 四

第二天老包到市民银行去缴了费，顺便到了戴老七店里。回来的时候他带了个小瓶子，里面有些红色的油。

公馆里的一些人问他：

"老包，这是什么？"

"我们包国维用的。"

"怎么，又是写洋字的么？"

老包笑了笑，把那瓶东西谨慎地捧到了房里。

儿子穿一件短棉袄在刷牙，扬着眉毛对那瓶子瞟了一眼。

"给你的。"老头把瓶子伸过去给他看。

"什么东西？"

"头发油。问戴老七讨来的。……闻闻看：香哩。"

"哼！"包国维掉过脸去刷他的牙。

那个愣了会儿，拿着瓶子的手临空着：不知道还是伸过去好，还是缩回来好。

"你不是说要搽头发的油么？"

那个猛地把牙刷抽出来大叫着，喷了老包一脸白星子：

"我要的是司丹康！司丹康！司丹康！懂罢，司丹康！"

他瞧着他父亲那副脸子，就记起昨天这老头当着郭纯的面喊他——要跟他说话。他想叫老头往后在路上别跟他打招呼，可是这些话不知道要怎么开口。于是他更加生气。

"拿开！我用不着这种油！——多寒伧！"

包国维一直忿忿着，一洗了脸就冲了出去。

老包手里还拿着那个瓶子：他想把它放在桌子上，可是怕儿子回来了又得发脾气，摔掉可舍不得。他开开瓶塞子闻了闻。他摸着下巴。他怎么也想不出包国维干么那么发怒。

眼睛瞥到了镜子：自己脸上一脸的白斑。他把瓶子放到了床下，拿起一条手巾来擦脸。

"包国维为什么生气呢？"

他细细想了好一会——看有没有亏待了他的包国维。他有时候一瞧见儿子发脾气，他胸脯就像给缚住了似的：他纵了他儿子——让他变得这么暴躁。可是他不说什么：他怕在儿子火头上浇了油，小伙子受不住，气坏了身体不是玩意账。他自从女人一死，他同时也就做了包国维的娘，老子的气派消去了一大半，什么事都有点婆婆妈妈的。

可是有时候又觉得包国维可怜，要买这样没钱，要买那样没钱。这小伙子永远在这么一间霉味儿的屋子里用功，永远只有这么一张方桌给他看书写字。功课上用的东西那么多，可是永远只有这么三个抽屉给他放——做老子的还要把眼镜占他一点地方！

他长长地抽了一口气，到厨房里去找胡大谈天。他肚子里许多话不能跟儿子说，只对胡大吐个痛快。胡大是他的知己。

胡大的话可真有道理。

"嗳，你呀！"胡大把油碗一个个揩一下放到案板上，"我问你，你将来要享你们包国维的福，是不是？"

停了会他又自己答。

"自然要享他的福。你那时候是这个，"翘翘大拇指，"现在他吃你的。往后你吃他的。你吃他的——你是老太爷：他给你吃好的穿好的，他伺候你得舒舒服服。现在他吃你的——你想想：他过的是什么日子！他没穿过件把讲究的，也没吃什么好的，一天到晚用功读书……"

老包用手指抹抹眼泪。他对不起包国维。他恨不得跑出去把那小伙子找回来，把他抱到怀里，亲他的腮巴子，亲他那双淡淡的眉毛，亲他那个突出的下巴。他得对儿子哭着：叫儿子原谅他——"我对不起你，我对不起你。"

他鼻尖上一阵酸疼，就又拿手去擦着眼睛。

可是他嘴里的——又是一回事：

"不过他的脾气……"

"脾气？嗳——"胡大微笑着，怪对方不懂事似的把脑袋那么一仰。"年纪轻轻的谁没点儿火气？老包你年轻的时候……谁都一样。你能怪他么？你叫高升评评看——我这话对不对。"

着，老包要的也不过这几句话。他自己懂得他的包国维，也望着别人懂得他的包国维。不然的话别人就得说："瞧瞧，那儿子对老子那么个劲儿，哼！"

现在别人可懂得了他的包国维。

老包快活得连心脏都痒了起来。他瞧瞧胡大，又瞧瞧高升。

高升到厨房里打开水来的，提着个洋铁壶站着听他们谈天，这里他很快地插进嘴来：

"本来是！年轻小伙子谁都有火气。你瞧表少爷对姑太太那个狠劲儿罢。表少爷还穿得那么好，吃得那么好，比你们包国维舒服得多哩。姑太太还亏待了他么？他要使性子末。"

"可不是!"胡大拿手在围身布上擦了几下。

"唔。"

忽然老包记了一件事,把刚要走的高升叫住:

"高升我问你:表少爷头上搽的什么油?"

"我不知道。我没瞧见他使什么油,只使上些雪花膏似的东西。"

"雪花膏也搽头发?"

"不是雪花膏,像雪花膏。"

"香不香?"

"香。"

包国维早晨说的那个什么"康!康!康!——"准是这么一件东西。

下午听着表少爷的皮鞋响了出去。老包就溜到了表少爷房里。雪花膏包国维也有,老包可认识:他除开那瓶雪花膏,把其余的瓶子都开开闻了一下。他拣上了那瓶顶香的拿到手里。

"不好。"

表少爷要查问起来,发现这瓶子在老包屋子里,那可糟了糕。他老包在公馆里三十来年,没干过一桩坏事的。

他把瓶子又放下,愣了会儿。

"康!康!康!"

准是这个,只是瓶子上那些洋字儿他不认识。

忽然他有了主意:他拿一张洋纸,把瓶子里的东西没命地挖出许多放在纸上,小心地包着,偷偷地带到自己屋子里。

这回包国维可得高兴了。可是——

"现在他在什么地方?他还生不生气?"

包国维这时候在郭纯家里。包国维这时候一点也不生气。包国维并且还非常快活：郭纯允了这学期让他做候补篮球员。包国维倒在沙发上。包国维不管那五六个同学怎么谈，他可想开去了。

"我什么时候可以正式参加比赛?"包国维问自己。

也许还得练习几个月。那时候跟飞虎队拼命，他包国维就得显点身手。他们这喜马拉雅山队的姿势比这次全国运动会的河北队还好：一个个都会飞似的。顶好的当然是包国维。球一到了他手里，别人怎么也没办法。他不传递给自己人，只是一个人冲上去。对方当然得发急，想拦住他的球，可是他身子一旋，人和球都到了前面。……

他的身子就在沙发上转动了一下。

那时候当然有几千几万看球的人，大家都拍手——赞美他包国维的球艺。女生坐在看台上拼命打气：顶起劲的不用说——是安淑真，她脸都发紫。正在这一刹那，他包国维把球对篮里一扔：咚! ——二分!

"喜马利亚……喜马利亚——啦啦啦!"

女生们发疯似的喊起来：叫得太快了点儿，把喜马拉雅说成了"喜马利亚"。

这么着他又投进了五个球，第一个时间里他得了十二分。

休息的时候他得把白绒运动衫穿起来。女生都围着他，她们在他跟前扯娇，谁也要挨近他，挨不到的就堵着嘴吃醋，也许还得打起架来。……

打架可不大那个。

不打架。他只要安淑真挨近他。空地方还多，再让几个漂亮点的挨近他也不碍事。于是安淑真拿汽水给他喝……

"汽水还不如橘子汁。"

就是橘子汁。什么牌子的？有一种牌子似乎叫作什么牛的。那不管他是公牛母牛，总而言之是橘子汁。一口气喝了两瓶，他手搭在安淑真肩上又上场。他一个人单枪匹马地又投进了七个球。啦啦！

郭纯有没有投进球？……

他屁股在沙发上移动一下，瞧瞧郭纯。

好罢，就让郭纯得三分罢。三分：投进一个，罚中一个。

赛完了大家都把他举起来。真麻烦：十几个新闻记者都抢着要给他照相，明星公司又请他站在镜头前面——拍新闻片子！当天晚报上全登着他的照片：小姐奶奶们把这剪下来钉在帐子里。谁都认识他包国维。所有的女学生都挤到电影院里去看他的新闻片，连希佛来的片子也没人爱看了。……

包国维站了起来，在桌上拿了一支烟点着又坐到沙发上。他心跳得很响。

别人说的话他全没听见，也只是想着那时候他得穿什么衣裳。当然是西装：有郭纯的那么多。他一天换一套，挟着安淑真在街上走，他还把安淑真带到家里去坐，他对她……

"家里去坐！"

忽然他给打了一拳似的难受起来。

他有那么一个家！黑黝黝的什么也瞧不明白，只有股霉味儿往鼻孔里钻。两张床摆成个 L 字，帐子成了黄灰色。全家只有一张藤椅——说不定胡大那张油腻腻的屁股还坐在那上面哩。安淑真准得问这是谁。厨子！那老头儿是什么人：他是包国维的老子，刘公馆里的三十年的老听差，只会摸下巴，咳嗽，穿着那件破棉袍！……

包国维在肚子里很烦躁地说：

"不是这个家！不是这个家！"

他的家得有郭纯家里这么个样子。他的老子也不是那个老子：该是个胖胖的脸子，穿着灰鼠皮袍，嘴里衔着粗大的雪茄；也许还有点胡子；也许还戴眼镜；说起话来笑嘻嘻的。于是安淑真在他家里一坐就是一整天。他开话匣子给她听：《妹妹我爱你》。安淑真就全身都扭了起来。他就得理一理领结，到她跟前把……

突然有谁大叫起来：

"那不行那不行！"

包国维吓了一大跳。他惊醒了似的四面瞧瞧。

他是在郭纯家里。五六个同学在吵着笑着。龚德铭跟螃蟹摔跤玩，不知怎么一来螃蟹就大声嚷着。

"那不行！你们看龚德铭！嗨，我庞锡尔可不上你的当！"——他叫作庞锡尔，可是别人都喊他"螃蟹"。

包国维叹了口气，把烟屁股摔在痰盂里。

"我还要练习跑短距离，我每天……"

他将来得比刘长春还跑得快：打破了远东纪录。司令台报告成绩的时候……

可是他怎么也想象不下去，司令台的报告忽然变成了龚德铭的声音：

"这次不算，这次不算！你抓住了我的腿子，我……"

龚德铭被螃蟹摔到了地下。一屋子的笑声。

"再来，再来！"

"螃蟹是强得多！"

"哪里!"龚德铭喘着气,"他占了便宜。"

包国维也大声笑起来。他抹抹头发,走过去拖龚德铭:

"再来,再来!"

"好了好了好了,"郭纯举着一只手,"再吵下去——我们的信写不下去了。"

"写信?"

包国维走到桌子跟前。桌子上铺着一张"明星笺"的信纸,一支钢笔在上面画着:李祝龄在写信。郭纯扑在旁边瞧着。

"写给谁?"包国维笑得露出了满嘴的牙齿。

钢笔在纸上动着:

"我的最爱的如花似月的玫瑰一般的等男妹妹呵"

接着——"擦达!"一声,画了个感叹符号。

吓,郭纯叫李祝龄代写情书!包国维可有点不高兴:郭纯干么不请他包国维来写呢——郭纯觉得李祝龄比他包国维强么?包国维就慢慢放平了笑脸,把两个嘴角往下弯着,紧瞧着那张信纸。他一面在肚子里让那些写情书用的漂亮句子翻上翻下:他希望李祝龄写不出,至少也该写不好。他包国维看过一册《爱河中浮着的残玫瑰》,现在正读着《我见犹怜》,好句子多着哩。

不管李祝龄写不写得出,包国维总有点不舒服,郭纯只相信别人不相信他!可是打这学期起,郭纯得跟他一个人特别亲密:只有郭纯跟他留级,他俩还是同班。

包国维就掉转脑袋离开那张桌子。

那几个人谈到一个同学的父亲,一个小学教员,老穿着一件紫布袍子。那老头想给儿子结婚,可是没子儿。

"哦,他么?"包国维插了进来,扬着眉毛,把两个嘴角使劲往下弯——下嘴唇就又加厚了两倍。"哈呀，那副寒伧样子！——看了真难过！"

可是别人像没听见似的，只瞟了他一眼，又谈到那穷同学有个好妹妹，在女中初中部，长得真——

"真漂亮！又肥：肥得不讨厌，妈的！"

包国维表示这些话太无聊似的笑一笑，就踱到柜子跟前打开柜门。他瞧着里面挂着的一套套西装：紫的，淡红的，酱色的，青的，绿的，枣红的，黑的。

这些衣裳的主人侧过脸来，注意地瞧着包国维。

瞧衣柜的噘着嘴唇嘘口气，抹抹头发，拿下一条淡绿底子黄花的领带。他屁股靠在沙发的靠手上，对着镜子，规规矩矩在他棉袍的高领子上打起领结来。他瞧瞧大家的眼睛：他希望别人看着他。

看着他的只有郭纯。

"嗨，你这混蛋！"郭纯一把抢开那领带，"奋妈的把人家领带弄脏了！"

包国维吃力地笑着：

"哦唷，哦唷！"

"怎么！"郭纯脸色有几分认真。他把领带又挂到柜子里，用力地关上门。"你再偷——老子就揍你！"

"偷？"包国维轻轻地说，"哈哈哈。"

这笑容在包国维脸上费劲地保持了好些时候。腮巴子上的肌肉在打战。他怕郭纯真的生了气，想去跟郭纯去搭几句，那个可一个劲儿扑在桌上瞧别人代写情书。

"他不理我了么？"

包国维等着：看郭纯到底睬不睬他。他用手擦擦脸，又抹抹头发。他站起来，他又坐在靠手上。接着他又站起来踱了几步，就坐到螃蟹旁边。他手放在靠手上，过会儿把它移到自己腿上，两秒钟之后又把两手在胸脯前叉着。他脚伸了出去又退回来。他总是觉得不舒服。手又在胸脯上似乎压紧着他的肺部，就又给搁到了靠手上。那双手简直没有什么地方可以放下。那双脚老缩着也有点发麻。他眼睛也不知道瞧着什么才合适：龚德铭他们只顾谈他们的，仿佛这世界上压根儿就没长出个包国维。

他想：他要不要插嘴呢？可是他们谈的他不懂：他们在谈上海的土耳其按摩院。

"这些话真无聊！"

站起来踱到桌子跟前。他不听他们的。他怕有谁忽然问他："你到过上海没有，进过按摩院没有？"没有。"哈，多寒伧！"

他只等着郭纯瞥他一眼，他老偷偷地瞅着郭纯。到底郭纯跟他是要好的。

"喂，包国维你来看。"

叫他看写着的几句句子。

包国维了不起地惊叫起来：

"哦？……唔，唔。……哈哈哈。……"

"不错吧？"郭纯敲敲桌子，"我们李祝龄真是，噢，写情书的老手。"

郭纯不叫别人来看，只叫他包国维！他全身都发烫：郭纯不但还睬他，并且特别跟他好。他想跳一跳，他想把脚呀手都运动个畅快。他应当表示他跟郭纯比谁都亲密——简直是自己一家人。于是也肩膀抽动着笑着。

"哈哈哈，吕等男一定是归你的！"

还轻轻地在郭纯腮巴子上拍拍。

那个把包国维没命地一推：

"嗨，你打人嘴巴子！"

包国维的后脑勺撞在柜子上，老实有点儿疼。他红着脸笑着：

"这有什么要紧呢？"

郭纯五成开玩笑，五成正经地伸出拳头：

"你敢再动！"

大家都瞧着他们，有几个打着哈哈。

"好好好，别吵别吵，"包国维仿佛笑得喘不过气来似的声调，"我行个礼，好不好。……呃，说句正经话：江朴真的想追吕等男么？"

郭纯还是跟他好的，郭纯就说着江朴追吕等男的事。郭纯用拳头敲敲桌子：要是江朴还那么不识相，他就得"武力解决"。郭纯像誓师似的谈着，眼睛睁得挺大：这双眼总不大瞥到包国维脸上来。

不过包国维很快活，他的话非常多。他给郭纯想了许多法子对付江朴。接着别人几句话一岔，不知怎么他就谈到了篮球，他主张篮球员应当每天匀下两小时功课来练习。

"这回一定要跟飞虎队拼一拼，是罢，郭纯你说是不是。我们篮球员每天应当许缺两个钟头的课来练习，我们篮球员要是……"

"你又不是篮球员，"龚德铭打断他，"又用不着去赛。"

包国维的脸发烫：

"怎么不是的呢：我是候补球员。"

"做正式球员还早哩。要多练习，晓得罢。"

"我不是说的要练习么？"

郭纯不经心地点一点头。

于是包国维又活泼起来，再三地说：

"是罢，是罢，郭纯你说是不是，我的话对罢，是罢。"

包国维一直留着这活泼劲儿。他觉得他身子高了起来，大了起来。一回家就告诉他老子——他得做一件白绒的运动衫。

"运动衫是不能少的：我当了球员。还要做条猎裤。"

他打算到天气暖和的时候，就穿着绒衫和猎裤在街上走，没大衣不碍事。

"要多少钱？"老头又是摸着下巴。

"多少钱？我怎么知道！我又不是裁缝！"

"迟一下，好不好，家里的钱实在……"

"迟一下！说不定下个星期就要赛球，难道叫我不去赛么！"

"等过年罢，好不好？"

老包算着过年那天可以拿到十来块钱节赏。他瞧着儿子坐到了藤椅上，没说什么话，他才放了心。这回准得叫包国维高兴：这小伙子做他老包的儿子真太苦了。

包国维膝头顶着桌沿，手抹着头发，眼盯着窗子。

老头悄悄地拿出个纸包来：他早就想要给包国维看的，现在才有这机会。他把纸包打开闻一闻，香味还是那么浓，他就轻轻地把它放到那张方桌上。

"你看。"

"什么，这是？"

"你不是说要搽头发么？就是你说的那个康……康……"

包国维瞧了一下，用手指括拈，忽然使劲地拿来往地下一摔：

"这是糨糊!"

可是开课的第二天,包国维到底买来了那瓶什么"康"。留级不用买书,老包留着的十多块钱就办了这些东西。老头一直不知道那"康"花了几个钱,只知道新买来的那双硬底皮鞋是八块半。给包国维的十几块,没交回一个铜子:老包想问问他,可是又想起了胡大那些话。

"唔,还是不问罢。"

# 五

过年那天包国维还得上学。公馆里那些人还是有点奇怪。

"真的年也不过就上学么?"

"哦,可不是么。"胡大胜利地说。

老包可得过年。这天下午陈三癞子和戴老七来找老包:讨债。

"请你别见怪,我年关太紧,那笔钱请你帮帮忙。……"

"陈三,陈三,这回我亏空得一塌糊涂,这回。包国维学堂里……"

陈三癞子在那张藤椅上一坐,把腿子叠起来。他脸上的皮肉一丝也不动,只是说着他的苦处:并不是他陈三不买面子,可是他实在短钱用。那二十块钱请老包连本带利还他。

外面放爆竹响:噼噼啪啪。

老包坐着的那张凳子像个火炉似的,他屁股热辣辣地发烫。他瞧瞧戴老七,戴老七把眼珠子移了开去。

那讨债的说不说得明白?要是他放厉害点儿……

咳了一声,老包又把说过的说起来:他亏空得不小。本来算着钱刚够用，可是包国维学堂里忽然又得缴什么操衣钱。接着谈到送儿子上学不是容易的事，全靠几位知己朋友成全他。他说了几句就得顿一会儿，瞧着陈三癞了那个圆脑袋，于是咳清了嗓子又往下说。过会儿又怕两位客人的茶冷了，就提着宜兴壶来给倒茶：手老抖索着，壶嘴里出来的那线黄水就一扭一扭的，有时候还扭到了茶杯外面去。

那个只有一句话：

"哪里哪里。不论怎样要请你帮帮忙。"

老包愣了会儿。他那一脸皱纹都在颤动着。

屋子里有毕剥毕剥的响声：戴老七在弹着指甲。戴老七显然有点为难：他跟老包是好朋友，可是这笔钱是他做的中人。他眼睛老盯着地下的黑砖，仿佛没听见他们说话似的。等陈三癞子一开口，他就干咳几声。

三个人都闭了会儿嘴。外面爆竹零碎地响着，李妈哇啦哇啦在议论什么。

"怎么样？"陈三癞子的声音硬了些，"请你帮帮忙：早点了清这件事，我还有许多……"

"我实在……"

接着老包又把那些话反复地说着。

胡大走了进来，可是马上又退出去。

"胡大，进来坐坐罢。"

可是陈三癞子并不留点地步：他当着胡大的面也一样地说那些。他脸子还是那么绷着，只是声音硬得铁似的：

"帮个忙，大家客客气气。年三十大家闹到警察那里去也没有意思，对不对。老戴，大家留留面子罢：你是中人，你总会……

我只好拜托你。"

戴老七把眼睛慢慢移到老包脸上：

"老包……"

叫老包还怎么说呢？那二十块还不起是真的。他嘴唇轻轻地动着，可是没发出一点儿声音。肚子里说不出的不大好受，像吃过了一大包泻盐似的。

讨债的人老不走，过了什么两三分钟他就得——

"喂，到底怎样？请你不要开玩笑！"

这么着坐到四点钟左右，忽然省立中学一个校役送封信来：请包国维的家长和保证人马上到学校里去。

"什么事？"

"校长请你说话。"

可是陈三癞子不叫老包走。

"呃呃呃，你不能走！"——揎住老包的膀子。

"我去去就来，我去一下就……学堂里……学堂里……"

"那不行！"

那位校役可着急地催老包走。

陈三癞子拍拍胸脯：

"我跟你走！老戴你自然也要同去！"

他俩跟老包到学校里。那校役领老包走进训育处办公室。戴老七在外面走廊上踱着。陈三癞子从玻璃窗望着里面，不让眼睛放松一步：他怕老包打别的门逃走。

老包一走进训育处，可吃了一惊。

包国维和一个小伙子坐在角落里，脸色不大好看。包国维眼珠子生了根似的钉在墙上，耳朵边一块青的。可是头发还很亮：

他搽过那什么"康",只是没那么整齐。

屋子里有许多人。老包想认出那注册处的胖子来,可是没瞧见。

校长在跟一个小伙子说话,脸上堆着笑。那小伙子一开口,校长就鞠躬地哈着腰:"是,是,是。"可是他把老包从脑袋到破棉鞋打量了一会,他就怕脏似的皱着眉:

"你就是包国维的家长么?"

"唔,我是……我是……"

校长对训育主任翘翘下巴,又转过脸去跟小伙子谈起来。训育主任就跨到老包跟前,详详细细告诉他——包国维在学校里闯下了祸。一面说一面还把眼睛在老包全身上扫着,有时候瞟那边的包国维一眼。

"事情是这样的。……"

他们几个同学在练习篮球,江朴打那里走过,郭纯讥笑了他几句什么,他俩吵起嘴来。不过训育主任不大明白吵些什么,据说是为爱人的事。

"于是乎庞锡尔……"训育主任指指包国维旁边那小伙子。

于是乎庞锡尔喊"打"。包国维冲过去撞了江朴一下。江朴只是和平地跟庞锡尔说好话。

"我是同郭纯吵嘴,你来多事干什么?"

包国维跳了起来:

"侮辱我们队长——就是污辱我们全体篮球员!打!"

"打!"郭纯在旁边叫,"算我的!"

真的打了起来。包国维像有不共戴天之仇似的跟江朴拼命,庞锡尔也帮着打。江朴一倒,他俩的拳头就没命地捶下去。许多人一跑来，江朴可已经昏了过去，嘴里流着血。身上有许多伤：青的。校医说很危险，立刻用汽车把江朴送到医院里，一面打电话告诉江朴的家长。

"这位就是江朴的家长。"训育主任指指那位小伙子。

江朴的家长要向法院起诉，可是校长劝他和平解决。于是——

"于是乎提出三个条件，"训育主任用手指数着，"第一个是：要开除行凶的人。其次呢：江朴的医药费要包国维和庞锡尔担任。末了一个是：江朴倘有不测，他是要法律解决的。"

训育主任在这里停了会儿。

老包眼睛跟前发了一阵黑，耳朵里嗡地响了起来。他一屁股倒在椅子上。

所谓开除行凶的人，郭纯可没开除：要是开除了郭纯，郭纯的父亲得跟校长下不去。打算记两大过两小过，可是体育主任反对，结果就记了一个大过。

不过训育主任没跟老包谈这些，他只说到钱的事。

"庞锡尔已经交来了五十块钱——预备给江朴做医药费：以后不够再交来。现在请你来也是这件事，请你先交几个钱，请你……"

"什么？"

"请你先交几个钱，做江朴的医药费。"

老包的舌头仿佛不是他自己的了，他喃喃着：

"我的钱……我的钱……"

许多人都静静地瞧着他。

突然——老包像醒了过来似的，瞧瞧所有的脸子。他要起来又坐下去，接着又颤着站起来。他紧瞧着训育主任，瞧呀瞧的就猛地往前面一扑，没命地拖着训育主任的膀子，嘎着嗓子叫：

"包国维开除了！包国维开除了！……还要钱！还要钱！我哪里去找钱呢！我……我我我……我们包国维开除了！我们包国维……！"

几个人把他拖到椅子上坐着。他没命地喘着气。两只抖索着的手抓着拳，一会儿又放开。嘴张得大大的，一个嘴角上有一小堆白沫。脑袋微微地动着，他瞧见别人的脑袋也都在这么动着。他觉得有个什么重东西在他身上滚着。他眼泪忽然线似的滚了下来，他赶紧拿手遮住眼睛。

"喂，"校长耐不住似的喊他，"你预备怎么办呢？……流眼泪有什么用。医药费总是要拿出来的。"

老包抽着声音：

"我没有钱，我没有……我欠债……我……我们包国维开除了。……"

"你没钱——可以去找保证人。保证人呢，他为什么没有来？"

"他到上海去了。"

"哼，"校长皱皱眉，"这么瞎填保证书！——凭这点就可以依法起诉！"

"先生，先生，"老包站起来向校长作揖，可是站不稳又坐倒在椅子上，"我实在……我实在……钱慢点交罢。"

"那也行！那么你去找个铺保。"

"我去找。"

"我们派个职员跟你去。宓先生。"翘翘下巴。一位先生就赶快戴上帽子起身。校长点点头："好，把包国维领走罢。"

可是老包到了门口又打转。他扑下去跪在校长跟前，眼泪像流水似的：

"先生，先生，为什么要开除包……包……叫他到哪里去呢，他是……他……不要开除他罢，不要开除他罢。……先生，先生，做做好事，不要……不要……"

"那——那是办不到的。"

"先生，先生！……"

这件事可说不回去的。老包给拉起来走了两步，他又记起了学费。

"学费还我么，学费！"

学费照例不还。二十块钱制服费呢？制服已经在做着，不能还。其余那些杂费什么的几块钱是该退还的，可是得扣着做江朴的医药费。

老包走了出来：门外面瞧热闹的学生们都用眼睛送他走。他后面紧跟着几个人：陈三癞子，戴老七，那位宓先生，包国维。

"戴老七做做好事：给我做个铺保罢。"

"嗳，你想想。陈三这二十块我做了保，现在还没下台哩。我再也不干这呆事了。"

往哪里找铺保？他出了大门就愣了会儿。他身子摇摇地要倒下去。可是陈三癞子硬得铁似的声音又刺了过来。

"喂，到底怎样？我不能跟你尽走呀！"

包国维走到了前面：手插在裤袋里，齐脑袋到胸脯都往前一摆一摆的。发亮的皮鞋在人行路上响着：橐，橐，橐，橐，橐。

老包忽然想要把包国维搂起来：爷儿俩得抱着哭着——哭他们自己的运气不好。他加快了步子要追包国维，可是包国维走远了。街上许多的皮鞋响，辨不出哪是包国维的。前面有什么在一闪一闪地发亮：不知道还是包国维的头发，还是什么玻璃东西。

"包国维！……包……包……"

陈三癞子拼命搯了他一把：

"喂，喂，到底怎样！要是吃起官司来……"

那位宓先生揩揩额头，烦躁地说：

"你的铺保在哪里呀，我难道尽这样跟你跑，跟你……"

老包忽然瞧见许多黑东西在滚着，地呀天的都打起旋来。他自己的身子一会儿飘上了天，一会儿钻到了地底里。他嘴唇像念经似的动着：嘴巴成了白色。

"包国维开除了，开除……开除……赔钱……"

他脑袋摇摇的，身子跟着脑袋的方向——退了几步。他背撞到了墙上：腿子一软，一屁股就坐到了地下。

# 山峡中

艾芜

## 【关于作家】

艾芜（1904—1992），原名汤道耕，生于四川新繁县。1921 年考入四川省立第一师范学校，开始尝试创作，喜欢偏浪漫主义风格的创造社文艺作品。1925—1930 年，先后在云南、缅甸等地，与马队、商队、小贩甚至底层乞丐结伴流浪，独特的经历促成了他独具一格的文学创作。《南行记》这部展现边地底层生活的小说集，在 1935 年一经问世即引起广泛关注，被认为是"三十年代'左翼'文坛极有魅力的艺术奇葩之一"。本书所选《山峡中》即出自《南行记》。新中国成立后，艾芜还陆续出版了长篇小说《百炼成钢》《丰饶的原野》及小说集《南行记续篇》等，1992 年病逝于成都。

## 【关于作品】

《山峡中》，1934 年发表于《青年界》第 5 卷第 3 期，后收入短篇小说集《南行记》，1935 年由上海文化生活书店出版。

1925 年，受到新文化运动"劳工神圣"等思想的感召，同时也是为反抗家里的包办婚姻，21 岁的艾芜从家乡四川出发，一路流浪到云南，在滇缅地区漂泊了六年。这期间他接触到了大量真实生活在边地的底层人群，作家曾说"我始终以为南行是我的大学，接受了许多社会教育和人生哲学"（艾芜《南行记》）。以这段经历为素材，艾芜写下了他的成名作——短篇小说集《南行记》，《山峡中》即是其中受到广泛关注和赞誉的一篇。

这是一篇著名的边地流浪小说，作品对神奇壮美的边地风光和溢出常规的边缘群体生活的书写，在中国现代小说史上留下了一道奇异的风景线。小说写的是"我"在流浪途中偶然加入了老头子、野猫子、小黑牛、夜白飞他们的盗贼小团伙，"我们这几个被世界抛却的人们"在江边神祠里凑成一个"暂时的自由之家"。被家乡恶霸"张太爷"抢走了土地、耕牛和女人的"小黑牛"，原本是个老实本分的农民，这次在集市上偷盗失手被打坏了身子，痛苦地呻吟着，夜里"我"目睹了受伤的"小黑牛"被老头子他们扔进了怒吼的江流。不认同他们"在刀上过日子"的残酷生存哲学，"我"萌生退伙念头，但被泼辣的"野猫子"阻拦。小说最后，碰到官兵时"我"掩护了野猫子，也证明了自己的善良和值得信赖，就被盗贼小团伙悄悄地"放"了。看着他们走时留下的三块带着人情味的银元，"我"的心中泛起了缕缕烟霭似的遐思和怅惘。

这篇小说写出了社会底层人群残酷的生活现实。就像"小黑牛"一样，其实这个小团伙中的每一个人可能都是被黑暗的社会所逼而走上了刀口舔血的盗贼之路。如作品中"老头子"所说："天底下的人，谁可怜过我们？……个个都对我们捏着拳头哪！要是心肠软一点，还活得到今天么？……在这里，懦弱的人是不配活的。"所以当受伤的"小黑牛"被抛弃后，"我"愤慨批判的不仅是同伴们的冷酷无情，还有比他们更加冷酷不义的社会现实：

"难道穷苦人的生活本身，便原是悲痛而残酷的么？"正是对社会现实的不满，最后"我"带着对"另外的光明"的期待继续往前走了。

这篇小说又具有非常独特的抒情色彩，奇丽的西南边地风光，奔腾咆哮的江流，巨蟒似的索桥，蛮野的山峰，斑驳破败的神祠，远山的市集，还有啸聚丛林的盗贼，像吉卜赛女郎一样野性妩媚的"野猫子"，以及他们神出鬼没的冒险经历和强悍自由的生命意志，形成了作品壮阔神奇的浪漫主义格调。


江上横着铁链做成的索桥，巨蟒似的，现出顽强古怪的样子，终于渐渐吞蚀在夜色中了。

桥下凶恶的江水，在黑暗中奔腾着，咆哮着，发怒地冲打崖石，激起吓人的巨响。

两岸蛮野的山峰，好像也在怕着脚下的奔流，无法避开一样，都把头尽量地躲入疏星寥落的空际。

夏天的山中之夜，阴郁，寒冷，怕人。

桥头的神祠，破败而荒凉的，显然已给人类忘记了，遗弃了，孤零零地躺着，只有山风江流送着它的余年。

我们这几个被世界抛却的人们，到晚上的时候，趁着月色星光，就从远山那边的市集里，悄悄地爬了下来，进去和残废的神们，一块儿住着，作为暂时的自由之家。

黄黑斑驳的神龛面前，烧着一堆煮饭的野火，跳起熊熊的红光，就把伸手取暖的阴影，鲜明地绘在火堆的周遭。上面金衣剥落的江神，虽也在暗淡的红色光影中，显出一足踏着龙头的悲壮样子，但人一看见那只扬起的握剑的手，是那么地残破，危危欲坠了，谁也要怜惜他这位末路英雄的。锅盖的四围，呼呼地冒出白色的蒸汽，咸肉的香味和着松柴的芬芳，一时到处弥漫起来。这是宜于哼小曲吹口哨的悠闲时候，但大家都是静默地坐着，只在暖暖手。

另一边角落里，燃着一节残缺的蜡烛，摇曳地吐出微黄的光辉，展画出另一个暗淡的世界。没头的土地菩萨侧边，躺着小黑牛，污腻的上身完全裸露出来，正无力地呻唤着，衣和裤上的血迹，有的干了，有的还是湿渍渍的。夜白飞就坐在旁边，给他揉着腰杆，擦着背，一发现重伤的地方，便惊讶地喊：

"呵呀，这一处！"

接着咒骂起来：

"他妈的！这地方的人，真毒！老子走尽天下，也没碰见过这些吃人的东西！……这里的江水也可恶，像今晚要把我们冲走一样！"

夜愈静寂，江水也愈吼得厉害，地和屋宇和神龛都在震颤起来。

"小伙子，我告诉你，这算什么呢？对待我们更要残酷的人，天底下还多哩，……苍蝇一样的多哩！"

这是老头子不高兴的声音，由那薄暗的地方送来，仿佛在责备着："你为什么要大惊小怪哪。"他躺在一张破烂虎皮的毯子上面，样子却望不清楚，只是铁烟管上的旱烟，现出一明一暗的红焰。复又吐出教训的话语：

"我么？人老了，拳头棍棒可就挨得不少。……想想看，吃我们这行饭，不怕挨打就是本钱哪！……没本钱怎么做生意呢？"

在这边烤火的鬼冬哥把手一张，脑袋一仰，就大声插嘴过去，一半是讨老人的好，一半是夸自己的狠。

"是呀，要活下去，我们这批人打断腿子倒是常有的事情，……像那回在鸡街，鼻血打出了，牙齿打脱了，腰杆也差不多伸不起来，我回来的时候，不是还在笑吗？……"

"对哪！"老头子高兴地坐了起来，"还有，小黑牛就是太笨了，嘴巴又不会扯谎，有些事情一说就说脱了的，……像今天，你说，也掉东西，谁还拉着你哩，……只晓得说'不是我，不是我'就是这一句，人家怎不搜你身上呢？……不怕挨打，也好嘛？……呻唤，呻唤，尽是呻唤！"

我虽是没有就着火光看书了，但却仍旧把书拿在手里的。鬼冬哥得了老头子的赞许，就动手动足起来，一把抓着我的书喊道：

"看什么？书上的废话，有什么用呢？一个钱也不值，……烧起来还当不得这一根干柴……听，老人家在讲我们的学问哪！"

一面就把一根干柴，送进火里。

老头子在砖上叩去了铁烟管上的余烬，很矜持地说道：

"我们的学问，没有写在纸上，……写来给傻子读么？……第一……一句话，就是不怕和扯谎！……第二……我们的学问，哈哈哈。"

似乎一下子觉出了，我才同他合伙没多久的，便用笑声掩饰着更深一层的话了。

"烧了吧，烧了吧，你这本傻子才肯读的书！"

鬼冬哥作势要把书抛进火里去，我忙抢着喊：

"不行！不行！"

侧边的人就叫了起来：

"锅碰倒了！锅碰倒了！"

"同你的书一块去跳江吧！"

鬼冬哥笑着把书丢给了我。

老头子轻徐地向我说道：

"你高兴同我们一道走，还带那些书做什么呢。……那是没用的，小时候我也读过一两本。"

"用处是不大的，不过闲着的时候，看看罢了，像你老人家无事时吸烟一样。……"

我不愿同老头子引起争论，因为就有再好的理由也说不服他这顽强的人的，所以便这样客气地答复他。他得意地笑了，笑声在黑暗中散播着。至于说到要同他们一道走，我却没有如何决定，只是一路上给生活压来说气忿话的时候，老头子就误以为我真的要入伙了。今天去干的那一件事，无非由于他们的逼迫，凑凑角色罢了，并不是另一个新生活的开始。我打算趁此向老头子说明，也许不多几天，就要独自走我的，但却给小黑牛突然一阵猛烈的呻唤，打断了。

大家皱着眉头沉默着。

在这些时候，不息地打着桥头的江涛，仿佛要冲进庙来，扫荡一切似的。江风也比往天晚上大些，挟着尘沙，一阵阵地滚入，简直要连人连锅连火吹走一样。

残烛熄灭，火堆也闷着烟，全世界的光明，统给风带走了，一切重返于无涯的黑暗。只有小黑牛痛苦的呻吟，还表示出了我们悲惨生活的存在。

野老鸦拨着火堆，尖起嘴巴吹，闪闪的红光，依旧喜悦地跳起，周遭不好看的脸子，重又画出来了。大家吐了一口舒适的气。

野老鸦却是流着眼泪了，因为刚才吹的时候，湿烟熏着了他的眼睛，他伸手揉揉之后，独自悠悠地说：

"今晚的大江，吼得这么大……又凶，……像要吃人的光景哩，该不会出事吧……"

大家仍旧沉默着。外面的山风江涛，不停地咆哮，不停地怒吼，好像诅咒我们的存在似的。

小黑牛突然大声地呻唤，发出痛苦的呓语：

"哎呀，……哎……害了我了……害了我了，……哎呀……哎呀……我不干了！我不……"

替他擦着伤处的夜白飞，点燃了残烛，用一只手挡着风，照映出小黑牛打坏了的身子——正痉挛地做出要翻身不能翻的痛苦光景，就赶快替他往腰部揉一揉，狠狠地抱怨他："你在说什么？你……鬼附着你哪！"

同时掉头回去，恐怖地望望黑暗中的老头子。

小黑牛突地翻过身，沙声嘶叫：

"你们不得好死的！你们！……菩萨呀！菩萨呀！"

已经躺下的老头子突然坐了起来，轻声说道：

"这样吗？……哦……"

忽又生气了，把铁烟管用力地往砖上扣了一下，说：

"菩萨，菩萨，菩萨也同你一样的倒霉！"

交闪在火光上面的眼光，都你望我，我望你地，现出不安的神色。

野老鸦向着黑暗的门外，看了一下，仍旧静静地说：

"今晚的江水实在吼得太大了！……我说嘛……"

"你说，……你一开口，就是吉利的！"

鬼冬哥粗暴地盯了野老鸦一眼，狠狠地诅咒着。

一阵风又从破门框上刮了进来，激起点点红艳的火星，直朝鬼冬哥的身上溅射。他赶快退后几步，向门外黑暗中的风声，扬着拳头骂：

"你进来！你进来！……"

神祠后面的小门一开，白色鲜朗的玻璃灯光和着一位油黑脸蛋的年青姑娘，连同笑声，挤进我们这个暗淡的世界里来了。黑暗，沉闷，和忧郁，都悄悄地躲去。

"喽，懒人们！饭煮得怎样了？……孩子都要饿哭了哩！"

一手提灯，一手抱着一块木头人儿，亲昵地偎在怀里，做出母亲那样高兴的神情。

蹲着暖手的鬼冬哥把头一仰，手一张，高声哗笑起来：

"哈呀，野猫子，……一大半天，我说你在后面做什么？……你原来是在生孩子哪！……"

"呸，我在生你！"

接着"颇"的响了一声。野猫子生气了，眈起原来就是很大的乌黑眼睛，把木人儿打在鬼冬哥的身旁，一下子冲到火堆边上，放下了灯，揭开锅盖，用筷子查看锅里翻腾滚沸的咸肉。白蒙蒙的蒸汽，便在雪亮的灯光中，袅袅地上升着。

鬼冬哥拾起木人儿，做模做样地喊道：

"啊呀，……尿都跌出来了！……好狠毒的妈妈！"

野猫子不说话，只把嘴巴一尖，头颈一伸，向他做个顽皮的鬼脸，就撕着一大块油腻腻的肉，有味地嚼她的。

小骡子用手肘碰碰我，斜起眼睛打趣说：

"今天不是还在替孩子买衣料吗？……"

接着大笑起来：

"吓吓，……酒鬼……吓吓，酒鬼。"

鬼冬哥也突地记起了，哗笑着，向我喊：

"该你抱！该你抱！"

就把木人儿递在我的面前。

野猫子将锅盖骤然一盖，抓着木人儿，抓着灯，像风一样蓦地卷开了。

小骡子的眼珠跟着她的身子溜，点点头说：

"活像哪，活像哪，一条野猫子！"

她把灯，木人儿，和她自己，一同蹲在老头子的面前，撒娇地说：

"爷爷，你抱抱！娃儿哭哩！"

老头子正生气地坐着，虎着脸，耳根下的刀疤，绽出红涨的痕迹，不答理他的女儿。女儿却不怕爸爸的，就把木人儿的蓝色小光头，伸向短短的络腮胡上，顽皮地乱闯着，一面努起小嘴巴，娇声娇色地说：

"抱，嗯，抱，一定要抱！"

"不！"

老头子的牙齿缝里挤出这么一声。

"嗯，一定要抱，一定要，一定！"

老头子在各方面，都很顽强的，但对女儿却每一次总是无可奈何地屈服了。接着木人儿，对在鼻子尖上，眨眼睛，粗声粗气地打趣道：

"你是哪个的孩子？……喊声外公吧！喊，蠢东西！"

"不给你玩！拿来，拿来！"

野猫子一把抓去了，气得翘起了嘴巴。

老头子却粗暴地哗笑起来。大家都感到了异常的轻松，因为残留在这个小世界里的怒气，这一下子也已完全冰消了。

我只把眼光放在书上，心里却另外浮起了今天那一件新鲜而有趣的事情。

早上，他们叫我装作农家小子，拿着一根长烟袋，野猫子扮成农家小媳妇，提着一只小竹篮，同到远山那边的市集里，假作去买东西。他们呢，两个三个地，远远尾在我们的后面，也装作忙忙赶市的样子。往日我只是留着守东西，从不曾伙他们去干的，今天机会一到，便逼着扮演一位不重要的角色，可笑而好玩地登台了。

山中的市集，也很热闹的，拥挤着许多远地来的庄稼人。野猫子同我走到一家布摊子的面前，她就把竹篮子套在手腕上，乱翻起摊子上的布来，选着条纹花的说不好，选着棋盘格的也说不好，惹得老板也感到烦厌了。最后她扯出一匹蓝底白色的印花布，喜滋滋地叫道：

"呵呀，这才好看哪！"

随即掉转身来，仰起乌溜溜的眼睛，对我说：

"爸爸，……买一件给阿狗吧！"

我简直想笑起来——天呀，她怎么装得这样像！幸好始终板起了面孔，立刻记起了他们教我的话。

"不行，太贵了！……我没那样多的钱花！"

"酒鬼，我晓得！你的钱，是要喝马尿水的！"

同时在我的鼻子尖上，竖起一根示威的指头，点了两点。说完就一下子转过身去，气狠狠地把布丢在摊子上。

于是，两个人就小小地吵起嘴来了。

满以为狡猾的老板总要看我们这幕滑稽剧的，哪知道他才是见惯不惊了，眼睛始终照顾着他的摊子。

野猫子最后赌气说：

"不买了，什么也不买了！"

一面却向对面街边上的货摊子望去。突然做出吃惊的样子，低声地向我也是向着老板喊：

"呀！看，小偷在摸东西哪！"

我一望去，简直吓灰了脸，怎么野猫子会来这一着？在那边干的人不正是夜白飞小黑牛他们吗？

然而，正因为这一着，事情却得手了。后来，小骡子在路上告诉我，就是在这个时候，狡猾的老板始把时时刻刻都在提防的眼光，引向远去，他才趁势偷去一匹上好的细布的。当时我却不知道，只听得老板幸灾乐祸地袖着手说：

"好呀！好呀！王老三，你也倒霉了！"

我还呆着看，野猫子便揪了我一把，喊道：

"酒鬼，死了么？"

我便跟着她赶快走开，却听着老板在后面冷冷地笑着，说风凉话哩。

"年纪轻轻，就这样的泼辣！咳！"

猫子掉回头来啐了一口。

……

"看进去了！看进去了！"

鬼冬哥一面端开炖肉的锅，一面打趣着我。

于是，我的回味便同山风刮着的火烟一道儿溜走了。

中夜，纷乱的足声和嘈杂的低语，惊醒了我；我没有翻爬起来，只是静静地睡着。像是野猫子吧，走到我所睡的地方，站了一会，小声说道：

"熟了，睡熟了。"

我知道一定有什么瞒我的事在发生着了，心里禁不住惊跳起来，但却不敢翻动，只是尖起耳朵凝神地听着。忽然听见夜白飞哀求的声音，在暗黑中颤抖地说：

"这太残酷了，太，太残酷了……魏大爷，可怜他是……"尾声低小下去，听着的只是夜深打岸的江涛。

接着老头子发出钢铁一样的高音，叱责着。

"天底下的人，谁可怜过我们？……小伙子，个个都对我们捏着拳头哪！要是心肠软一点，还活得到今天吗？你……哼，你！小伙子，在这里，懦弱的人是不配活的。……他，又知道我们的……咳，那么多！怎好白白放走呢？"

那边角落里躺着的小黑牛，似乎被人抬了起来，一路带着痛苦的声唤和着杂色的足步，流向神祠的外面去。一时屋里静悄悄的了，简直空洞得十分怕人。

我轻轻地抬起头，朝破壁缝中望去，外面一片清朗的月色，已把山峰的姿影，崖石的面部，和林木的参差，或浓或淡地画了出来，更显着峡壁的阴森和凄郁，比黄昏时候看起来还要怕人些。山脚底，汹涌着一片蓝色的奔流，碰着江中的石礁，不断地在月光中，溅跃起，喷射起银白的水花。白天，尤其黄昏时候，看起来像是顽强古怪的铁索桥呢，这时却在皎洁的月下，露出妩媚的修影了。

老头子和野猫子站在桥头。影子投在地上。江风掠飞着他们的衣裳。

另外抬着东西的几个阴影，走到索桥的中部，便停了下来。蓦地一个人那么样的形体，很快地，丢下江去。原先就是怒吼着的江涛，却并没有因此激起一点另外的声息，只是一霎时在落下处，跳起了丈多高亮晶晶的水珠，然而也就马上消灭了。

我明白了，小黑牛已经在这世界上，凭借着一只残酷的巨手，完结了他的悲惨的命运了。但他往天那样老实而苦恼的农民样子，却还遗留在我的心里，搅得我一时无法安睡。

他们回来了。大家都是默无一语地，悄然睡下，显见得这件事的结局，是不得已的，谁也不高兴做的。

在黑暗中，野老鸦翻了一个身，自言自语地低声说道：

"江水实在吼得太大了！"

没有谁答一句话，只有庙外的江涛和山风，鼓噪地应和着。我回忆起小黑牛坐在坡上息气时，常常爱说的那一句话了。

"那多好呀！……那样的山地！……还有那小牛！"

随着他那忧郁的眼睛，瞭了望去，一定会在晴明的远山上面，看出点点灰色的茅屋和正在缕缕升起的蓝色轻烟的。同伴们也知道，他是被那远处人家的景色，勾引起深沉的怀乡病了，但却没有谁来安慰他，只是一阵地瞎打趣。

小骡子每次都爱接着他的话说：

"还有那白白胖胖的女人啰！"

另一人插嘴道：

"正在张太爷家里享福哪，吃好穿好的。"

小黑牛呆住了，默默地低下了头。

"鬼东西，总爱提这些！……我们打几盘再走吧，牌呢？牌呢？……谁捡着？"

夜白飞始终袒护着小黑牛；众人知道小黑牛的悲惨故事，也是由他的嘴巴传达出来的。

"又是在想，又是在想！你要回去死在张太爷的拳头下才好的！……同你的山地牛儿一块去死吧！"

鬼冬哥在小黑牛的鼻子尖上，示威似的摇一摇拳头，就抽身到树荫下打纸牌去了。

小黑牛在那个世界里躲开了张太爷的拳击，掉过身来在这个世界里却仍然又免不了江流的吞食，不禁就由这想起，难道穷苦人的生活本身，便原是悲痛而残酷的么？也许地球上还有另外的光明留给我们的吧？明天我终于要走了。

次晨醒来，只有野猫子和我留着。

破败凋残的神祠，尘灰满积的神龛，吊挂蛛网的屋角，俱如我枯燥的心地一样，是灰色的，暗淡的。

除却时时刻刻都在震人心房的江声而外，在这里简直可以说没有一样东西使人感到兴奋了。

野猫子先我起来，穿着青花布的短衣，大脚统的黑绸裤，独自生着火，炖着开水，悠悠闲闲地坐在火旁边唱着：

"……
江水呵，
慢慢流，
流呀流，
流到东边大海头，
……"

我一面爬起来扣着衣纽，听着这样的歌声，越发感到岑寂。便没精打采地问（其实自己也是知道的）：

"野猫子，他们哪里去了？"

"发财去了！"

接着又唱她的。

　　"那儿呀，没有忧！
　　那儿呀，没有愁！"

她见我不时朝昨夜小黑牛睡的地方瞭望，便打探似的说道：

"小黑牛昨夜可真叫得凶！大家都吵来睡不着了。"

一面闪着她乌黑的狡猾的眼睛。

"我没听见。"

打算听她再捏造些什么话，便故意这样地回答。

她便继续说：

"一早就抬他去医伤去了！……他真是个该死的家伙，不是爸爸估着他，说着好，他还不去呢！"

她比着手势，很出色地形容着，好像真有那一回事一样。

刚在火堆边坐着的我简直感到忿怒了，便低下头去，用干枝拨着火冷冷地说：

"你的爸爸，太好了，太好了！……可惜我却不能多跟他老人家几天了。"

"你要走了吗？"她吃了一惊，随即生气地骂道，"你也想学小黑牛了！"

"也许……不过……"

我一面用干枝画着灰，一面犹豫地说。

"不过什么？不过！……爸爸说得好，懦弱的人，一辈子只有给人踏着过日子的。……伸起腰杆吧！抬起头吧！……羞不羞哪，像小黑牛那样子。"

"你的爸爸，说的话，是对的，做的事，却错了！"

"为什么？"

"你说为什么？并且昨夜的事情，我通通看见了！"

我说着，冷冷的眼光浮了起来。看见她突然变了脸色，但又一下子恢复了原状，而且狡猾地笑着："吓吓，就是为了这才要走吗？你这不中用的！"

马上揭开开水罐子看，气冲冲地骂：

"还不开！还不开！"

蓦地像风一样卷到神殿后面去，一会儿，抱了一抱干柴出来。一面拨大火，一面柔和地说：

"害怕吗？要活下去，怕是不行的。昨夜的事，多着哩，久了就会见惯了的。……是吗？规规矩矩地跟我们吧，……你这阿狗的爹，哈哈哈。"

她狂笑起来，随即抓着昨夜丢下了的木人儿，顽皮地命令我道：

"木头，抱，抱，他哭哩！"

我笑了起来，但却仍然去整顿我的衣衫和书。

"真的要走么？来来来，到后面去！"

她的两条眉峰一竖，眼睛露出恶毒的光芒，看起来，却是又美丽又可怕的。

她比我矮一个头，身子虽是结实，但却总是小小的，一种好奇的冲动作弄着我，于是无意识地笑了一下，便尾着她到后面去了。

她从柴草中抓出一把雪亮的刀来，半张不理地，递给我，斜瞬着狡猾的眼睛，命令道：

"试试看，哪，你砍这棵树！"

我由她摆布，接着刀，照着面前的黄果树，用力砍去，结果只砍了半寸多深。因为使刀的本事，我原是不行的。

"让我来！"

她突地活跃了起来，夺去了刀，做出一个侧面骑马的姿势，很结实地一挥，喳的一刀，便没入树身三四寸的光景，又毫不费力地拔了出来，依旧放在柴草里面，然后气昂昂地走来我的面前，两手插在腰上，微微地噘起嘴巴，笑嘻嘻地嘲弄我：

"你怎么走得脱呢？……你怎么走得脱呢？"

于是，在这无人的山中，我给这位比我小块的野女子，窘住了正还打算这样地回答她：

"你的爸爸会让我走的！"

但她却忽地抽身跑开了，一面高声唱着，仿佛奏着凯旋一样。

　　"这儿呀……也没有忧，
　　这儿呀……也没有愁，
　　……"

我慢步走到江边去，无可奈何地徘徊着。

峰尖浸着粉红的朝阳。山半腰，抹着一两条淡淡的白雾。崖头苍翠的树丛，如同洗后一样的鲜绿。峡里面，到处都流溢着清新的晨光。江水仍旧发着声吼，但却没有夜来那样的怕人。清亮的波涛，碰在嶙峋的石上，溅起万朵灿然的银花，宛若江在笑着一样。谁能猜到这样美好的地方，曾经发生过夜来那样可怕的事情呢？

午后，在江流的澎湃中，迸裂出马铃子连击的声响，渐渐强大起来。野猫子和我都感到非常的诧异，赶快跑出去看。久无人行的索桥那面，从崖上转下来一小队人，正由桥上走了过来。为首的一个胖家伙，骑着马，十多个灰衣的小兵，尾在后面。还有两三个行李挑子，和一架坐着女人的滑竿。

"糟了！我们的对头呀！"

野猫子恐慌起来，我却故意喜欢地说道：

"那么，是我的救星了！"

野猫子恨恨地看了我一眼，把嘴唇紧紧地闭着，两只嘴角朝下一弯，傲然地说：

"我还怕么？……爸爸说的，我们原是在刀上过日子哪！迟早总有那么一天的。"

他们一行人来到庙前，便息了下来。老爷和太太坐在石阶上，互相温存地问询着。勤务兵似的孩子，赶忙在挑子里面，找寻着温水瓶和毛巾。抬滑竿的伕子，满头都是汗，走下江边去喝江水。兵士们把枪横在地上，从耳上取下香烟缓缓地点燃，吸着。另一个班长似的灰衣汉子，军帽挂在后脑，毛巾缠在颈上，走到我们的面前。枪兜子抵在我的足边，眼睛盯着野猫子，盘问我们是做什么的，从什么地方来，到什么地方去。

野猫子咬着嘴唇，不作声。

我就从容地回答他，说我们是山那边的人，今天从丈母家回来，在此息息气的。同时催促野猫子说：

"我们走吧！——阿狗怕在家里哭哩！"

"是呀，我很担心的。……唉，我的足怪疼哩！"

野猫子做出焦眉愁眼的样子，一面就摸着她的足，叹气。

"那就再息一会吧。"

我们便开始讲起山那边家中的牛马和鸡鸭，竭力做出一对庄稼人的应有的风度。

他们息一会儿，就忙着赶路走了。

野猫子欢喜得直是跳，抓着我喊：

"你怎么不叫他们抓我呢？怎么不呢？怎么不呢？"

她静下来叹一口气，说：

"我倒打算杀你哩；唉，我以为你是恨我们的。……我还想杀了你，好在他们面前显显本事。……先前，我还不曾单独杀过一个人哩。"

我静静地笑着说：

"那么，现在还可以杀哩。"

"不，我现在为什么要杀你呢？……"

"那么，规规矩矩地让我走吧！"

"不！你得让爸爸好好地教导一下子！……往后再吃几个人血馒头就好了！"

她坚决地吐出这话之后，就重又唱着她那常常在哼的歌曲，我的话，我的祈求，全不理睬了。

于是，我只好待着黄昏的到来，抑郁地。

晚上，他们回来了，带着那么多的"财喜"，看情形，显然是完全胜利，而且不像昨天那样小干的了。老头子喝得泥醉，由鬼冬哥的背上放下，便呼呼地睡着。原来大家因为今天事事得手，就都在半路上的山家酒店里，喝过庆贺的酒了。

夜深都睡得很熟，神殿上交响着鼻息的鼾声。我却不能安睡下去，便在江流激湍中，思索着明天怎样对付老头子的话语，同时也打算趁夜深人静，悄悄地离开此地。但一想到山中不熟悉的路径，和夜间出游的野物，便又只好等待天明了。

大约将近黎明的时候，我才昏昏地沉入梦中。醒来时，已快近午，发现同伴们都已不见了，空空洞洞的破残神祠里，只我一人独自留着。江涛仍旧热心地打着崖石，不过比往天却显得单调些，寂寞些了。

我想着，这大概是我昨晚独自儿在这里过夜，做了一场荒诞不经的梦，今朝从梦中醒来，才有点感觉异常吧。

但看见躺在砖地上的灰堆，灰堆旁边的木人儿，与乎留在我书里的三块银元时，烟霭也似的遐思和怅惘，便在我岑寂的心上，缕缕地升起来了。

# 制服

魏金枝

## 【关于作家】

魏金枝（1900—1972），原名魏义荣，出生于浙江嵊县白泥坎村。1917 年考入浙江第一师范学校，改名魏金枝。1920 年开始尝试文学创作，最初主要写作和发表新诗，代表作有《春天的早晨》《暮夜的心》、组诗《家居》等，是湖畔诗社的成员，曾汇编诗集《过客》，拟作为湖畔诗社第三部作品集推出，因经费不足搁置。1922 年毕业后，做过小学教师等工作。1925 年创作了短篇小说《留下镇上的黄昏》，这部作品后来被鲁迅收入《中国新文学大系·小说二集》。1928 年，出版第一本短篇小说集《七封书信的自传》。1929 年去上海，1930 年加入"左联"。此后专攻小说创作，以乡土作家的身份崭露头角。主要小说集有《七封书信的自传》《奶妈》《制服》等。

## 【关于作品】

《制服》，1933 年发表于《现代》第 4 卷第 2 期，后收入同名小说集，1936 年由上海天马书店出版。

小说写的是20世纪30年代的浙东乡村小学，一个三年级的小男孩因为一套制服失去朋友的故事。阿毛和泥水匠的儿子铁牛是好朋友，村长兼校长的儿子"小校长"和钱店掌柜的儿子"糖菩萨"是一伙，两个小团伙素来不对付，经常打架。小说一开始，阿毛的爸爸升了连长，给他寄回一套制服，阿毛爱不释手，哭闹着让母亲同意他在寒冷的冬天穿着去上学。这是学校里出现的第一套制服，连校长和老师都说不清是什么料子做成的，穿制服的阿毛立刻在学校里引起了轰动，被围观的他也被冻得瑟瑟发抖。好朋友铁牛偷来爸爸的套裤和棉背心给阿毛，让他暖和起来。"小校长"也被这套新制服吸引，用透露考试题目拉拢阿毛加入他和"糖菩萨"一伙做"刘关张"，不要再和铁牛好，阿毛拗不过就勉强和"小校长"勾了头算是答应，但事后心里难过得直哭。他把考试题目悄悄告诉铁牛，铁牛生气不愿接受，要他还回去才跟他和好。阿毛不想和铁牛分手，也不敢和"小校长"绝交。考试时铁牛发现阿毛并没有把考题还给"小校长"，就气愤地撕碎了阿毛传给他的答案，不再跟他玩。"小校长"替阿毛把铁牛送的套裤和棉背心还回去，铁牛也把阿毛送他的东西托弟弟还回来，让他"好好地去做走狗"。春天开学时，"小校长""糖菩萨"都做了制服穿着，而阿毛的制服在一次吵架中被扯裂了，补好后仍旧很难看，他多次写信向爸爸要新制服都没有回音，不久家里收到了前线的阵亡通知。小说最后，铁牛照常和没制服的同学打淘，"小校长"和"糖菩萨"那批人打淘，只有阿毛孤零零的，再也没有了朋友。

这是一篇典型的以小见大的小说，将"左翼文学"宏大的阶级命题，巧妙地转化为一段孩童友谊的分分合合。作品以一套

"制服"作为切入口，通过对几个乡村小学生交际往来的白描式叙述，生动地写出了等级社会根深蒂固的阶层意识对幼小心灵的戕害。特别值得一提的是，这篇小说不仅以儿童为表现对象来讲述故事，也体贴入微地去揣摩和描写儿童的行为和心理，尽可能地俯下身去，贴着"阿毛"这个孩子写，让儿童世界发生的事自然自在地呈现出来。文笔细腻从容，情节质朴动人，是一篇出类拔萃的佳作。

天，阴洞洞的，呼呼地发着西北风，意思是要落雪了。

正是那时候，阿毛的父亲，那个行伍出身的，新近升了的连长，因为心里高兴了，就寄了那套制服给儿子。

制服的作料，是挺好的上等闪光布，冒充了生帕罗甫的，光彩又好，直看看像红，横看看像绿，平看，不红也不绿，可总亮光光的耀眼。身份，再结实也没有了，你用手捏去，好像铜板那样厚。领口和袖子，则笔挺的，仿佛用铅皮铸成似的，你莫想去拗倒它。

所有的缺点，就是天快落雪了，而衣却是夹的，裤子又是单的。

阿毛可并不管，他总想马上穿起来，甚至为此还和他母亲吵嘴，赌气，整整地饿了两顿饭。

"你为什么不给我穿呢？"阿毛向他母亲抗议，"你莫想骗我，我看见教育局的视察员也穿那样的衣服，还有教体操的王先生，他教体操时便穿那套黄黄的制服。"

他的母亲是一个十足的乡下人，她除烧茶煮饭外，就只懂得大六月里割稻，清明时节养蚕，被她儿子一说，她就有些被说服了。可是再去看看那制服，上衣是夹的，裤子又是单的，加上这么冷的天，天快要落雪了，她不相信天下真会有那么一回事。

"可是贱虫，现在冬天吓，你晓不晓得现在是冬天？"

"我晓得的，冬天才穿这种衣服的！"

"我不相信！"

"不信由你！"阿毛有许许多多理由，可是说不出。因为说不出，急出了满脸的眼泪来。

阿毛会哭，又会饿肚子，母亲终于拗不过，只有拿制服给他穿。

于是把房门掩上，独个儿去穿他的新制服。

他把那件长袍子脱下了三次，还是因为冷，又照旧穿上了三次。可是他不想因此便歇手，于是又去翻了件旧棉袄，把棉袄塞在制服里。那裤子可没有办法。穿上旧棉裤，就团不拢新裤腰。而叉裆又高，裤脚又长，你想穿棉裤，被叉裆一挤，裤脚便越长，一直盖没了鞋面。把裤脚卷起来吧，可没这先例，他没有见过谁卷起制服的裤脚管。没办法，他只有穿上单制裤。

裤子是穿上了，可没有皮带。于是他又缚了那根旧棉带。

关了门，又用力扣上了纽扣，他就微微出了些汗，于是越觉得天气并不怎么冷，制服正抵得过这天气。

他立刻跑到他母亲身边去，把她的手放在自己的额角上。

"你说冷，你说我冷么？"

母亲只有摇摇头，替他揩去了头上的汗，然而总有些不相信。

"真的并不冷吓！"他捏捏自己的拳头，又看看自己的衣服。

一转身，他便离开家，一直跑到学校里去了。

于是学生中就出现了第一套制服。

为了制服，同学们，无论和他对不对，就全个儿来包围了小阿毛。

他扯开嘴笑着。那根脰颈，被衣领包得硬挺挺的，耳根边的几根青筋就暴了出来。手指头被盖在袖口下，上衣的下半段，因为上段塞着旧棉袄，它便在裤裆前翘起，和裤裆整整地离开了半尺远。无论冒充的生帕罗甫挺到怎么样，可已挤得一节一节的，像一株曲折的老梅桩。

小阿毛被推挤着，还是硬挺着脰颈，团团儿转着，生硬的，不自然的，活像一具成衣店里的木人儿。

两个先生也统走来了，摸摸那衣料，又替他整了下姿势，可总猜不着那材料是什么。

上班钟已经打过了，那集会还是没有散。集会没有散，就因为没人猜得定那制服的材料是什么。

“我想那是……唔……”王先生想下一个结论，可总没下成。他并且不愿表示自己下不成结论，随从袍子袋里摸出手巾来，拄在口边狠狠地呛了好一回，然后又用一个“唔”字接下去：“我想那是种顶好的斜纹布，斜纹布吓，不是丝头儿也是这么，唔，这么斜斜儿的?”

那校长先生，一个瘦得痨损了的小胡髭，他又是村里的村长，他不能同意那见解。他确是在七八年前见过这一种布，还记得他的中学校长也穿过这么样子的衣服。

他摇摇头，把一个“不是”说得连他自己也听不见。可是那一个被烟熏得蜡黄的手指，却举得高高的，在额角边绕了好几个圈子，又咬住了下嘴唇，天然他在追想一件久已忘记的什么了。

事情变得比制服还神秘，一大群眼睛都注视到这一个绕圈子的手指上。还有那张被咬住的嘴，瘪得把皮贴住了下巴骨，两撇胡髭便翘到鼻孔边去。

"我记得那是种生……啊，生什么的什么的一个英文名。"校长先生闭上眼，那手指便搭在他自己的脑壳边，"叫作生……泼，是了，生泼的什么吓！"

校长先生刚好开了眼，正想再说下去，他的儿子，一个四年级的级长，实际上，他们同学们是叫他小校长的，他立刻跑到校长先生的身边，狠命拔落那要再想绕圈子的手，两眼睁睁地望着他父亲。

"你怎么了？"校长先生问他的儿子。

小校长终于没有说，只把身子在他父亲的腿子上擦擦，然而意思是很明白的，他也要做那样的制服。

校长先生白白眼，还是照样谈着他的经验，因为他也正被那套制服奋兴了。

"那个时候，"他又翘起他的手指头，"对了，我们正赶走一个校长，于是后来，我就看见这么同样的制服。也是这样的一个早晨吓，我们的新校长，一个日本留学生，他穿了那样的一套制服来上任。"

"可惜你那时没有去问他。"

"怎么我不问他，我是去问过他的一个小当差，可是他也说不清，仿佛说是什么生泼呢，还是……，好了，生泼是头两个字。"

"那么定是贵得很了！"

"那当然，我们的校长也穿那样的衣服吓！"

于是他们又去摸摸那制服，他们羡慕它。

　　小阿毛，正已冻得肃肃地抖了起来，他仿佛已经有些醉，僵然地木然地立在一班羡慕者的包围中。两根被冻出的鼻涕，长长地垂了下来，他不能用袖子去揩，他只有把来舐在自己的舌子上，骨碌地咽了下去。

　　那种抖法，就是说，他的牙齿打起架来了，嘴唇冻得像颗大黑枣，身上也一吊一吊地发着零碎的抖，他怕人家看出来，就一溜烟跑出人群里，一直跑到学校后面厕所边去了。

　　在那里，太阳光从云缝里时或钻出来，白涂涂的，向小阿毛一窥，便又躲进去了。小阿毛立在一个墙角边躲风，褪出两手来擦擦，又把袜管子打紧一点。这样，虽然也冷，但可自由地呼吸，也可把鼻涕揩干净了。

　　一个铁牛，和他共坐一条讲桌的，和小阿毛是一对儿的，那家伙有气力，小阿毛则有一个出人意料的牛头拱。他们因此结成了朋友的。当小阿毛被包在人群里，他早立在小阿毛的贴近边。他给小阿毛拉拉背后的衣襟，插起腰，仿佛在做阿毛的护卫。然而同时，他也觉得小阿毛在发抖，看小阿毛跑到厕所里去，于是他也就跟了出来。

　　"你冷了？你是不是冷了？"铁牛柔和地问道。接着他去摸摸小阿毛的手指头。因为小阿毛没有回答他，——小阿毛俯下他的头了。于是他略略避开这题目，问道："听说你的父亲做了连长了，你说连长究竟有多么大？"

　　小阿毛摇摇头，嘴里露出几个含糊的字，一则他也实在不知道连长究竟有多么大；二则牙齿便会抖得很厉害。他要表示自己并不冷，他只有不讲话。

　　对手对于这缄默，觉着一些感伤了，实在也有点愤懑："大概因为你父亲升连长了，你就有些看不起我。我晓得，你就要投到小校长那边去了。"

小阿毛把头摇得更厉害些，两眼直直地看着铁牛，在牙齿缝里溜出两个字："我冷！"

"我说你冷，但是你不说。喂，你应该多穿点衣服，多穿点不好么？"

"我穿不进去了。"小阿毛抖着手撩出他的裤裆来，"这个地方太紧，这个地方。"

铁牛摸摸那裤裆，那里已经扣得紧紧的，真的再穿不进衣服。他搔搔自己的头，他想出一个方法来。

"我有一个办法了！"铁牛霍地立起来，又把两手在小阿毛肩上推推。推得小阿毛的笔直的身子倒来倒去的。"喂，我看见我父亲常穿一双没有裤裆的套裤，那是用带挂在裤带上的，那东西，你见过吧！"

小阿毛没见过那东西，可是他想得起他母亲的那双棉花筒。那青布做的，小脚管的棉花筒，他母亲常把它套在小腿肚上，在脚踝下缚一根青带子，脚胫上又缚一根青带子。他想得好笑，然而他又笑不出。他还是直直地立在墙脚下，那样子仍像一个木人儿。

"好吧，你要那东西吧？"铁牛问他。"我父亲有两副，那新的一副正藏在箱子里，我可以把它偷出来，你去缚上。缚在那裤子里好了。"

对于那热心者，小阿毛心里感激他，他几次想弄出点笑容来，然而他冻得很，他又担心那条套裤太大，于他还是不合适的。

铁牛却仍是很兴奋，他自然地把手袖揩揩鼻涕，又随便地在地上坐下来，把他那双穿了开嘴破鞋子的脚放在眼面前，这样子很使小阿毛有点眼热，要不是穿了新制服，他定然也就坐下来了。

小阿毛只能看看那对手，动动他抖着的嘴唇。于是对手又问道：

"喂，你要那东西吧？你可以把那裤脚缚得高一点，一定什么都好了，我想你一定高兴吧！"

小阿毛还是没有话，他只能苦苦地笑了笑。

第二天，铁牛真的帮小阿毛把那套裤穿起来，并且加上一件棉背心，虽然那衣口亢得越高了，可已和暖了许多。

小阿毛重新恢复了他的老姿势，卷起袖子，屈着两只手，顿着头，用他的牛头拱，和铁牛在三年级讲堂后的空地上撞油毳，身上撞出了许多汗。他们正想歇歇力，那个和小校长一起的糖菩萨跑进来了。

"喂！小阿毛，校长先生在叫你啊，叫你到校长的房间里去！"

小阿毛用手抹抹额上的汗，又朝糖菩萨看看，他脸上的笑容立刻收敛了。他知道，到校长房里去是没有好事的，倘不是讨学费，便一定做错了什么。然而他不能不去，不去会被罚得更重一点。

当他跑进校长室里去，校长是并不在那里，只见小校长坐在他父亲的床上，搁起一只脚，把头俯在书本上。看见小阿毛立在门口，他不说话，只把头顿顿，意思是叫他走近去。

"说是校长叫我，可是校长呢？"小阿毛问道。

"谁说校长叫你？是我叫你嘎！"

"叫我做的什么？"

小校长当时并不回答他，尽朝他看了好一会，然后他把手在床边搭搭，柔和地说道："你坐下来吧！"

在校长的房里，于小阿毛是不舒意的，他心里又怕，又有些怀疑。他怕校长在那时会撞进来，倘使撞进来，这不用说，至少是一顿手心。而对于小校长，和他是素来不对的人，他们有怨仇，他们时常在操场里打架咒骂。

有一回铁牛用石子丢在小校长头上，头上流出血来，于是铁牛被罚跪在沿阶口的石子上，小阿毛因为是同道，也被罚跪在有草的地方。因为没被打，跪跪儿的事情，小阿毛是不怕的，何况跪在青草上。可是铁牛却觉得痛，时时把脚胫一吊一吊地抽搐着，有时候，一见先生不留意，他就把脚踝跷起，罩下他的破衣襟，这样，他便蹲着了。小阿毛也在铁牛后面蹲起来，他轻轻地问道：

"觉得痛了吧？那个断种的小畜生！"

"我还好，你呢？"

"你不要骗我了，你是跪在石子地上的！"

"自然有些痛，可是我没有出血，我觉得我们还算打赢的。"

这么，他们更加好起来，他们后来又用针在手指上刺出血，大家互相吸了一口，咽在肚里。他们是结拜过的兄弟。

现在和小校长坐在一根床板上，他自己便觉得脸上有些在发烧。他把眼留意着门口，看有什么人跑进来，一面急迫地问道：

"你究竟打算和我说些什么呢？"

"我想问问你，你的父亲做了什么了？"

"连长，你还不知道么？"

"我知道了。那么铁牛的父亲呢？"

"铁牛的父亲是个泥水匠。"

"好了，泥水匠可不可以和连长做朋友呢？"

"我不知道。"小阿毛懒懒地回道。他知道这说话会说得他脸孔更红起来，于是竭力把眼光避开小校长，呆呆地注视到房门口去。

在门口，他就看见那一双开嘴的铁牛的鞋，和铁牛的两只乌溜溜的眼，于是他想立起来，跑出这房间去。

立刻，小校长看出这情形了，他去掩上了门，而且又把小阿毛按在原地方。

"大概你还不知道，你和铁牛做朋友，究竟有些什么好处呢?"

"好处，自然是有的，他待我好。"

"那么好在什么地方呢?"因为小阿毛没回答，小校长又把身子坐得更近些，把嘴拄在小阿毛的耳朵边："现在，我们也要待你好了，我已经把你们的考试题目问来了，现在写在纸上，给你放在袋里吧!"

小阿毛想拒绝，可是他的两手被对手紧紧地捏住了。

"还有一件事，我也要和你说说的，我的父亲是村长，你的父亲是连长，糖菩萨的父亲也是个钱店里的阿大，我以为最好我们三个联起来，比方说，我是刘备，你是关云长，就给糖菩萨做张飞好了。倘使你赞成，你就把头勾一勾吧!"

小阿毛被困住在校长的房间里，心里是一阵一阵地发着烧，然而他又不敢用出那个有名的牛头拱。要解脱这困难，他只有把头勉强地勾一勾，然后他飞快地跑出房间来。

他心里卜卜地跳着，脸上发白，偷偷地掩进教室，呆坐向在讲书的王先生，两眼笔直地定着。直到王先生溜出了教室，然后他把脸倒在教桌上，呜呜地哭了起来。为什么哭，实在连他自己也不清楚。

　　"大概是小校长欺侮你吧？然而我看见你和他并排地坐着的，你不是好好坐在那里么？"铁牛还是追问他。

　　阿毛把头从手臂上侧转来，用他那一双满了眼泪的，红红的眼，怨意地看了下铁牛，然后责备似的请求道："你不问我好不好呢？你不要问我，你不知道我心里难过么？"

　　"好吧，由你哭个爽快吧！"铁牛后来真的不再去问他。

　　直到吃过了中饭，小阿毛自己去邀铁牛，因为想避开别人，故意从村后的坟堆边绕到学校里去，于是他们就在一个树棚脚坐了下来。

　　小阿毛仍没有讲话，他只把那试题纸递给了铁牛。

　　"这好像是考试的题目，你从哪里弄这个东西来？"

　　"小校长把这个给了我，叫我不能给你看。"

　　"那么你为什么哭呢？"

　　"他叫我投了他，和他结拜，并且还叫我不要和你好。"

　　"你有没有答应他呢？"

　　小阿毛咬咬嘴唇，又摇摇头，然后他说道："所以我哭了！"

　　"是不是想不定？现在有没想定呢？"

　　小阿毛还是摇摇头。

　　"那么你去还他好了，我不稀罕那一种东西。"铁牛把纸头递还他。一面他立起来抹抹屁股上的泥，气呼呼地走了几丈路。看看小阿毛又在那里哭，于是他又反过转来，立在小阿毛的眼前头。"你去还了他，那么我们还可好下去。倘不去还他，那么你不是一只蝙蝠么？"

　　铁牛用他脏袖子给小阿毛揩揩眼泪，然后他们绕进了学校。

　　小阿毛上了课国语，看见小校长从他们三年级的教室边走过，朝小阿毛眨眨眼，直走到厕所里去了。小阿毛也就跟了他，而且把那试题还了小校长。

"我不情愿和铁牛分开，我已和他拜了把的。"

"为什么呢？"

"因为他待我好！"

"我们也会待你好的，我们也可拜把，我们可以一直好下去。那铁牛，他明年就要不读了，他不会读下去的。我们呢，我不是和你说过么？我们都是有钱的人家，我们后来可以常在同个学校读书。"

"你为什么知道他不能再读书呢？"

"我自然知道的，他父亲还欠我们钱，很多很多的钱，只要我们一定要他们还，他们便连饭也没的吃了。并且我告诉你，他父亲还是个贼骨头，有一天，在我们家里做活，他就扑在我们的酒缸里喝酒，给我父亲看见了，还重重地打了两屁股。你看，倘和铁牛去打淘，不是也有些倒霉么？"

小阿毛呆呆地看着小校长说话的嘴，开，闭，自然地，有节奏地运动着，他似乎有些爱起来。于是对手又把试题仍塞在他的袋子里，然后拍拍他的肩："好了，你慢慢地和他恶了开来吧！"

他一声不响地坐在教室里，计划着来怎样处置两难之间的那回事。后来他决意不和铁牛分手，也不和小校长别扭，这其间就只有两面来敷衍，自己做一个中央人。所以当铁牛问他和小校长讲了些什么，他便撒了个谎："我已经把试题还了他了，可是你不要心急，让我仍旧和他慢慢地恶了开来！"

实际上，小阿毛每天夜里都在练习那小校长给他的试题，一到考试那时候，当王先生把试题写在黑板上，糖菩萨朝他眨眨眼，小校长也走到三年级教室的窗边来朝他眨眨眼，意思是说："对么?"

全级里只有糖菩萨和小阿毛低倒头写答案，别的大都咬咬笔杆，或是仰头起头，像眠了的老蚕般呆呆地看着黑板出神。铁牛当然也是其中的一个，他看见小阿毛那股劲，心里就有些疑惑，因为一疑惑，胸里更加难过了，他简直一点写不出，他差不多要交白卷了。

小阿毛写了自己的答案，然后他才又写了小小的一块纸给铁牛，这算是他敷衍铁牛的，他想要铁牛不疑他。

接连考过了两课，铁牛独个儿气呼呼地立在操场边晒太阳，小阿毛因想敷衍他，还是跑拢去凑他：

"你考得好吧? 你好像一直没有预备过，你夜书也不读么?"

"读是读的，可是那题目出得太古怪了。"

"我却正好给我预备着了!"

"很好，预备得很好?"铁牛歪转他的脸，"我总不相信这回事!"

"你不信么?"小阿毛脸上立刻红涨起来，他却用反问来掩饰他自己。

"自然不信。我们总算白拜了一次把!"

接着，铁牛用袖子揩揩眼泪，他走了。这孩子是不常会落眼泪的，就是他跪在石子上，他还照常地会笑。小阿毛看着他走了的后影，他心里觉得难过，又想起那副缚在脚上的套裤，以及许多铁牛待他的好处，他也似乎要落眼泪了。

当第三课，他们考的是算学，小阿毛因为舍不了铁牛，他就先写了张答案给铁牛。铁牛一接过这纸儿，他就一把撕破了丢在桌子脚，又是咬咬牙齿，虽然是轻轻的，然而也是恨恨地说道：

"我不喜欢那种东西，我情愿留级的。"

小阿毛装起一副尴尬的脸，仿佛是受了冤枉："你好像真的恨我了！"

"自然是恨你，我不会忘记的！"

小阿毛要避开这难堪，他只有管自写他的答案。这样，一直到考试完了，大家分手了，小阿毛才觉得自己脱出了难堪：一方面他可以不看见铁牛气愤愤的脸，一面也听不到小校长来引诱他的话。于是他就躲在家里，就连新年也不想出门去。

铁牛虽已不再寻他去玩，小校长却跑来了。小校长，他也穿起一套呢制服，并且还罩上一件遮了脚面的呢大衣，当他跑进小阿毛的家，他把手指在额上一搭，行了个军礼，喊道：

"你看，我也穿起制服了，糖菩萨也在做一套，我们齐齐的三套了！"

小校长把衣襟撩开，并且给看了夹里，以及里面的衬衣。里面，他衬着卫生衫，制服里子又是驼绒的，既暖和又整齐。此外，小校长还送了一方纱布的小手巾给他。

"你要用手巾揩鼻涕，你不要弄脏了衣，然后我们整整的三套，我们在开学日一齐穿了去，那时我们就真像刘关张了。"

于是小校长也去考量考量小阿毛的衬衣，他发现那双套裤，以及一件旧的棉背心，因此叫小阿毛把这换了，去掉几件适合的衣服。

"我没有办法，我母亲不肯给我做，这一件背心和套裤还是铁牛借给我的，现在铁牛恨我了，我还打算把去还给他。"小阿毛赧然地回道。

小校长欢喜得跳了起来："这就不错，你应该去还给他，至于衣服我替你想一个法子好了。"

立刻，小校长跑回家里去，他也去拿了双套裤，和一件棉背心，还有一根丝带儿，于是就给小阿毛换了下来，把丝带儿缚在腰间，制服就挺挺的直了许多了。

小校长看看那样子，然后又说道："你还应该写信给你父亲，也像我那样要一身卫生衣，要尽小尽小的，再加一件呢大衣。"

"唔！"小阿毛不自然地应道。

"可是你为什么还是这么不高兴呢？"

"因为，我怎么把衣服去还给铁牛呢？"他就是担心这一回事。

"丢给他，这就是了，反正他已经不和你好了！"

"可是他会哭的，并且还骂我，这会使我心里难过的！"

"我给你去还了吧！"

小校长仿佛打了一场大胜仗，他笑笑，一忽儿拿了衣裤走了。

小阿毛去照照镜子，整整衣襟，真觉得热些了，姿势也比较的好，可是心里总记挂一件事，他想起小校长把衣服丢还给铁牛的情形，铁牛把衣服拾起而又哭着的情形，以及以前他们刺手指的情形。他的心慢慢地沉重了，痛了，乱了，他搔搔自己的头，尽在家里打盘旋，又看阴洞洞的天，他开始觉到有种厌烦，悲苦，人世并不快乐的念头。

那天夜里，小阿毛常梦着铁牛在那里哭，自己也哭得很悲伤，一直没有好好地睡着。第二天，铁牛的弟弟送了包东西来，那里包着一些铅笔段，打皱的手工纸，图画纸，以及几本破了的《西游记》连环画，这都是小阿毛送给铁牛的。再一纸信，用铅笔歪歪斜斜地写着：

"阿毛，你叫小校长送的东西收到了，我也把你的东西送还你。小校长送东西来的时光，我头痛了，后来我哭，再后来我的母亲骂我，说我发疯了，说我不该把东西借给你，所以后来我又哭了！恐怕我看到你又会哭，所以叫弟弟送来的。请你不要哭，好好地去做走狗！铁牛。"

小阿毛看完信，真的也哭了起来，也不知道铁牛的弟弟是什么时候走的，他是一直哭着哭着。

开学那天，果然学校里已有三套制服，他们三个人常立一处。铁牛则常用手向小阿毛摊眼皮，并且哼着：

"蝙蝠！蝙蝠！
蝙蝠生脚，
蝙蝠有翼股，
蝙蝠卖屁股！"

小校长问道："你说谁是蝙蝠？"

"我说卖屁股的蝙蝠！"

"不许说！你敢再说！"

"蝙蝠！蝙蝠！我偏说蝙蝠！"

小校长把阿毛推推："他说你，你拱他！"

小阿毛反而退了两步，他想走开去，小校长却再催他："拱他！"

"拱我，我就给他躺在这地上！"铁牛拉拉拳。

于是小校长和糖菩萨便拖小阿毛挨到铁牛身边去。他们想把小阿毛一推，然后大家拖倒了铁牛。铁牛却是一抓，抓住了小阿毛的制服袋，顺手又是一甩，小阿毛是不防备的，嘶的一声制服袋裂开了，人也便倒了下去。接着小校长和糖菩萨真的赶上去，想拖住了铁牛。铁牛，他用两手像打拳似的打上来，又是一撒手，他却逃出校外去了。

再去看看小阿毛，他的袋已经挂下来，衣襟也裂了一大块，身上又是满身的泥。他看看衣，仿佛做了一个梦，呆呆立着，却并不唬，只是一滴一滴地落眼泪。

"真的被拉破了，那个畜生。"小校长说道，"怎么样，去告诉校长吧！"

糖菩萨也想安慰他："给他再跪在石子上！"

于是他们把阿毛向前推，推向校长房里去。小阿毛似乎稍稍清醒一些了，看看推着他的人问道：

"推我到哪里去？"

"到校长那里告诉去。你还没有听见么？"

"告诉谁嘎？"

"铁牛！"糖菩萨接着回道，"难道你忘记铁牛撕破你的衣服么？"

"我记得的，我记得你们先把我一推，然后他才动手撕我的袋！"小阿毛怨意地说道，"我不想去告诉，并不是铁牛的缘故。"

"那么是我们的缘故么？"小校长反问道。他简直发火了。

"不是你是谁？"小阿毛想道。然而他没有说出来。他用手把袋子掩上，一声不响地跨进了教室。然后他用一根夹针夹上了袋子，重新一回一回地哭起来。直到中饭后，他母亲把袋子补好，他才止住了哭。

看看袋子补好了，小校长又跑来摸摸，然后不屑地说道："补得太坏，你看，又用了青线，那破缝像一根田塍，倘使给我姊姊补起来，那就好了，她补的，无论如何不会给你看出破绽来。"

"你当时为什么不说呢？"小阿毛愤愤地问道。

"唔！你也没有说嘎！"小校长回道，"好了，我看还是写封信给你父亲，再做一件新的吧！"

再做一件新的那主意却是不错的。于是小阿毛，他果然就写了封信去。可是一封没有回音，两封也没有回音，第三封还是没有回音，而他那套制服呢，再也不闪耀眼的光了，而那破处又时常绽了开来。当那破处绽开时，小校长总走来问他：

"怎么样，还没回音么？"

"没有！"小阿毛轻轻地无力回道。

于是小校长便悄然地和别人玩去了。那旁边的铁牛，却扮扮鬼脸，把脸朝着黑板，高声地念着："阿弥陀佛！"

小阿毛渐渐孤独起来，不但铁牛不理他，连小校长和糖菩萨也不大来理他，就是理他，也不过淡淡问：

"怎么样？还是没有回音么？真做不成刘关张了！"

小阿毛不愿回答，摇摇头，脸上恼得发白，悄悄地避了开去。

接着天已热了起来，小阿毛还是穿了他的那件破的夹制服，而别人，因为容易对付了，一套两套地做起单的白制服，不但小校长和糖菩萨有，就是别的同学也有十多个做起来了。于是谁都把小阿毛的那套忘记了。不但忘记，有时还觉得热天穿夹衣是背时的。

看看铁牛还是照常地和没制服的同学打淘，小校长和糖菩萨那批人也有淘，只有小阿毛是孤独的，他一个人拖着脚跑进，又一个人拖着脚跑出。仿佛人家都没有看见他，而他也走不进他们的队里去。

忽然有一个时候，小阿毛又被别人注意了，因为大家知道他的父亲在前线战死了。

那天，小校长来问他，糖菩萨来问他，王先生和校长也来问他，铁牛，他也管自谈笑着，然而小阿毛却呆呆地一个人哭着，他再没有心思对付人。而且，觉得人们是可厌的，他恨不得把他们像赶苍蝇般赶开去。

可是人们，他们不能暂时把他忘了去，当下午，他们在操场里捉迷藏，他们大家同意，把一块黑布包住小阿毛的脸，自己则四面逃散着，他们预备小阿毛会去捉他们。

小阿毛还是呆呆地立着像僵尸般，垂下手，笔直的，一动也不动。

过了十来分钟，同学们奇怪了，重新去看看他，那布上已被泪水浸得湿湿的，他的脸上像烧纸一样，黄而且青，而嘴唇则不住地抖着。

于是，他们疑心他发痧了。

# 在祠堂里

沙汀

【关于作家】

沙汀（1904—1992），原名杨朝熙，四川安县人。父亲早逝，受舅父影响，自幼对四川地方帮会组织、基层政权及中下层社会的三教九流比较熟悉。1922 年起就读于四川第一省立师范学校，接触到五四新思潮，热爱新文学。1927 年参加中国共产党，1929 年去上海。1931 年在鲁迅鼓励下开始尝试写小说，1932 年加入"左联"。1935 年奔母丧回四川，目睹了川西农村的凋敝，陆续完成《丁跛公》《代理县长》《在祠堂里》等佳作。此后主要以家乡的风土人事为素材写作，代表作有短篇小说《在其香居茶馆里》、长篇小说《淘金记》等。

【关于作品】

《在祠堂里》，1936 年发表于《文学界》创刊号，后收入短篇小说集《兽道》。这部作品具有浓烈的四川乡土气息，主题内涵丰富，结构别具匠心，语言质朴有地方特色，是沙汀作品成熟期的代表作之一。

　　小说写的是，发生在四川某地一个聚族而居的大家族祠堂里的故事。故事的核心是一个"女学生"的惨剧：读了点书、有些清高自傲的"女学生"，也许是为生活所迫，也许是被强权所逼，嫁给了行伍出身、没多少文化又性情暴戾的连长做太太。遇到小说中那个张姓的"青年人"，她倾心相付，但事发那"青年人"却逃得无影无踪。最后这个决绝的"女学生"在连长丈夫的殴打辱骂下宁死也不改口求饶，被生生钉入棺材里活埋了。通过这一层叙事，作品痛切地写出了 20 世纪二三十年代，很多地方军阀盘踞、肆意横征暴敛、欺男霸女、草菅人命的灰暗现实。从连长、其他军官及围观众人只言片语的陈述中，我们可以发现，这种现象并不是孤例，而是驻地军阀的常态。

　　这部作品别具匠心的地方是，作家并没有直接描写上述"女学生"的惨剧，而是通过围观的众族人如七公公、经理员、肉电报、布客大嫂们的视角来加以呈现，从而制造了一种让读者如临其境、触目惊心的艺术效果。小说一开始，就是晚饭后，散居在祠堂各处的几个家族闲人三三两两聚到了七公公家门口，"带着一种探究神气"，七嘴八舌讲着一件读者尚不明就里的事。慢慢读下去，方隐约辨出，是寄居的本族外戚——显庭姑母的儿子，招惹了临时借住在祠堂的驻军连长太太，现在那个"青年人"跑了，盛怒的连长正拷问责打他的太太。屋内的咆哮声、扑打声、奔跑声、撞着桌椅的声音陆续传入围观的众人耳朵里。小说最后，半夜里，低沉的响动又从连长住的堂屋传过来，七公公他们悄无声息地蹲在暗夜的角落里，目睹了这场惨剧的结局。"堂屋里的洋灯依旧燃着，正中摆着一口白木棺材，棺材附近站着两三个兵士，显出一种张眉张眼的惊惶神气。几个军官忽然把连长太太从卧室中拖了出来；她的嘴是用手巾堵塞住的，他们十分迅速地把她塞进棺材里面去了。……锤子一声声敲击在棺材盖上，狗嗥叫着。……"小说到此戛然而止。可以说，这部作品讲了一个"看客"们围观"女学生"惨剧的故事。作家借助"围观"这一视角的设置，一方面营造了小说疑窦重重、阴郁灰暗的氛围，另一方面也犀利地批判了"看客"们在暴力奴役下仍不思改变，在无聊的窥探中继续冷漠麻木地活下去的精神现实。

1931 年，刚刚开始写作的沙汀，曾经和另一位青年写作者艾芜给鲁迅先生写信，求教怎么写小说、怎么把握小说的题材。鲁迅先生很快给他们回了一封信，信中说"两位是可以就自己现在能写的题材，动手来写。不过选材要严，开掘要深，不可将一点碎屑的没有意思的事故，便填成一篇，以创作丰富自乐"（鲁迅《关于小说题材的通信》）。这段话，可以作为我们理解沙汀创作的补充。沙汀的小说大都取材于自己熟悉的川西中下层社会，从沉重的现实里择取素材，又从主题和形式两个方面用心开掘、巧妙构思，最终形成了独树一帜的风格。


刚才放下晚饭筷子，那些散处在祠堂里的破落家族，又重新聚集在七公公门口了。天色慢慢黑了下来。在院坝里，鸭群寂寞而懒散地鸣叫着，伸长颈项，蹚过秋霖的积水。供着历代祖宗的大堂屋里，已经点上了神灯，但因此院落里却更显得清冷，没有一点活气。

聚集起来的大半都是妇女。他们带着一种探究神气，有的平静而暧昧地讲说着，有的不时发出问询。大多数沉默不语，把一天来给生活弄疲倦了的身体斜靠在柱头上，尖起耳朵，大张着嘴，只是有时叹口气来表明他们的关心。

那个发话最多的是经理员大叔，一个平稳而自负的汉子，他似乎早就知道事件的前因后果，恰像他自己做过来的一样。但当他正在陈说一种自以为高明的假定的时候，那个老年的主人，突然地掀起没有胡子的下巴，大声地苦笑了。

"你也是过后兴兵呵！"

七公公带着责斥的口气截断他，接着又指明道：

"老实说，原早就不该让他两母子搬来住！常言说，嫁出去的女，泼出去的水！……"

经理员叽咕道："现在说这些话！"

七公公感到内疚似的不响了。但他接着啐了一口，便又拍着膝头嚷叫起来：

"说这些话！我亲自听见她叫我七疯子哩！她不疯，养出他妈这样一个现世宝来。昏头昏脑的，也不想想，官太太你都惹得呀？——自己倒跑掉了！"

"是呀，自己倒跑掉了呵！"一个女人附和着说。

大家于是都十分担心地叹息了。当一想起那个连长的粗暴和威吓，他们就免不了害怕起来。这是一个黝黑而粗壮的人，浓眉大眼，说话好像吵架一样；但对人却极和气。他很喜欢同孩子们玩，时常用一只手把他们举得高高的，还给他们糖吃。这是那种所谓"裹腿帮"出身的军官，原是一个大兵，由于曾经在龙泉驿、浮图关一带火线上拼过不少次数的死命，才一直升迁到现在的地位。他平常总显得随随便便的，不大生气，虽然有一回几乎用凳子打断一个卖柴农民的脚杆。因为老头儿自己算错了柴账，倒反申言给吃了克扣了。

现在大家都在回想那位连长昨天夜里的咆哮情形。而在城墙上面，号兵们每天照例的"翻音"又开始了。其中一个人毫无止境似的吹出一种单音，摇曳而悠长，直到快要接不上气了，才由别人继续下去；就这样反复着，使人想到那种被人扼杀时的情景。

"你们这些人的话也难讲，"他说，"总是惊风扯火的！请问，搜查也搜查了，他还会把哪个抓起去枪毙么？不会的！就是显庭姑母也不会再吃亏。"

有人提醒他道："说是又跑去找张局长去了哩。"

"这个老姐子呵！……"

那个诨名肉电报的寡妇正像呻吟一样叫了出来，随又接下去道：

"听说前天已经碰了一鼻子灰，不知道她还要跑去做什么呵！要是他肯帮忙，他早就该把那个瘟牲安顿下来，也不会闹出这一场鬼事情了！……"

一个哑嗓子女人忙匆匆插了一句："又恰恰碰着那个狐狸精！"

"倒还有脸说自己是女学生，真羞死人！"

肉电报狠狠地把嘴一瘪，就住了口；于是别的两三个女人紧接着，把话题展开了。他们开始批评那个眉毛很淡，生着一副倔强的、短俏的鼻子的太太，她的装束和她的神气。

这女人宽裕的生活和身份，一向引起她们的忌妒。她又骄傲又冷淡，随时都架了腿，坐在自己的堂屋门边看书。嘟着张嘴，挺直腰杆，仿佛这个庸俗的环境屈辱了她似的。她见了谁也不理睐，就是对待自己的丈夫也很冷淡。当然，对于那个已经逃跑了的青年人是个例外，总是有说有笑。可是她这种种不合时宜的脾味，昨天夜里已经得到痛苦的报偿了。

那个抱着娃儿的布客大嫂，忍不住哎哟了一声，愤愤不平地叫道：

"要是遇到我么，早就有她的好日子过了！……"

从耳门外传来一阵沉重、缓慢的皮鞋声响，人们的饶舌马上就停止了。连长李海山从外面走了进来。他的脸色比平日更黝黑了，他的脑袋已经低垂下去，一双手插在裤袋里面。他一直朝着自己的门口走去，但是看起来却又好像并无一定的目的。那个发育未全的小勤务兵，照例尾随着他，穿着一件普通兵士的上装，一直盖过膝头。

连长疲倦地坐落在门边的躺椅上面，含糊道："把洋灯照起。"

于是在闷人的静寂里，小勤务兵在堂屋里取下洋灯，寻找着火柴。他寻找了好一会，终于在神柜抽匣里找到了，但他一连刮了几根都没有刮燃，刚一亮又熄了。

小勤务兵乳声乳气地抱怨道："今晚上有鬼呀！"

"你把风背着刮呀。"连长生涩地叮咛道。

"又没有风呢。"

连长没有再说什么，他压抑似的呼出一口长气，全身躺在椅子上了；一只手肘搁在额头上面。那个枯瘦矮小的丈母娘毫没声息地出现在堂屋门边，好像一只鼠子一样。

老太婆递给小勤务兵一根燃着的纸枚，随即十分谨慎似的向女婿问道：

"我给你热饭么？"

"没有这样容易的事！"

几乎同时，连长从躺椅上翻身坐起来了，并且在椅子靠手上擂着拳头。

"我十五岁就在外面'跑烂滩'，没有人敢这样欺负过我！"

"你歇一下气再说好吧。"

"我是受气包哇？"连长反问，同时站立起来。

"她已经向我认过错了！"

"你拉住我做什么?! ……"

连长从那岳母手中挣脱自己的手臂，跨入堂屋，冲进寝室去了。老太婆吃了一吓，便也蹒跚着跟了进去。她在这屋里算是一个可怜的存在，那女儿随常为自己的婚姻抱怨着她，而连长也只当她是一个娘姨，对她那种老年人的啰唆一直感觉厌烦。可是她却不管这些，一样把他们当成自己的亲人看待，老是想法消解掉他们当中的隔膜。为了这个，她是很用过一些心思的，而且试验过不少糊涂手段。现在，她才一跟进门，却又慌慌张张地退出来了。

她带着一种严重，但是近于滑稽的神情，逼视着小勤务，压低嗓音嚷道：

"呀！怎么站在那里就杠子也擅不动呵？还不快去！……"

于是她说出一串军官们的姓名来，以及找不到他们时他会得到的斥责。但是在卧室内，咆哮和拳头，已经开始又活动起来了。正和昨天夜里一样，那女的依旧很少声张，她依旧只在紧要处凑上一句。而连长则老是重复着这些话：

"你还要嘴硬呀?!"

或者是：

"我知道你口供硬！……"

接着便是一阵扑打，或者一段长长的，痛苦而低沉的申斥，随即，咆哮又开始了。

天已经黑定了。是一个闷郁的晚上，城上的号音还在没命地持续着。在七公公的堂屋门口，那些旁观者已经管束住他们的嘴巴了。他们只是更加尖起他们的耳朵，胆怯地给他们听来的响动加上一两句说明。并且监视着一两个青年人，禁止他们走近厢房。显庭姑母也在他们里面，但她没有他们那样好的兴致，她心里被那个相信爱情的儿子占据住了。

由于一种奇妙的联想，当连长咆哮起来的时候，那个可怜的居孀人便淌着眼泪哭道：

"天呀！我不知道哪辈子给他张家背了'黄包袱'呵，遇到这样一个冤孽！……"

"所以你这个老姐子就是！……"

肉电报马上截住了她，认为她的惧怕全不必要。

"你有什么哭的哩？"她接着说，很有把握似的，"旁人连自己的婆娘都管不住，何况儿子！"她忽又忍住笑提醒众人："你们听吧，这个老鸡婆呵！……"

于是大家听见那个丈母娘正在拖长声调叫道：

"快还一个价钱呀？说是下回不了！……"

"我怕你老糊涂了呵！"那女儿和女婿同时嚷叫出来。

一时间没有声音，但突然连长又爆发了。

"狗日的！我总要叫你认得我！"连长破口大骂。

"一枪只有一个窟窿呀！"连长太太斩钉截铁地插入说。

"你还不配！你是我用钱买的！"

"我们原早讲过不是买卖婚姻呵!"那丈母娘分辩着。

"没有你张嘴的!"连长紧接着训斥道,"就是喂一条狗,它还会向我摇摇尾巴!……"

于是那种千篇一律的谴责又开头了。从连长的叙述和口气看来,那个倔强女人简直应该把他看成衣食父母,因为要不是他把她从那个破烂的"十家院坝"里提出来,使她从一个洗衣婆的女儿变成一个太太,给她漂亮的服饰,并且替她供养她的母亲,恐怕她早已在那种难堪的贫困里完蛋了。不是饿死拖死,就是做了某种难堪的职业的牺牲品。

连长说得琐碎而夸张,以致经理员大叔忍不住从门槛上站起来,感到厌烦地嘀咕道:

"太把人说得不值钱了!"

"要是值钱又对啰!"

七公公冷笑了。他斜视着经理员接着说下去道:

"你看她那副神气哩,简直是她妈个生成的贱皮子,过不来好日子的。"

"拿到福享不来呵!"肉电报立刻表示了同意,声调里充满着羡慕,"要吃有吃,要穿有穿,换个别的人么,恐怕屁股也是喜欢的哩!"

"你们听!"

布客大嫂忽然吃惊地报告着,于是大家立刻听见了连长低沉而又战栗的嚷叫:

"你再说一遍喳?!"

"我是喜欢他! ——你丑不了我!"

突地静寂下来。人们没有再听见回声,但都不知不觉地屏住了呼吸，好像准备要毫无抵抗地招架一下打击一样。而接着，新的扑打来了。不过这和以前有点两样，奔跑声和撞着木器的声响刚一停止，便又一切静寂，只有一种低沉而吃紧的扰嚷继续着。

那丈母娘忽然放声哭起来了。

"我就是这一个女花花呵！……"

她随即又奔到堂屋口去。

"她快要把她扼死啦！……"好像磁石下面的铁砂一样，人们立刻涌向连长门口去了；仅只七公公和显庭姑母没有移动。显庭姑母全身战栗，扯了衣角在揩抹眼泪，而老头子则在不平地申斥着，咒骂那些好管闲事的人将会得到他们应得的报偿。但他忽然又不响了，搔着下巴沉思起来。

"咦！我看你还是避一下好点吧？"最后，他向显庭姑母建议。

同着小勤务一道，一个矮小军官走进院子来了。那军官走起路来跳蹦跳蹦的，一到连长门口，便即刻驱散着那些充满关心的芳邻，然而他的声调是轻松的，好像在开玩笑。

"把戏么？——快倒了尿去睡！"他笑嘻嘻嚷叫着。

连长随即从堂屋里走了出来，摇着头惨笑道：

"狗日的硬把我弄痛了。"

他摊身在躺椅上，双手掩盖了面孔。"你这个老弟！"那军官躬着上身，向连长轻松愉快地叫起来，"常言说，婆娘家，洗脚水，洗了一盆又一盆，……"

"我十五岁就在外面跑滩！……"

"快收拾起吧！一会'热觉'睡起，就半个钱事情都没有了！……"

"看我得罪人哇！"

"那你要怎么哩?"

看见并非玩笑的事,那个矮小军官的轻松的声调,忽然变得低沉而略带苦恼了。他把脸紧逼近连长去。谁也没有听见那回答是什么。但不一会,他又懒懒地把腰杆撑起来了。

仿佛抓痒似的,他摸了一会颈项,踌躇道:

"我看倒犯不着这样认真呵!"

"我总是'空子'嘛!"连长猛地撑起身来,"就是当活乌龟也不要出气!……"

这时候,两个新来的军官把他们的谈话打断了。其中一个身体相当肥大,他一路走来,一路大声地自言自语,好像一只刚才生过蛋的鸡婆一样。当他向他的同事问询了几句以后,他就更加嚷叫得口沫乱飞,显出一种得意忘形的神情。

"啥呵!"他大叫道,"连上叫两个兵把盘子给她划了就是了!打发给告化儿去。再不然,让那几个伙子拖她到城外去,点她的牌牌红!……"

他说得刻毒而猥亵。竟连肉电报也禁不住耳根子发烧了,她叹气道:

"怎么打这些坏主意呵,我的天公儿!"

"这就稀奇了么,"经理员小声道,"你还没有看见好看的呢!女人家在他们就像烂草鞋样。七公公总还记得吧,那个塌鼻子排长才叫毒呢!他把他的女人——"

"快少造些口孽吧!"

想起塌鼻子做出的那猥亵而毒狠的场面,七公公把经理员的叙述阻拦住了。

人们有的喷响着嘴唇,有的则叹气了。但这也不过是几分钟中间的事，那种容易使人变成旁观者的好奇心理，立刻就把他们的同情和不安赶跑了；重新又为一种漠然的期待所占据。然而，经过一通暧昧诡秘的密谈之后，连长家里的空气反而平静下来，看不出来任何凶恶预兆。随后，那些客人们谈笑自若，连长则垂头丧气的，同着他们一齐向外面走去了。

"我说会冷下台吧！"肉电报目送着他们说，有点感觉不满。

布客娘子接着说道："究竟是两夫妇呀！"

"没把正事给我耽搁了哩！"

七公公叽咕着，随又向着媳妇叫道：

"你像看热闹看忘记了呀，我的酒罐呢？"

七公公每天睡觉前照例是要喝几杯酒的。在一张小方凳上，他一个人自斟自饮，面前摆着几颗炒落花生。那些穷家族还在发抒各色的意见，似乎也都不大满意。打更匠王童子经在行使他的职权了，正沿街敲着他那扇破哑的铜锣；可是依旧没有人想到睡觉的事。

"这样也好，"肉电报开始安慰着自己，她打个呵欠说，"至少那个霉鬼子的事情松了。我们也少担些空心。你看他妈哭哭啼啼的那个样子呵！"

"那只怪她自己想不通呀！"七公公呷了口酒，反驳道："是我么，好对付得很，儿子的脚杆长在他自己身上的，当娘的管得着？会见怪的该怪他自己，拿到一个年轻婆娘，一天有事没事都打扮得花花草草的！常言道，母狗不摇尾巴，公狗不敢上背……"

"你再说好听一点吧！"经理员插嘴道，"像没有逼死两个人你还不甘心哩！"

"这才把我吓倒了呀！——他逼死逼活有我屁事！就这样，有一点看不惯!"

他们互相吵起来了。有人慢声地劝解道:

"啥呵! 别人打婆娘,你们倒来争嘴!"

"我争什么? 我又不想当娘屋人!"

七公公略带讽刺地叫嚷着,掀起下巴,进屋里困觉去了。他躺在床上还唠叨了好一会,扫兴的是人们已经陆续走散,于是过了不久,他便也在烧酒的魔力下打起鼾来,忘记了他的赌气。当他口渴醒转来时,时间早已离半夜不远了。

"我的茶壶呢,嗯?"

七公公嘟哝着,但他没有听见老婆的回声。他自己爬起来才找到那把小小的宜兴壶。然而,当他要尽情享受的时候,院子里一种低沉而吃紧的响动,又把他引诱出去了。

在正屋子和一边厢房转拐处的黑角落里,他发现了他的老伴,肉电报和布客大嫂。她们躬了腰半蹲在那里,哑声不动,好像影子一样。恰如孙子们"学样"似的,双手捧了茶壶,老头子毫无声息地,也跟着她们蹲在一起去了。

那响动,是从连长家里传出来的,而且还没有完结。堂屋里的洋灯依旧燃着,正中摆着一口白木棺材,棺材附近站着两三个兵士,显出一种张眉张眼的惊惶神气。几个军官忽然把连长太太从卧室中拖了出来;她的嘴是用手巾堵塞住的,他们十分迅速地把她塞进棺材里面去了。

这一切都像是演哑剧一样,没有一点声息。

然而,当棺材盖合拢时,那个胖大军官,忽然粗声粗气地嚷叫了。

"赶快钉起!"他命令着,满脸的凶气。

"死了?"七公公颤声问。几乎打碎了他的宜兴茶壶。

老婆子忤他道:"我怕你做梦呢,闹了这大半夜!"

"这未免太'莽'了,唉!……"

重又吃了一惊,七公公明白过来,于是深深地叹息了。肉电报一句话也没有说,她只是感觉到一种窒息人的闷气。冷静的寝室里,那个丈母娘突然哇的一声哭了起来;但她随即就在一种低沉而迫人的叱咤中哑了下去,只剩有一种模糊不明的哽咽了。

夜很深,四近没有一点声息。锤子敲在棺材盖上的声音,恰如敲在木桶上的一样。而在远处,突地响了一阵巫师的清脆的"司刀"声,接着便是一阵悠长而又凄厉的呼唤。

"……三魂七魄回来没有呵!……"

狗嗥叫着。……

一九三六年六月